S.F.
V.

GERRIT BEKKER

FARBE DER SCHATTEN

ROMAN

*

S. FISCHER

Ich danke dem Deutschen Literaturfonds
für ein Jahr der Unterstützung.

Umschlaggestaltung: Buchholz / Hinsch / Walch
Satz: Wagner GmbH, Nördlingen
Druck und Bindung: Franz Spiegel Buch GmbH, Ulm
Printed in Germany
ISBN 3-10-006704-5

I

Damals lag der Schnee schon so lange, daß der weißgestreckte Wall im Vorgarten mir wie für immer erschien und ich nicht mehr daran dachte, daß er einmal grüner Liguster gewesen war.

Die Lüge sei einem auf die Stirn geschrieben, hatte Frieda gesagt. Das Schlimmste aber war, ein Ehrenwort zu brechen, und ich dachte, ein Zeichen würde dann sichtbar, deutlicher als ein Axthieb ...

Die Wolken wie gewebt – blickte man nach oben, sah es aus, als fiele die Sonne durch ein Sieb, als streute das Licht durch die Tülle einer Gießkanne. Gelb leuchteten die bauschigen Unterseiten, dicht an dicht, wie paniertes Brot, und dazwischen, gleichmäßig ausgeworfen das Muster, wie gestanzt das löchrige Blau im fliegenden Brot.

Aus geschnitztem Buchenholz hatte mein Vater einen Hafen gebaut. Speicher und Kontorhäuser auf alte Bauklötze gemalt, Schuten, Barkassen, Dückdalben aus Stuhlbein und Wäscheklammer geschnitzt, Schlepper mit hohem Aufbau und langem Schornstein, Kriegsschiffe mit steilem Steven, grau, ohne Hoheitszeichen. Und setzte man sie ins Wasser, kippten die Kriegsschiffe gleich. Die Schlepper sanken so tief, daß niemand sich vorstellen konnte, sie schleppten noch. Und mein Vater sagte, sie seien auch für die Tischdecke gemacht und nicht für den Löschteich.

In Teufelsbrück war der Elbanleger Glas von gefrorenem Wasser, und der Raddampfer war an Deck mit Asche bestreut gegen das Eis, der Wind drückte den Rauch, daß man den Namen nicht sah. An einem langen Faden warf ich ein Kriegsschiff aus, der Atem als Eis auf dem Schal, nahm den Verlust in Kauf, eines, von dem ich wußte, daß es nicht schwimmen würde. Der Faden riß, es verschwand im bewegten Wasser nahe der Schaufel, und der Raddampfer nach Waltershof entließ hellgrüne Bögen, Elbe schwappte über eisblaue Kanten, mit glattem glänzenden Rund über die Breite des Randes. Und mein graues Kriegsschiff verschäumte. Und Frieda sagte: »Siehst du, hat Frieda gleich gesagt. Knopfseide geht nicht.«

Der Papagei von Tante Hanna machte mir Angst, Schnabel vom Adler und die Geschichten, er könne einen Fünfzoll-Nagel zerbeißen mit seiner Schnabelschere, wie leicht da einen Kinderfinger, und Ara hörte sich an wie Uhu. Einmal, sagte Tante Hanna, habe er einem, der ihn geärgert mit »Lora, Lora«-Rufen, in die Unterlippe gehackt, daß er eiligst per Automobil ins Hafenkrankenhaus geschafft werden mußte, wo seine zerrispelte Lippe über eine Stunde lang genäht wurde. Tante Hanna sagte: »Hingstberg, Sie wissen doch, Frieda, der Weißrusse.« Am liebsten sagte der Papagei: »Gefroren hat es heuer, noch gar kein festes Eis.« Lora sei alt wie der Stein, und über den Ara ginge nichts, klüger sei er als mancher Mensch. Ansonsten war Tante Hanna ausgebombt, die Uhlenhorster Wohnung hin. »Den Faden am Leib. Aus Uhlenhorst und jetzt in Waltershof.« Und auch der Studienrat, ihr Bruder, habe alles im großen Brand lassen müssen. Den Schreibtisch von Ernst Heinrich, ihrem Mann, habe die Feuerwehr, weil sie Papiere darin vermuteten, durch das geschlossene Fenster geworfen, aus der vierten Etage. Und

Ernst Heinrich noch draußen. Aber Frieda sagte, der Herr Ernst Heinrich käme wohl wieder, vermißt zwar, aber wie klug er doch sei.

Sie stand auf, dünn im engen schwarzen Kleid, trat ans Fenster, und weil die Teerpappe nicht dicht war, lief es bei Regen die Wand herunter, braun die Streifen bis zum Boden. Frieda zündete vier Kerzenstummel an, Vierter Advent, und sagte: »Nur für den Jungen. Einen Augenblick.« Blies sie wieder aus und steckte die Streichhölzer ein: »Sünde ist es, so kurz vor den Tagen ...«

Wenn der Winter vorbei sei, wolle sie mit dem Jungen nach Cuxhaven, sagte sie, die Kugelbake ansehen. Mit der Alten Liebe rüberfahren, so hieß die Anlegestelle und auch das Schiff. Und vielleicht gab es dann einen Sturm, dachte ich, Spritzwasser am Bug, daß sich das Schiff schüttelte, und übel sollte es mir nicht werden. Tante Hanna machte Grießmarzipan. Bittermandeln und Rum, es schmeckte wie bei niemandem sonst, den ich kannte. Die süßen Kugeln in Kakao von den Engländern gerollt. Marzipankartoffeln. »Fast Friedensware«, sagte Frieda. Und Tante Hanna füllte in eine Tüte. »Aber nicht vorher essen«, sagte sie.

Am nächsten Tag war der Himmel gelb und dicht. Der Schnee fiel schnell und gerade in dicken, ineinandergehakten Flocken, kaum daß sie den Boden berührten oder die Scheibe, schmolzen sie. Die Erwachsenen sagten, daß der Altschnee deshalb doch bliebe, zu lange habe es gefroren. Nach dem Essen schien die Sonne, und wir trafen uns auf dem Platz an der Straße.

»Das größte Pferd ist nicht das stärkste«, sagte Jörn Glasmacher. Alfred Wunderlich überragte uns kopfhoch. An diesem Tag war er in aller Munde, wir umstanden ihn. Sein Vater war erst einen Tag aus dem Lager in Gorodok zurück, und sie hatten ihm das Bein abgenommen, gerade unterm Knie, ein deutscher Arzt hätte es gemacht, mit einem Taschenmesser, und der Russe hätte es erlaubt: »Nurn Taschenmesser, warm Wasser und zerrissene Unterhosen, jawoll.« Und Helge Jakobsen, dem die gut erhaltene Mauser gehörte, hielt die Waffe lose in der Hand. »Wehe, du erzählst es deinem Vater«, hatte er zu mir gesagt und dabei auf meinen Kopf gezielt. Immer schon hatte er versprochen, Munition zu bringen, zum Beweis, daß die Mauser noch ging. Jörn Glasmacher war fünf Jahre älter als ich, aber er war oft mit mir zusammen, nahm mich mit zu sich nach Hause, schmierte mir Schwarzbrot mit Margarine und Zucker. Er kippte das Brot über die Zuckerdose, streute vorsichtig mit dem Teelöffel den Zucker, und alles, was nicht auf der Margarine klebte, rollte in die Dose zurück. Jedesmal stellte er das Radio an. Die Wasserstandsmeldungen. Der Neckar bei Plochingen, sagte die Frauenstimme, und die Tauchtiefen für die Elbe. Er ging auf das Stoppelfeld mit mir, und er baute den besten Malaier, den schwanzlosen Drachen, die Querleiste mit einem Band nach hinten gebogen, und war man auf einer Seite zu üppig mit dem Mehlkleister, mußte man auf der anderen mit Troddeln Gegengewicht schaffen, damit der Malaier ruhig stand. Ging es gar nicht, mußten wir doch mit einem kurzen Schwanz arbeiten, einer Grassode oder Zeitungspapier. Und damals, die anderen waren auch dabei, an einem Spätnachmittag, stand der Malaier schwanzlos über dem Nebel, der drüben auf der Kleingartensiedlung lag, eine riesige Bucht das durchhängende Band, und Jörn Glasmacher rief: »Der Drachen steht über dem Sumpf.« Und der Malaier ganz hinten und klein.

Ich sollte Reiter sein und versuchte, Alfred Wunderlich als Pferd zu kriegen. Jörn Glasmacher war auch Pferd, und Dieter Mertens sein Reiter. Dieter und Jochen Mertens, die über uns wohnten. Ich stieg auf. Alfred Wunderlich untergriff meine Kniekehle, ruckelte mich zurecht, daß es schmerzte, bis ich ihm bequem auf dem Rücken lag. Dieter Mertens sprang Jörn Glasmacher auf den Rücken. Helge Jakobsen zielte mit der Mauser auf uns, zog den Schlitten zurück, sagte »zack«, was heißen sollte, die Patrone war in die Kammer gerutscht, und er machte ein Geräusch, die Lippen straff, stimmloses Fauchen aus der Kehle: »Pchch!« Dann das verhallende Schußgeräusch, jaulendes Zirpen des Querschlägers an Eisen oder Stein. Als ich zu ihm hinübersah, zielte er erst auf mich und auf Alfred Wunderlich, der mein Pferd war. Als ich ihn länger ansah, drückte er den Abzug immer wieder.

»Jetzt«, sagten die anderen, und die Pferde stürmten aufeinander los. Ich mußte Dieter von oben greifen, weil ich höher saß als er, und Jörn Glasmacher drängte, kleiner aber stämmiger, vorwärts. Am Kopf von Alfred Wunderlich vorbei, hielt ich die Turnbluse von Dieter Mertens fest, stumpf der schwarze Stoff. Alfred Wunderlich ging Schritt für Schritt zurück, mit dem Unterarm drückte ich ihm auf den Kehlkopf, er konnte nichts sagen, machte nur kurze Geräusche aus der Kehle, versuchte sich gegenzulehnen, mein Zerren zu unterstützen und sein Kinn zwischen meinen Unterarm und seine Kehle zu bringen. Ich wollte nicht loslassen, nur nicht loslassen. Jörn Glasmacher stemmte sich dagegen, Dieter Mertens hatte den Halt am Hals von Jörn Glasmacher schon fast verloren, ich hatte ihn weit runtergezogen, er war nur noch gehalten durch die Knieklemme von Jörn Glasmacher, daß er schon Schmerzenslaute von sich gab und waagerecht in der Luft hing, die Beine geradeausgestreckt, die Hose straff gezogen. Plötzlich drehte sich Jörn Glasmacher halb um und machte ein paar kurze, schnelle Schritte auf uns zu, rammte die Schulter gegen Alfred Wunderlich, und ich sah den Schopf von Dieter Mertens auf mich zukommen, das helle Licht, das sich ausweitet, der Schlag auf den Rücken, atemlos, und ein Fall, als käme er, der eine, der Abgrund.

»Klack«, machte es, und es war der Schlagbolzen, Helge Jakobsen hielt mir den Lauf an den Kopf, und noch einmal machte es »klack« und stieß. Der Schatten der Mauser im verschwommenen Augenwinkel. Ich blieb liegen wie einer, mit dem es zuendegeht, der warten muß, daß es sein kann und darf. Werner Klostermann beugte sich über mich, weit abstehender Nackenschutz, das Auge halb verdeckt, der Stahlhelm über seinem schmalen Gesicht. Er hatte ihn nun schon zwei Tage auf. Meine Helme hatte mein Vater weggenommen und gesagt, daß von nun an für alle Kinder der Straße Kriegsgerät verboten sei. Auch Gasmasken und Helme, ausgenommen nur Motorradfahrten und Kappenfeste. »Verboten«, so was noch mal aufzusetzen, und dann erzählte er die Geschichte von dem Helm, den man findet. Von oben sieht man nichts, aber wenn man ihn umdreht, dann ist da noch Gehirn drin mit Haaren und Knochen. Und wir drehten von da an die Helme, die wir fanden, mit einem Stock um. Und die Älteren tönten, daß sie mehrere Helme gefunden hätten, in denen noch was drin war.

Ilona sagte: »Er stirbt. Ich hol seinen Vater.« Aber die Mertens' sagten: »Nicht!« und hielten Ilona fest, daß sie anfing zu weinen.

Fünf Eingänge hatten die Häuser am Sternecker Weg. Ein Eingang fehlte, auf unserer Seite, die Nummer neun. Da war eine Brandbombe reingefahren. In das gegenüberliegende Haus mit der geraden Zahl war auch eine Bombe gefallen: »Die Engländer«, hatte Frieda gesagt. »Das ist beim Terrorangriff auf Hamburg passiert.« Nur ein Eingang stand da drüben noch. Da wohnten Ilona und Rita Eichholz, Ilona, mit der ich im Sommer noch zusammen in einer Zinkwanne gesessen hatte, den Wasserschlauch über unseren Köpfen.

Jörn Glasmacher sagte: »Steh auf«, und zog mich hoch und versuchte mich abzuklopfen. In den Trümmerwinkeln hielt sich hoher Schnee. Ilona faßte auch meinen Mantel an und weinte immer noch, und ihre ältere Schwester, die mich früher in der Karre spazierengefahren hatte, zerrte an mir und drängte Ilona beiseite. Sie zog mir den Mantel aus, versuchte ihn auszuschütteln, klopfte auf ihm herum, und dann half auch Helge Jakobsen, ihn mit Wasser aus der Pfütze und mit Schnee sauberzumachen. Und er fand die Marzipankartoffeln, gequetscht und ans Taschenfutter geklebt, und die anderen kamen schnell heran, als er »Hier, hier« rief, die aufgerissene Tüte schwenkte und auf die Reste im Mantel zeigte. Einzelne Schneeflocken legten sich auf meinen Hals, und ich spürte sie als Wasser, wenn sie schmolzen. Helge Jakobsen steckte eine Marzipankartoffel in den Mund und dann Dieter Mertens und Ilona und ihre Schwester, nur Jörn Glasmacher nicht.

»Die sind für Weihnachten«, sagte ich, und Dieter Mertens sah mich kauend an. Sein Vater war vermißt, und mein Vater paßte auch auf ihn und seinen Bruder auf. Seit der richtige Blockwart im Gefängnis war, achtete mein Vater auf alles. Daß keiner in den Trümmern spielte und in den verbrannten Häusern mit den überhängenden Balken und freistehenden Mauerresten, die Kamine wie Säulen. Mein Vater war der einzige Mann in der Straße, der überhaupt ganz überlebt hatte, das heißt ohne schwere Verwundung. Und wann immer es Schwierigkeiten oder Streitereien gab in den vaterlosen Haushalten, wurde er geholt.

Wenn der Postbote kam, liefen die Frauen aus den Häusern, und einmal fiel Frau Niese um, den Brief in der Hand geknüllt, zappelte drehend auf dem Pflaster, und zwei Kinder schrien. Ich stand hinter Herrn Dose, dem Mann von Frau Dose, dem neuen Stiefvater von Horsti Dose, wie er richtig hieß, wußten wir nicht. Die Männer wurden nach den Frauen benannt, bei denen sie lebten, bei Frauen, deren Männer tot, vermißt oder in Kriegsgefangenschaft waren. Ich sah an Herrn Doses Jackentasche vorbei auf Frau Niese, ich krallte mich an ihn, und er griff meinen Kopf und drehte ihn mit der Rechten, und ich spürte den Uniformstoff an der Stirn, sein linker Ärmel war leer und mit einer Sicherheitsnadel festgesteckt. Mein Vater hatte bei Tisch darüber gesprochen, es Frieda und Frau Dietrich erzählt, meine Mutter war im Nebenzimmer, er habe den Arm verloren, als er jemanden in Dänemark gerettet habe, während der Besatzungszeit. Und als er merkte, daß ich zuhörte, sah er auf und rief: »Der Tellerrand, du Knecht!«, und ich sah auf meinen Tellerrand. Beim Essen sprechen Kinder nicht, sehen auch nicht von einem zum anderen, legen eine Hand auf den Tisch, und was es gibt, ist nur: Löffel und Teller. Der Rand sei nun mal das Ende des Tellers, sagte er, und hörte man nicht, gab es etwas zu gewinnen, die Hand schnellte über den Tisch, traf, daß die Haare flogen. »Mit Essen spielen, als gäb's keine Not auf der Welt.«

»Herr Dose hat's schwer mit nur einem Arm, er ist Linkshänder wie ich selber«, und Herr Dose habe beim Stapellauf, als er den Dänen wegriß, das Schiff lief schon, einen springenden Holzkeil so unglücklich an den Kopf gekriegt, daß er fiel und mit dem Arm auf die Slipschiene kam, »das Schiff ging drüber und der Arm ab wie mit'm Messer.« Es habe mächtig was gegeben auf der Kommandantur.

»Den Teller leer!« sagte mein Vater.

»Vielleicht sollte er noch ein bißchen raus. Er ist doch so

aufgeregt wegen morgen«, sagte Frieda. Sie stand mit auf und half mir in den Mantel, und wo Helge Jakobsen und Rita Eichholz gerieben hatten, roch es jetzt nach Kernseife. »Er ist noch naß am Kragen, mein Junge«, sagte Frieda leise. Als ich rausging, kam Frau Mertens von oben. »Er kann mit uns essen, ich ruf Dieter und Jochen.«

»Hörst du«, sagte Frieda, »geh ruhig hoch, auch wenn du keinen Hunger hast, und iß mit Dieter und Jochen bei Tante Gine«, und stieß mich aufmunternd an. Die Kinder trafen sich immer an derselben Stelle. Im ausgebrannten Parterre rechts hing ein schwarzes Bild an der Wand, und die Badewanne hielt sich in der Luft in dem Zimmer ohne Boden. Von der zerbrochenen Maierschen Brücke sangen wir. Ich dachte auf einmal, irgendwo zu sein, aber wo es war, wußte ich nicht. Schnee am Abend, und ich starrte in die Lichter eines langsam auf uns zufahrenden Wagens. Wir liefen an die Straße. Wir spielten Bäumchen, Bäumchen, wechsel dich, Mutter, Mutter, darf ich reisen, eine Tasse Tee, keiner will murmeln, Kippel-Kappel fällt aus, die schmollende Mädchenabteilung beim Völkerball, Märchenball an der Wand. Ball unter dem Bein durch. Von hinten werfen, über den Rücken rollen, an die Wand boxen und köpfen, und wenn der Ball fiel, erzählte der nächste weiter und bewegte den Ball. Einer sprach von Reisen, und eine von einem gutherzigen König, und eine saß an des Herrlichen Tafel, nur Gold und Zierat, Stuhl und Tisch aus Gold, auch die Spiegel aus Gold. Tante Gine rief aus dem Fenster: »Dieter und Jochen!« Ich ging mit hoch, weil Frieda es gesagt hatte, auf dem Tisch dampften die Teller mit dem Rübenmus, das Trockengemüse gequollen und ledrig, eingestreut.

»Iß«, sagte Tante Gine, »sieh zu, daß die beiden dir nicht alles wegessen.«

Ich aß, mochte gar nicht so recht, aber als ich die beiden anderen essen sah, hielt ich mit.

»Kaiser!« rief Dieter, stieß den Teller weg und klopfte mit dem Löffel auf den Tellerrand.

»Der ist aber noch nicht sauber«, sagte Tante Gine, und Dieter kratzte mit dem Löffel schnell auf und ab, daß das Metall über das Porzellan fiepte.

»Hat Mutti die Hose selber gemacht?« fragte sie.

»Ja«, sagte ich.

»Du bist hingefallen und hast dich schmutzig gemacht?« fragte sie.

»Ja.«

»Und was hat Vati gesagt? Hat er nichts gemerkt?«

»Nein, Frieda hat den Mantel wieder sauber gemacht.«

»Du bist auf den Rücken gefallen, nicht?«

»Ja, Tante Gine.«

»Weißt du denn schon, was du werden willst?«

Als ich nein sagte, und sie noch mehrmals nachfragte, hörte ich mich schließlich »Henker« sagen, weil die Erwachsenen gerade darüber sprachen, daß die Engländer unseren Blockwart wohl aufhängen würden. Es klingelte, und ich hörte die Stimme meines Vaters an der Tür und Tante Gines Lachen im Flur. Sie kam noch einmal zurück und schloß von außen die Küchentür.

Ein Tag noch bis Weihnachten, und Frieda sang: »Morgen, Kinder, wird's was geben...«, und sie kannte auch »Eine Muh, eine Mä«, sang mit hoher Stimme, schob die Brille in die Stirn, wischte sich mit einem karierten Taschentuch die Augenwinkel und schneuzte sich.

»Du singst so hoch«, sagte ich.

»Alle Frauen singen hoch«, sagte Frieda.

Und als meine Mutter mich am Abend auszog, fing es

richtig an zu schneien: groß und weiß und schwer. Und ich dachte an Frau Holle, und an die Schwere der vollen Kissen, den Wunsch der Marie im Glück, wie sie das Brot zum rechten Zeitpunkt herausholte, hörte doch jeder, daß die Laibe stöhnten wie Musik aus der Luft.

Was willst du werden? dachte ich noch, und »Henker« hatte ich gesagt, Plätzchenjäger, braune Kuchen, für mich einen mehr. Und der Schnee kam herunter, wie an Fäden gehalten, trieb gegen die Scheibe, ich drehte das Gesicht dagegen. Eine Nacht noch ...

Frieda und mein Vater sagten am Morgen, sie hätten ihn schon getroffen, und er habe mein Geschenk gezeigt, mein Vater beschrieb es. Das eine mit weit ausholenden Armbewegungen, das andere klein, schmal, aber schwer. Ich versuchte zu raten, was darin sein mochte. Die beiden sahen mich an.

»Heut abend kommt er«, sagte mein Vater. »Ich hau ab, ich hab Angst. Ich geh lieber zu Schönfelder und bleib da, solange er hier ist.«

Und ich dachte, wie gewaltig der Weihnachtsmann sein mußte, wenn mein Vater, den ich oft fürchtete, Angst vor ihm hatte. Irgendein riesiger Schreck würde sich zeigen, dachte ich, der mir barsch befehlen würde, aufzudecken, was ich alles getan.

Mein Vater stand auf: »Ich geh schon mal rüber, Schönfelder fragen, ob ich da heut abend unterkriechen kann. Ich hab Angst.«

Schönfelder wohnte auf der anderen Seite der Washington-Allee, deren Kantstein mir so hoch vorkam – viel höher als die Stufe der Treppe.

Draußen der gelbe Himmel, und schön und warm war's drinnen, und Lieder und Licht. Der Blechkasten mit dem Christbaumschmuck wanderte vom Schlafzimmer auf den

Tisch im Wohnzimmer, der Baum wurde hereingeholt, noch Kälte in den Zweigen und würziger Geruch. Der Deckel des Blechkastens mit dem bleichgepreßten Flechtmuster, gestoßen, blind, Metall darunter, Rostflecken an den Scharten, ein Lamettarest im Blechfalz.

»Viel ist es nicht«, sagte Frieda, aber mein Vater habe auf dem schwarzen Markt ein bißchen was dazubekommen, und dafür daß sie ausgebombt seien, sei es ein Glück, überhaupt etwas zum Schmücken zu haben. Bei Brummers habe sie den Baum gesehen, nur bunte Wolle in den Zweigen, und eine Leberwurst und ein Stück Speck.

Über meinem Bett hing ein Geige spielendes Zigeunerkind. Auf dem Lampenschirm die Ansicht eines Flusses, ein Schatten ins Glas gelegt, und die glatten Schalen mit den dunklen Adern, und auf einer Schale der Fluß. Im Wohnzimmer hing das Bild eines Hirten in weitem, schwarzem Mantel, die Herde um ihn gedrängt, drohend das Wetter über der Heide, gezauste Birken.

Um die Mittagszeit wurden die vier Kerzenstummel noch einmal kurz angezündet. Oh, wie ich mich fürchtete. Die Furcht vor dem Weihnachtsmann und die Furcht meines Vaters. Ich wurde umgezogen, ließ es über mich ergehen, ohne ein Wort zu sagen, die langen wollenen Strümpfe, die an den Waden kribbelten, und der Zug am Leibchen. Lametta wurde ausgebügelt. Bronze. Dukatengold in Magermilch, um die Nüsse zu vergolden. Und das Gelb am Himmel. »Weiße Weihnacht«, sagten die Erwachsenen.

Ein Kerzenhalter war zu reparieren, mein Vater hantierte mit Blumendraht. Er riß das Schwarze am Docht mit dem Daumennagel ab, die neuen Kerzen schnitt er in der Mitte durch, »aus eins mach zwei«, und formte mit dem Messer neue Kerzenspitzen, lächelte.

Ich sah ihn sitzen, mit dem Kartoffelschälmesser die Spitzen ziehend, über einem winzigen Stummel, der brannte, gedreht: »Auch Friedensware«, und sie lachten am Tisch.

»Ja, geh ruhig zu Glasmachers.«

Ich lag halb auf dem steilen Sofa, großblumiges, rotes Samtrelief, und Jörn Glasmacher hatte mir eine Scheibe Schwarzbrot mit Zucker gegeben, und ich hörte die Wasserstandsmeldungen: »... zwei bis drei Meter höher eintreten als das mittlere Hochwasser ... die Mosel bei Konstanz ... Deutsche Bucht«, und ich sah vor mir das trübe Wasser an der Spundwand sich heben, leises Klicken in der kleinen Bewegung, und das steigende Kreiseln am Poller.

Jörn Glasmacher stand am Fenster und fragte: »Willst du noch Brot?« Er schenkte mir den roten Malaier vom letzten Herbst, und ich sagte, ich würd ihm auch was geben, aber später. Ich brachte den Drachen nach Hause, und Frieda sagte: »Für nächsten Herbst.«

Ich durfte nicht mehr ins Wohnzimmer, und hinter der Tür war Geraschel und Schritte, und aus dem Radio klang »Eine Muh, eine Mä, eine Tätärätätä«, und ein Mann sang nebenan tief und laut: »Kooomm inn unser Hahahaahaus.« Ich schob die Decke, die gegen Zug und Kälte vor dem Fenster hing, zur Seite und sah das Landen des Schnees auf dem Fenstersims, er schmolz an den glänzenden Spitzen der Kristalle, und der Wind härtete die Reste, bis die Flocke verging und sich in das feine Geniste der Eisblumen vergrößerte. Ich ging mit dem Fingernagel daran entlang, daß das Kalte feingetürmt ans Nagelbett schmerzte, als hätte ich mich geklemmt.

»Vorsicht«, hörte ich Frieda sagen, und ein Stuhl rückte, meine Mutter sagte: »Jajaja«, und ich dachte daran, daß der Weihnachtsmann nun bald käme, weil es draußen schon dämmerte. Frieda öffnete die Tür und sagte: »Du lauschst doch nicht?« Und ich sagte: »Nein.« Ich erinnerte mich an die Angst vom vorigen Jahr, als ich mich hinter Frieda gestellt hatte, und ich wollte sie fragen, woher und wann und wie er käme, aber sie legte den Finger auf die Lippen und lächelte und schloß die Tür. Ich blickte wieder hinaus, und das Gelb am Himmel wurde grau.

Ich hörte noch, wie ruhig und artig ich sei, »und daß der Weihnachtsmann das sicher auch wüßte und anrechnen würde«, und ich nahm mir vor, noch mehr zu tun, was ihm Freude machen müßte, so kurz vor dem Fest. Dämmer der tiefen Wolken, das Verschwinden im Dunkel, und ich hörte noch einmal »Weiße Weihnacht«, und daß es ein Geschenk sei, Weihnachten in der schlechten Zeit.

Fünf Uhr schlug es auf dem Flur, und ich hörte Kinderweinen im Nebeneingang und schwere Schritte. Kniete auf dem Stuhl, den Hals gereckt, das Kissen unter den Knien, mir schauderte. Sah die Flocken fallen, zögernder jetzt in der Dunkelheit, als müßten sie erst sehen . . .

Und dann die große Gestalt, Geschenke, gebeugt der Rükken von der Last. Poltern der Haustür nebenan, es klang, als wär's das metallene Tor einer riesigen Halle, und als er nach einer Weile wieder herauskam und auf die andere Seite des Sternecker Wegs hinüberstapfte, sah er zu unserem Fenster herüber, ging die Schritte, bis er uns gegenüberstand, nur durch den kleinen Vorgarten von mir getrennt, hinter dem kleinen, weißen Wall, und meine Mutter stand hinter mir. Und sie sah es auch, auf Schulter und Bart Glitzer vom Eis, Kristall, Diamant und Brillant, Edelsteingewitter, Saphir und Rubin über und über, der Purpurmantel aus Brokat, in der Farbe ein wenig wie der Morgenmantel meiner Mutter. Gebeugt von den Gaben nicht nur, gekrümmt auch vom Ewigkeitsalter, drohte er mit der Rute, schüttelte sie, und das Licht um ihn war wie gewunden, gekörnt, alles Silber, und er rief laut, ob ich es sei und ob ich hier wohne.

Ging über den Gehsteig, lärmte an der Tür und trampelte, als bräche Eis unter dem Stiefel, und schlug an die Tür wie mit Eisen. Und fragte wieder, wer hier wohne und ob ich es denn sei. Nichts konnte ich sagen, das Gedicht nicht und keine Auskunft, aber als er fragte, wo mein Vater denn sei, sagte ich, er sei zu Schönfelder, dem Kaufmann. Und warum er nicht da sei, und ich schwieg von der Angst meines Vaters.

Er sagte: »Du verschweigst etwas!«

»Nein«, sagte ich leise.

»Und wo hast du den Mantel schmutzig gemacht, Kamerad?« fragte er, die Stimme so tief wie aus einer Regentonne.

»Wo ist das Marzipan aus Waltershof?« Und dann grollte die Stimme. Wie in den Trümmern, wenn einer aus dem zerrissenen Keller sprach: »Auf dein Ehrenwort! Was! willst! du! werden! wenn du groß bist!«

Und Frieda bewegte sich, daß ich einen Schritt tun mußte. Aber ich bemerkte es kaum, Nebel lag über der Kleingärtnersiedlung, und ich hörte, wie Jörn Glasmacher sagte: ». . . der Drache steht über dem Sumpf.«

*

Erster Weihnachtstag, und im Hellen der Baum so fremd und das Zimmer. Tuffe Kugeln und oben die größeren wie mit rosa Salz bestreut, auf der gekappten Spitze den blankschlanken Hut, glatte Kanten nach oben heraus, geordnete silberne Fäden, wie Federn wippen, nur buschig und rund.

»Mit dem Gedicht soll es ja gar nicht geklappt haben«, sagte mein Vater, und Frieda: »Der Junge war so aufgeregt«, und: »Aber er hat es gekonnt!« Und ich fragte, wie es bei Schönfelder gewesen war.

»Der Junge hat ja geweint dabei, da kann er ja auch nicht sein Gedicht aufsagen«, sagte Frieda. Und ich dachte an den Schritt, den ich tat und fühlte Friedas Hand auf der Schulter. »Alles war blank und hat geglitzert am Mantel«, und ich zeigte zum Fenster, »an der Straße, wo der Schnee so hoch ist.« Und ich zeigte so hoch, wie ich saß.

»Er meint die Hecke«, sagte Frieda.

»Nun iß endlich und red nicht soviel, bei Tisch wird nicht gesprochen«, sagte er und zeigte auf den Teller.

»Wir sind alle fertig.« Meine Mutter kam durch die Tür.

»Er will Henker werden«, sagte mein Vater und schüttelte den Kopf. Meine Mutter ging langsam und hatte braunen Stoff über dem Arm. Sie sagte wenig, konnte nicht richtig sprechen. Sie kam aus einem anderen Land.

Als sie etwas von der Straße hörte, ging sie ans Fenster und sagte: »Juni Lindmann.«

Der kam mit der Zündapp, meine Mutter sagte: »A – uto«, und das war falsch, weil das eigentlich Motorrad hieß, auch wenn Frieda es Kraftrad nannte.

»Warum spricht sie so komisch?« hatte ich Frieda einmal gefragt, und Frieda hatte gesagt, die Mutter wär noch nicht lange hier und käme von weit. Da wo sie zu Hause sei, gebe es keinen Winter. Und die dort würden so sprechen wie die Soldaten draußen, eine andere Sprache, nur noch ganz anders, und ich fragte ängstlich, ob sie aus Rußland sei. Aber Frieda sagte, das sei ja der Osten, und meine Mutter käme von Süden, jenseits der Alpen, und beschrieb die Berge höher als alle Türme und Häuser, höher wohl noch als die Wolken manchmal, und darum, wenn sie sänge, würde sie niemand verstehen.

»Wenn ich dich kauen seh, kommen mir die Tränen«, sagte mein Vater, und Frieda sagte: »Nun ist ja auch Christfest.« Und Onkel Jonni kam rein. »Auf der Washington-Allee macht der Tommi Kontrollen«, sagte Onkel Jonni, und es sei die reinste Schlitterpartie mit der schweren Maschine, und er gab meiner Mutter die Hand, und mich fragte er, ob ich mitfahren wollte auf dem Motorrad, und mein Vater sagte, ich sei noch zu klein, und wenn, dann im Sommer, wenn er wieder den Beiwagen hätte, und ich freute mich.

»Wenn ich kurze Hosen anzieh«, sagte ich. Und mein Vater: »Der Teller. Gleich ist genug.«

Onkel Jonni fragte meine Mutter, wie ihr das Christfest in Deutschland gefiele, und sie sagte: »Gutt«, und sah gleich auf den Boden. Ging an die Nähmaschine, sah aus dem Fenster, wo die Flocken wieder auf das Glas trafen, und als sie den schweren Stoff an sich zog, rutschte er zu einem Teil auf ihren Schoß, und sie schob ihn mit dem Arm auf den Nähtisch zurück und sah wieder hinaus.

»Komm, wir gehen zu Gine«, sagte mein Vater, und als er aufstand, schurrte der Stuhl über die Dielen. Onkel Jonni ging an den Nähtisch, und als er meiner Mutter die Hand gab, sah sie kaum auf. Mein Vater trat auch zu ihr.

»Wir gehen zu Gine«, sagte er, »wegen Silvester.« Die Tür ging, und er wies mit dem Finger auf meinen Teller, daß ich gleich auf die gestampften Kartoffeln mit der weißen Soße sah, und der Rand mit der blauen Linie schien größer zu werden, je länger ich den Strich im Auge behielt.

»Vergiß das Kauen nicht«, sagte mein Vater, »wenn ich wiederkomm, und du sitzt immer noch hier, Kamerad, und hast die Backentaschen voll, dann ist der Teufel los.« Und Frieda bewegte die Hände, die dicht an meinem Teller lagen.

Er ging, und Onkel Jonni fuhr mir mit der Hand durch die

Haare. »Schön essen«, sagte er, »hörst du? Und im Sommer fahren wir Motorrad.« Die Tür schloß sich hinter ihnen.

Frieda stand auf. »Wir gehen nach nebenan«, sagte sie, und ich sah zu meiner Mutter. Die rührte sich nicht, und Frieda nahm mein Besteck und den Teller und öffnete mit dem Ellenbogen die Tür. Wir gingen in Friedas Zimmer, in dem es immer nach Bügeleisen roch. Wenn es die Stärke sengte, über dem weißen Hemd oder Laken hin- und herfuhr und dampfte. Da stand auch der Eßzimmerschrank an der Wand, mit seinen hohen verdrehten Säulen, wie in das gezähnte Gesims gebohrt, dem drohend landenden Adler, die steifen Türen wie Tor, seidenmatt und schwarz, wie das Haus in der Nacht, das die Wege versperrt.

Wenn wieder das Holz ausging, wollte mein Vater mit der Axt daran. »Das Luder hat mich lange genug gestört«, und würde zudem das halbe Zimmer fressen, hatte er gesagt. »In den Ofen mit dem Kasten«, und wenn Tage waren, an denen die großen Türen sich öffneten, kamen Gäste, und das Geschirr, das man so selten sah, von Speisen gefüllt, daß es nur so dampfte, genau wie am Waschtag, und während die Wohnung sich füllte, blieb der Schrank geöffnet, an den Türen das knarrende Schwingen des dickdunklen Holzes. In der Tiefe gestapelt, die großen Teller, und vom Wenigen, das die Bombennächte gelassen hatten, die schweren Gabeln und Löffel und die Messer, die Frieda immer putzte, die rissigen Griffe aus richtig gelbem Elefantenzahn in Holzkästen zu klemmen, die innen leuchtblau mit Samt ausgeschlagen waren, die hohen Terrinen mit geschwungenen Füßen. Und Frieda war erst ruhig, wenn sich mit dumpfem Anschlag die Burg wieder schloß und die Gäste gegangen waren.

»Das ist noch aus Kaisers Zeiten«, hatte Frieda oft schon gesagt, und ich stellte mir dann die Tische vor in endlos langer Reihe, der Kaiser am Tischende mit hoher goldener Mütze, der allen freundlich zunickte, nie schimpfte und die Kinder anlächelte. Frieda hatte auch von einem erzählt, der alle kannte und alle einließ an einem Tag, weil er die Schlüssel hätte, und käm man über einen dornigen Pfad, daß einem die Füße blutig würden, mehr noch als in den Trümmern, so stünd er da und sehe in ein Buch, in dem, was jeder je gemacht, aufgeschrieben sei, aufgezeichnet bis ins Kleinste, und der würd den Himmel ordnen und gleichzeitig auch das Wetter. Der wachte darüber, daß die Störche den Störchen klapperten, der Hund dem Hunde bellte, und er ließ nur ein nach seinem Buch. Und wenn es ihm nicht gut genug war, wie es darin aufgeschrieben stand, ging es gradeab in die Hölle, wo es andauernd brodelte und kokelig zischte, und selbst das Böseste verkochte in gußeisernen Kesseln, von hoher blauer Flamme geheizt.

»Und die Schweine, kommen die da auch rein?« hatte ich gefragt. Frieda sagte nach einer Weile: »Die nicht. Die wohl nicht.« Und als sie weiter erzählte, merkte ich, daß alles, was man essen konnte, nicht in den Himmel kam. Das im Wasser, auf der Wiese, die Schwimmer und Suhler, die Springer und Läufer. Auch die Schenkel der Pferde, die am Haken baumelten, das Fleisch in Därme gezwängt – alles, was gegessen wird, kann den Himmel nicht finden. Und Frieda sagte, daß in dem Land, aus dem meine Mutter kam, sogar die Esel und Kamele gegessen wurden, und ich schämte mich für das Land meiner Mutter. Und als ich fragte, ob auch die chinesische Nachtigall des Kaisers nicht in den Himmel käme, da bewegte Frieda den Kopf und sagte: »Die doch. Das glaub ich schon.«

Und ich fragte Frieda, ob die Engländer den Blockwart aufhängen würden, wenn er Fehler machte. Am Abend sprach ich mit meiner Mutter, die das Wort Kamel nicht verstand, und als sie es wußte, sagte sie mir, sie kenne es nur aus dem Zoo, zusammen mit Löwe und Tiger. Und mein Vater schimpfte mit Frieda und sagte, das sei alles Unsinn, und ich sah Pfahl und Zaun brechen und alles Viehzeug unter einem Himmel bewegt.

Mein Vater saß am Tisch, als ich morgens ins Zimmer trat. Er sah nicht auf. Links von ihm lag ein großes dickes Stück Karton, und das Papiermesser schliff er an dem ausgerundeten Stein, die große Pappschere daneben, allerlei Draht, Bunt- und Kopierstift, und er schnitt aus dem grauen Karton eine runde Scheibe am Rand des Tellers entlang und malte etwas an den Rand und bohrte mit einem Nagel ein Loch in die Mitte. Dann schnitt er mit der Schere zwei schmale Streifen, einen etwas kürzer, spitzte sie zu, daß sie wie Pfeile waren, und wo sich das Rund halbierte und viertelte, machte er die Zahlen größer und in anderer Farbe, befestigte die Pfeile mit Draht in der Mitte und sah mich an.

»Frühstück«, sagte Frieda, und mein Vater beugte sich wieder über die Pappe, und ich sah viel von seiner Schulter und den Kopf nur halb.

»Was willst du essen?« fragte Frieda. Mein Vater sagte, ohne sich umzusehen: »Was fragst du, gegessen wird, was auf den Tisch kommt.« Da hätte man viel zu tun, die Kinder in so einer Zeit auch noch zu fragen, und ich sah, daß er den Kopf schüttelte, und Frieda ging an die Hexe und blies in die Glut, nachdem sie die Feuerringe auf den Haken gespießt hatte, und legte noch ein paar Reiser nach, ging zum Handstein, und als sie den Wasserhahn aufdrehte, kamen nur ein paar Tropfen, und sie sagte: »Wasser ist weg«, und ging zum Eimer, der neben der Speisekammer stand, hob die Emailleschüssel an, die den Eimer abdeckte, damit kein Staub ins Wasser kam, schöpfte mit dem Maßbecher, gab es in die eckige Porzellanschüssel, auf der sich der Reichsadler auf dem Hakenkreuz hielt, und rührte vorsichtig.

»Damit nichts verlorengeht«, sagte sie und lächelte mir zu. Mein Vater drehte den Kopf hinter seiner Schulter hervor und sah mich ernst an, und ich sah auf den Tisch. Frieda sagte, sie sei gleich fertig, »nur noch Grieß dazu«. Mein Vater stand auf, nun ganz nach vorn gebeugt, daß der Kopf überhaupt nicht mehr zu sehen war, bewegte den Arm und ich hörte ein Geräusch, als würde etwas besonders langsam zerrissen, und dann wie er den Teller abstellte, und ich dachte, daß ich gerne zugesehen hätte, wie das Scharfe am Tellerrund entlang fuhr und in den Karton biß.

»Vielleicht gibt's heute wieder Nudelsuppe, beim Schwedenessen«, nickte Frieda. »Die magst du doch so gerne.« Und sie stand bei der Hexe und schwang den kleinen Topf über dem vergrößerten Feuerloch, denn die Ringe und das Mittelstück lagen neben dem Topf und der lange Feuerhaken dazwischen, der Handgriff auf Fassung, wohl damit er nicht zu heiß wurde, und die Fassung ging als Messingrohr ganz um die Hexe herum, daß sie wie ein Geländer aussah. Die Geschirrhandtücher hingen daran, und Feuerhaken und Feuerzange. »Sooo«, sagte Frieda und goß in den Teller, auf dessen Grund der gestiefelte Kater mit weitausholender Bewegung den Hut zog. Und ließ aus der hohen Mokkakanne heißes Wasser in den kleinen Stutzen am Tellerrand laufen, verschloß den Stutzen mit einigen Drehungen und schob mir den Teller unter das Gesicht. »Erst beten«, sagte Frieda, »die kleinen Händchen werden gefaltet, sooo.« Und ich sagte »Amen«, nachdem Frieda es auch gesagt hatte.

»Komm«, sagte mein Vater, nachdem ich gegessen hatte. Er hatte die graue Scheibe nun vor sich. Es waren Blumen darauf und Verzierungen so wie bei Tante Gine auf dem Flur, wo der Vogel aus der Klappe sah und schrie, war der große Zeiger oben. »Das ist die Zwölf«, sagte mein Vater und zog meinen Stuhl mit einer Hand näher an den Rand des Tisches, daß ich ihn an der Brust spürte. »Warte, ich leg dir noch ein Kissen unter«, sagte Frieda, »dann sitzt er höher.« Sie war an der Feuerhexe, und in der Ecke darüber war die Sonne zum Trocknen angebracht, lauter runde Stäbe zum Fächer nebeneinander.

»Guck her«, sagte mein Vater, und als ich noch einmal zu Frieda sah, »hierher, hab ich gesagt.« Er legte die Scheibe vor mich, und ich sah die Blumen am Rand und sagte: »Wie bei Tante Gine, die Uhr im Flur«, und mein Vater sah mich an.

»Das Runde ist die Uhr. Daran kann man ablesen, wie spät es ist. Hast du verstanden?« Und ich nickte und dachte daran, daß ich um sieben immer ins Bett mußte und mein Vater meist vorher schon sagte: »Gleich ist es soweit«, oder »Jetzt wird es Zeit!«, und ich nickte noch einmal. »Oben ist es die Zwölf. Hast du das verstanden?« Und ich sagte: »Ja.« »Und unten die Sechs!«

Frieda kam an den Tisch und stützte sich auf die Lehne meines Stuhls, daß ich es spürte. »Du kannst doch schon bis tausend zählen«, sagte sie. »Und zwölf ist zwei Finger mehr, als du an den Händen hast. Zehn und zwei Finger mehr«, und sie hielt erst beide Hände hoch, seitlich von meinem Gesicht, und dann noch einmal Daumen und Zeigefinger direkt vor meine Augen. »Laß mal«, sagte mein Vater und sah Frieda an, und sie ging wieder an die Sonne und hing das Handtuch auf, das ich so gerne mochte, das mit dem breiten roten Rand.

»Hierher«, sagte mein Vater, und ich sah wieder auf die Scheibe. »Die roten Zahlen sind etwas größer, siehst du das?« Und ich nickte. »Ich hab gefragt, ob du das siehst!« Und ich sagte ja und nickte schnell. Frieda kam wieder herüber. »Soll er das nicht besser nach Weihnachten lernen?« Mein Vater sah sie an, und sie ging wieder zur Hexe und bewegte den Feuerhaken.

»Zwölf, Drei, Sechs, Neun und wieder die Zwölf, alles in Rot.«

»Und die Dreizehn?« fragte ich, aber mein Vater sagte, ich solle still sein, das komme noch und ich solle mich auf das konzentrieren, was er sage, und das Ganze sei aus zwei Hälften, eine links und die andere Seite rechts, und die Hälfte der Hälfte sei ein Viertel. Als er die bunten Zeiger bewegte, drehte er den längeren schnell, und wenn der größere einmal rum war, drehte er den kleineren zur nächsten Ziffer und nannte es Stunde, und die Stunde habe sechzig Minuten, immer fünf Minuten zur nächsten Zahl. »Das mit den Sekunden brauchst du dir nicht gleich zu merken.« Der ganze Tag aber habe vierundzwanzig Stunden und der halbe nur zwölf.

Nur, daß der größere Zeiger einmal rumgehe, und der kleinere nur dieses kurze Stück, vielleicht doch, weil er kleiner war, aber ich mochte es nicht behalten, und mein Vater erklärte es immer wieder, und als er die Hälfte der Hälfte zeigte, und der große Zeiger oben war, auf der Zwölf, und er den Finger auf die Drei legte, da sagte ich »drei«, und es war richtig. Aber alles, was dreizehn nach oder siebzehn oder vierzehn vor war, das konnte ich nicht sagen, obwohl ich es unterm Tisch mit den Fingern zählte, und irgendwann legte mein Vater die Scheibe in einen grünen Pappdeckel, stand auf, sah mich lange an und schüttelte den Kopf bedauernd, und ich sah, daß er traurig war, und er ging hinaus und schloß leise die Tür.

Ich saß noch länger am Tisch und sah auf die große Decke, Frieda hatte sie selbst gehäkelt, damals als sie noch jung war, und Frieda trat hinter mich, und ich blieb sitzen, und als mein Vater wieder hereinkam, ging Frieda an den Handstein, und als er sie ansprach, sagte sie etwas, und er erwiderte, daß ich's nicht hören konnte, und lauter: »Soweit kommt es noch«, und Frieda ließ einen von den Löffeln fallen, daß es klirrte, und mein Vater ging, ohne mich anzusehen.

»Nicht traurig sein«, sagte Frieda und strich mir über das Gesicht und sagte, wie es gewesen sei, früher als sie selber noch Kind war, mit ihren Schwestern.

Und Frieda stand am Herd und erzählte von den Bomben der Amis und Tommis und daß ich gerade geboren worden sei in der Zeit, als die Engländer die Terrorangriffe auf Hamburg flogen. Schwarz sei der Himmel von Fliegern gewesen. Flügel an Flügel, nur brummendes, dröhnendes Drohen, und daß die ganze Stadt brannte im Sturm, und die Menschen und Dinge ins Feuer gezogen wurden von dem Orkan in den Straßen, den die Hitze gemacht, daß sie gebacken wurden in den dicken Bunkern, klein geschmurgelt zu Zwergen, das flüssige Menschenfett knöchelhoch in den Schutzräumen der Stadt. Wie das Lamm in der Tonform gart.

Und das scheuchende Feuer, der Sturmwind, so laut vom Ächzen der brechenden, platzenden Mauern und Balken, vom Schmelzen der Steine, dem brodelnden, kochenden Teer von den Straßen. Die Schreie der Menschen nicht hörbar, stumm vor dem Bersten der Bomben, dem Brand. Und dazwischen das Wummern der hilflosen Flak. Der Schrei der Sirenen. Das Heulen der Hunde wollte nicht enden. Billbrook und Rothenburgsort, als wär's nie gewesen. Kein Fenster, kein Haus, keine Menschen, Bäume und Türme, die Kirchen verkohlt. Alle Plätze verschüttet. Die Schiffe auf der Elbe gesprengt und geschunden, alle Kräne und Docks verrutscht und die Brücken geborsten, gesunken. Der Hamburger Himmel blieb rot in den Nächten, »konnt man bis Dänemark sehn«, sagte Frieda.

Und als ich sie am Abend vor Tisch noch fragte, sagte mein Vater barsch, zu klein sei ich noch, so was zu hören. Und Frieda schlug die Hände vors Gesicht und sagte: »Aber die Uhr soll er lernen, so klein wie er ist«, und stürzte hinaus.

In der Nacht erwachte ich, und der Mond warf sich ins Zimmer, und hellte alles auf, machte den Stuhl zu einem Gestell und die Lampe, als hinge es schwer von oben. Der Mantel am Kleiderschrank atmete aus dem Halbdunkel, daß ich dachte, er bewege sich auf mich zu, und das helle Rechteck des Fensters fiel auf den Boden und machte das Muster des Teppichs, daß man's nicht nur ahnte, und das Federbett wie klüftiges Eis, wenn der Fluß es verstapelt, und ich hätte gerne nach Frieda gerufen, zu fragen, was knackte im Haus und sirrte und summte, hörte man lange darauf. Hoch in dem Raum. Und das Zimmer dehnte sich und ich fiel, bevor ich schrie und mich die Schwärze knistrig einholte vor dem bewegten Traum.

⋆

Am nächsten Tag fiel es von oben, als würden einem lauter Fäden ins Gesicht gesteckt. Als ich Dieter Mertens zog, lief ich erst ein schnelles Stück, stoppte, riß die Spitze des vorbeirutschenden Schlittens mit einem Ruck herum, so hart ich konnte, daß Dieter Mertens kopfüber in den aufstiebenden Schnee stürzte und für einen Moment wie ein großes Kissen dalag, wie etwas einfach Hingeworfenes, bis sich die Arme wie beim Schwimmen bewegten und er prustend aufstand und ich ihm beim Abklopfen half. Nachdem er seine Handschuhe wieder angezogen hatte, setzte ich mich auf den

Schlitten und versuchte, indem ich das Gewicht verlagerte, in der scharf gerissenen Kurve nicht abgeworfen zu werden. »Ich hab zweimal mehr«, sagte Dieter, und wir liefen wieder zu den anderen Kindern. Die hatten in dem einen Bombentrichter eine Rodelbahn gebaut. »Da ist noch'n Blindgänger drin«, sagte Helge Jakobsen und zeigte ungefähr in die Mitte.

Man warf sich, den Schlitten an Bauch und Brust geklemmt über den aufgeworfenen Rand, dann ging's runter und an der anderen Seite fast halb wieder hoch, um dann wieder an den tiefsten Punkt des Kraters zurückzurutschen, an dem sich der Schlitten beruhigte und manchmal auch drehte. Ich kippte über den Kraterrand, und als ich mit dem Bauch darauf lag, stieß Helge Jakobsen mit dem Fuß hinten an den Schlitten, daß er sich querstellte und sich mit mir überrollte. Wehgetan hatte es nicht, aber weil die Kinder immer über den gleichen Weg kamen, nämlich da, wo der Kraterrand an einer Seite noch etwas höher, die Erde noch mehr aufgeworfen war, gab es dort kaum noch Schnee, abgeschurft von den Kufen, war mein Mantel von hellem Lehm verschmiert. Und Rita Eichholz sagte: »Schon wieder der Mantel! Jetzt hast du ihn wieder schmutzig gemacht!« Und ich sah zu Helge Jakobsen. Der tat so, als böge er sich vor Lachen, und Rita rieb mit Schnee und zog dann den Mantel aus. Aber alles verwischte nur, und sie sagte: »Da muß mehr Schnee drauf. Der macht sauber!«

Rita brachte mich zu den Flakgestellen, die übereinandergetürmt und auch wahllos herumlagen, und ganz oben auf dem Stapel zwei, drei schräge, daß sie sogar ein bißchen wakkelten. Es war kein richtiges Dach, nur kam etwas weniger Schnee. Sie sagte, ich solle dort bleiben, bis der Mantel trokken war.

Der Schnee fiel dick und langsam, und der Wind ging nur

ganz wenig, durch die Stapel sah ich den anderen zu, wie sie immer wieder Anlauf nahmen und über den Rand des Trichters kippten. Rita rief etwas und winkte mir zu. Und als ich so stand, unter dem wackeligen Dach, trat ich in den kreisrunden Rand einer Halterung. Das ging ganz leicht, aber dann bekam ich den Fuß nicht wieder heraus.

Helge Jakobsen kam noch einmal und sagte: »Du bist eine Promenadenmischung. Eine richtige Promenadenmischung bist du.« Und ich antwortete ihm nicht.

Die älteren Kinder gingen, und Rita rief noch einmal, schon ein ganzes Stück weiter: »Geh nach Hause! Nach Haus!« Aber ich bekam meinen Fuß nicht heraus, obwohl ich mich bemühte und wußte auch nichts zu sagen. Zum Schluß blieben nur noch ein paar kleinere Kinder aus der Hasencleverstraße, die ich aber nicht richtig kannte. Dann begann es zu dämmern.

Der Schnee fiel immer noch, daß man nichts hörte, und weil ich immer wieder an dem Fuß zog, schmerzte es erst, aber dann tat es nicht mehr weh, und ich setzte mich auf die Kante, und der Schnee kam nur manchmal im Dreh, und ich sah, wie er die Füße langsam verdeckte, die schmutzige Schulter am Mantel schon weiß, und ich setzte mich, enger die Arme, und drückte mich an das löcherige Eisen der Geschoßpaletten und geriet so in Dämmer, konnte die Lichter kaum noch sehen, entfernt die Laterne, und Müdigkeit breitete sich, wie der Schnee fiel, in immer dickeren Flocken. Ich sah meine Mutter an der Nähmaschine und Frieda am Ofen. Und aus der Ferne die Luftschutzsirene, die man mit der Handkurbel drehte, und ein Hunderuf in der Nähe. Und ich sah, wie der Schnee eine Stadt verdeckte, die Häuser hüllte, bis über die Fenster, das Licht der Stuben zu schlucken, und Menschen in langen Mänteln, und einer rief meinen Namen, aber ich antwortete nicht, und wieder mein Name, wie ganz aus der Ferne, und ich sah das Gesicht meines Vaters, mit der Sturmlaterne, als er mich ansprach, war's weit, ganz weit, daß auch sein Gesicht schon zerschmolz vor der Müdigkeit, und dann sagte er nichts mehr, griff an meinen Kopf und bewegte den Fuß und die Beine, zog den schwarzen Ledermantel aus, wickelte ihn um mich, und der harte Kragen war kalt und stieß ans Kinn, und als ich hochkam, über die Lederkante sah, stand die Laterne im Schnee. Dann sah ich das Gesicht meiner Mutter und Frieda. Die rieben an mir, sprachen laut. Ich verstand nicht.

Mein Vater lief zurück, kam wieder mit dickem Eisenrohr, klemmte es in die Halterung, und ich hörte wie der Hammer schlug, daß mein Bein sprang. Der Kopf meiner Mutter neben mir, und als er mich trug, lag ich an seinem Gesicht und sagte leise: »Helge Jakobsen hat gesagt, ich bin eine Promenadenmischung!« Und er schlang den Mantel noch fester.

*

Gegen das Frühjahr wurde die Helle gedeckter, und Frieda sagte: »Schnee kann man nicht essen!« Und daß er schmutzig sei, so weiß er auch aussehe. Dann wurde der Schnee grau, und am nächsten Tag klebte er, und wenn man ihn zusammendrückte, lief Wasser aus der Hand und Helge Jakobsen formte einen Schneeball, rief: »Hau ab du Russe!« und warf damit nach uns.

»Ihr dürft nicht damit schmeißen«, sagte Jörn Glasmacher, »es wird zu hart«, und hob Schnee und drückte ihn und hielt den glasigen Quetsch in der flachen roten Hand. Helge Jakobsen ließ seinen Schneeball gleich fallen, und aus seinen Handschuhen tropfte es, und Jörn Glasmacher sah auf seine Hände und erzählte über das Unglück, das in der Hasencleverstraße passiert war.

Beim Abendbrot erklärte mein Vater, die älteren Kinder hätten Patronen aufgesägt, und der Jüngste von den Merkels, die ich gar nicht so gut kannte, hatte das Schwarzpulver in ein Rohr getan und zugeschraubt. »Wahrscheinlich eine alte Luftpumpe«, sagte mein Vater am Abend, und Frau Merkel würde nur weinen. Und der Hans hatte die Lunte zu kurz gemacht: »Verdammt noch mal!« Und das linke Auge ganz weg, der Arm zerrissen bis übers Gelenk, und der Vater vermißt an der Ostfront: »Man weiß, was das bedeutet, verdammt«, und ihr Ältester gefallen. »Der Ewald, gleich damals in Polen. Die erste Kriegswoche war's.«

Mein Vater ging mit Frau Merkel und besuchte Hans. Der war im Lazarett, so hieß das Krankenhaus. Das rechte Auge sei vielleicht noch zu retten, aber man wüßte es erst ganz genau, wenn Hans die Augenbinde abgenommen würde. Hans' ganzes Gesicht sei nur rotrohes Fleisch, und alles in allem hätte er noch Glück. Und mein Vater sagte, wenn er noch jemals jemand erwischte aus unserer Straße, der mit Munition spiele, den würde er windelweich hauen, »den Idioten, den verdammten«. Der Sohn gefallen und Franz Merkel zuletzt Zugführer in Rußland. Und Frieda schob die Brille nach oben und rief: »Mein Gott nur! Die Mutter! Mein Gott nur! Der Krieg!« Und mein Vater ging ans Fenster und sah hinaus.

*

Onkel Arthur war der Vetter meines Vaters und hatte gescheitelte Haare und eine Handelsfirma. Für meine Mutter brachte er Blumen, und mir schenkte er einen schwarzen

Blechkasten mit Wasserfarben und Pinsel. »Aus England«, sagte er. Einen Block gab er mir auch. Den nahm mein Vater gleich weg und sagte, ich sei noch zu jung, das Papier zu gut. »Erst üben!« Er gab mir ein paar Blätter graues Papier, ein Glas Wasser, und ich malte den ganzen Nachmittag, solange Onkel Arthur da war, und der sagte: »Das ist das Rechte für den Jungen!«

Und immer wenn ich das Wasser auf das Papier brachte, denn warf es sich, und kam Farbe dazu, lief es in den Rillen wie in Gräben. Und wo die Gräben am tiefsten waren, sammelte sich die Farbe zum Schluß, machte sie dunkel und stumpf.

»Immer läuft's in die Rillen!« sagte ich. Und Frieda trat hinter mich und sah mir über die Schulter. »Hier«, sagte ich und wies auf das gefurchte Papier.

»Mal doch Geranien«, sagte Frieda, »dann freu ich mich.«

»Aber es läuft immer in die Mitte«, sagte ich, und Frieda sah einen Augenblick auf das Blatt: »Das ist durch die Nässe.« Und dann sah sie sich um, als könnte durch jede Öffnung etwas eintreten.

»Ich hol dir die Buntstifte vom Vater«, flüsterte sie, »aber damit mußt du in Friedas Zimmer bleiben. Hörst du?«

*

Im Wandsbeker Gehölz durfte ich den Korb tragen mit den Broten und der Thermoskanne, in der Malzkaffee auch nach Stunden noch dampfte. Frieda sagte, die Thermoskanne sei eine der großartigsten Erfindungen überhaupt.

Als wir uns hinsetzten und aßen, war's gerade am Grab von Matthias Claudius. Frieda sang, daß die Brüder sich niederlegen sollten, in Gottes Namen, und daß der Abendhauch kalt sei, und daß es manche Sachen gebe, die viel Freude machen würden, und dem Nachbarn, der krank sei, auch.

Und Frieda schob die Brille hoch, daß sie auf der Stirn lag, und wischte sich mit dem großen Taschentuch über die Augen und schneuzte sich lange, und ich fragte, ob unter dem Stein tatsächlich jemand lag.

Am kleinen See stand vorne eine alte Frau am Steg, griff in die große Tasche, die neben ihr lehnte, nahm altes Brot heraus, warf es auf den Boden, trat mit den halbhohen Absätzen der Schnürstiefel auf die rundgeworfenen Brotscheiben, die auseinanderbarsten, daß man es richtig hörte, und schob die Brocken und Krümel immer wieder mit der Schuhspitze über die Stegkante ins Wasser, daß ihr dünnes Bein eilig aus dem langen Mantel stieß, und als sie dann noch mehr Brot aus der Tasche zog und weiter trat, sah es aus, als tanze sie einen eckigen Tanz, und ich lachte auf und sah zu Frieda. Die schüchternen Bläßhühner eilten heran, und ein Schwan rauschte durchs Wasser, die Schwingen kurz gestellt, daß man sich kaum vorstellen konnte, sie würden zum Fliegen taugen, schwamm wahllos zwischen Enten und Möwen durch wie ein Patrouillenboot, nur einmal biß er sich ein großes Stück, und gleich weiter, mit steiler Bugwelle an der schmutzigen grünen Brust. Die Frau ging, und die Möwen kamen auf den Steg und zankten sich um die Reste.

»So mit Brot umzugehen!« sagte Frieda. Aber die Frau habe es wohl nie nötig gehabt, das könne sie schon an der Kleidung sehen. Ich blickte der Frau nach, konnte aber an der Kleidung nichts entdecken, ging hinunter zum See, schöpfte das Wasser mit dem schwarzen Verschluß der Thermoskanne, daß ich aus Versehen noch mit dem Ärmel eintauchte und mit einem Schuh einsackte, und Frieda rief: »Junge nicht! Das ist doch viel zu schmutzig!« Ich setzte den Becher ins Gras.

Vom Schrank hatte ich den Malblock von Onkel Arthur genommen, der an den Seiten verleimt war. Und als ich mit der Tusche über das gelbliche Papier fuhr, warf es sich nur ganz wenig, keine Rinnen, in denen sich die Farbe fing, und Frieda sagte: »Die Bäume seh ich. Aber Birken sind's nicht, die haben weiße Stämme«, und zeigte mit dem Finger. Und wo die Wolken weiß sind, läßt man das Papier stehen, und die Stämme der Birken auch weiß. Wie Farbe, als hätte ich sie aus dem Kasten genommen, und ich sagte: »Das Weiße ist wie getuscht, nur noch sauberer«, und zeigte mit der Hand in die Wolken. Frieda nickte, sah in den Korb und fragte: »Noch Wurstbrot?« Und ich sagte: »Nee«, und sah über den See, auf dem das Licht des Tages wippte.

Frieda nannte die Enten Stockenten, und die besonders bunten Erpel. Immer wieder flog ein Erpel auf eine Stockente mit braungrau gesprenkeltem Kleid, und jedesmal viel Geschrei, daß ich an Friedas Arm faßte und sagte: »Der Erpel tut ihr was!« Und Frieda sagte: »Das ist nun mal so.«

Beim Abendessen erzählte sie's bei Tisch. Nur meine Mutter stand am Fenster und lachte nicht mit.

*

Über die Washington-Allee ging ich in die Bäckerei Mordhorst und kaufte zwei Schnecken mit klebrig braunem Rand. Auf den Stufen vor dem Laden roch man schon das frische Weizenbrot. Frieda hatte mir zwanzig Pfennig mitgegeben und gesagt: »Kauf Schnecken! Hörst du? Die kannst du in der Pause essen. Aber erst das Brot. Und laß die Schnecken schön im Papier. Die kleben. Hörst du, was Frieda gesagt hat?«

Ich hatte genickt, meinen Ranzen genommen und war gegangen. Hinter den Häusern führte die Treppe nach unten, der Raum für die Ascheimer. Manchmal standen wir Kinder da. Wenn einer die schwere Eisentür zuzog, hörte man nur das Atmen, knirschende Sohlen und hastiges Bewegen. Da roch es älter als alt. Vielleicht wie das Moor, dachte ich, das Unvorsichtige verschlang. An den kaltnassen Wänden schlich einer, nicht einmal Schatten, nur das Stiefelleder knarrte, dann Raschel am Kleid, und die Mädchen schrien hoch und bewegten sich, und dachte man, daß es einen auch berührte, lief es kalt den Rücken runter, und wir quollen dann auch sofort hinaus, wenn die Eisentür aufschlug, und das Helle uns übervoll traf.

Einmal waren wir auf das stumpfe Dach des Ascheimerkellers geklettert, und als wir nach einander griffen, war Dieter Mertens über die Kante gekippt, daß es dumpf stieß, so als würde schweres nasses Tuch fallen, und alle waren still mit einmal. Jörn Glasmacher lief gleich die Treppe runter und Rita Eichholz folgte ihm langsam, und als ich nachging mit den anderen, lag Dieter Mertens, und Blut war in einer der dünnen blonden Locken, die neue Brille, die er erst zwei Tage hatte, neben ihm. Die Gläser raus und zersprungen.

»Er ist tot«, sagte Horsti Dose, und Jörn Glasmacher kniete neben Dieter Mertens und sah sich um. Dahin, wo gar keine Kinder standen, und er sagte: »Das Blut kommt aus den Ohren!« Wie er da so lag, so bleich und still, so wirklich dem Schlaf gegeben, so todmüde in allem, dachte ich, blaß wie die Heimkehrer aus der Kriegsgefangenschaft, wie Herr Wunderlich damals, als die Russen erlaubt hatten, daß man ihm das Bein mit dem Taschenmesser abschnitt. Daß nun das Hosenbein immer rumschlackerte, weil kein Bein mehr da war.

Tante Gine kam und schrie: »Dieter, Junge! Mein Junge! Dieter!« und versuchte, ihn halb hochzuziehen. Aber Dieter ließ die Hände nach hinten, und Tante Gine schrie etwas, das ich nicht verstand, und Herr Dose kam. Der sagte gleich, daß Dieter noch leben würde, und als er sich runterbeugte, nahm er die Brille mit der Hand, auch die Stücke der Gläser und legte sie oben neben Dieters Kopf und beugte sich wieder runter. Und Herr Dose sagte: »Er atmet, aber nur flach.« Tante Gine hörte gar nicht richtig und rief immer wieder den Namen, als wollte sie ihn wecken. Und der Kopf von Dieter schaukelte von einer Seite auf die andere, als ihn Herr Dose mit einem Arm anhob. Da faßte Tante Gine auch mit an und Jörn Glasmacher nahm das andere Bein, und als sie ihn die Stufen hochtrugen, baumelten seine Arme. Karin, die im Haus schräg über uns wohnte, sagte mit einem Gesicht, das ich nicht an ihr kannte, daß Dieter nun wohl sterben müsse, wenn er nicht schon tot sei. »Sie will es nur nicht wahr haben«, sagte sie und zeigte auf Tante Gine.

»Herr Dose hat's doch nur gesagt wegen der Kleinen.« Und sie sah zu uns.

»Als der Schornsteinfeger vom Dach gefallen ist im vorletzten Herbst, lief auch Blut aus den Ohren, da ist er dann dran gestorben! Das weiß die ganze Straße«, und sie sah wieder zu Tante Gine. Keiner sagte etwas, und Karin hielt Horsti Dose. Ich sah meinen Vater um die Ecke biegen, und als er Tante Gine sah und daß Dieter Mertens die Arme so runterhingen, lief er gleich und rief: »Krankenwagen! Los!« Und zog seinen Ledermantel aus und legte ihn auf das Gras und er sagte: »Legt ihn hier ab.« Und als sie Dieter hinlegten, lag der auf dem Mantel, die Arme ausgebreitet, daß sie im Gras lagen und mein Vater zog noch seine Jacke aus und deckte Dieter damit zu.

»Jörn«, rief mein Vater. »Die Nummer vom Krankenhaus gleich unter Polizei und Feuerwehr!« Und daß er die Adresse angeben solle für den Krankenwagen, und Jörn Glasmacher lief, und mein Vater faßte in den Mund von Dieter und zog an seiner Zunge und drehte Dieters Kopf, und als er die Augenlider hochzog, sah ich, daß das ganze Auge weiß war, und ich erschrak, und mein Vater legte die Hände mit auf den Mantel unter die Jacke und stand auf und bewegte den Kopf und ich sah, daß ihm kalt war.

»Verdammt! Wie kam das?« sagte mein Vater, und sah mit schmalem Mund auf den Eingang, zu dem Jörn Glasmacher gelaufen war, sah auf Dieter Mertens und wieder auf die Tür, und Tante Gine sagte andauernd etwas, was ich nicht verstand, obwohl sie fast schrie.

Mein Vater sah Jörn Glasmacher und machte ein, zwei eilige Schritte ihm entgegen, und Jörn rief schon von weitem: »Er kommt! Er ist bald da.« Tante Gine saß im Gras, die Beine ganz von sich gestreckt, wimmerte, saß mit dem Rükken zu Dieter, hielt nun seine Hand und schaukelte damit, und mit der anderen strich sie über das Gras, als wollte sie's glätten, redete vor sich hin, und die Spucke lief ihr aus dem Mund. Ich hörte, daß sie immer wieder Dieters Namen sagte, und mein Vater kniete neben seinem schwarzen Ledermantel, den er noch aus dem Krieg hatte, hielt sein rotes Ohr an Dieters Mund, als würde dieser sprechen, leise, ganz leise. Dann drehte er ihn vorsichtig auf die Seite, von Tante Gine weg, aber die ließ seine Hand nicht los. Mein Vater stand wieder und sah auf Dieter und Tante Gine, dann sagte er zu Herrn Dose: »Wo bleiben die Brüder denn? Verdammt noch mal!« und: »Dose, Sie gehen am besten an die Ecke und weisen den Wagen ein.« Und Herr Dose ging.

Da kam der Krankenwagen, und sie legten Dieter auf die Bahre. Die war viel zu groß für ihn, und das Blut tropfte auf das flache Kissen, und Tante Gine schrie, wie Rita Eichholz damals, als Helge Jakobsen sie mit der Gabel gestochen hatte. Mein Vater packte sie am Arm und schüttelte sie nur so, daß ich dachte, sie würde gleich hinfallen, und schrie sie an: »Hör auf! Hörst du? Du sollst aufhören, hab ich gesagt!« Und dann schob er sie zum Krankenwagen, stieg mit ihr zusammen ein. Der Beifahrer schloß die Tür. Und die Sirene ging.

★

»Freu dich, schöner Götterfunken«, sagte Frieda leise, weil sie's grade im Radio sangen und hob den Rocksaum etwas, um über die Gläser zu wischen, hielt die Brille am gestreckten Arm gegen das Fenster.

»Frieda, was ist Götterfunken?« fragte ich.

»Das Licht«, sagte Frieda, und wies wieder mit Arm und Brille an das Fensterkreuz.

Dieter Mertens war tot, und Frieda und meine Mutter weinten bis in den Abend, Frieda noch den ganzen nächsten Tag. In ihrem Zimmer nahm ich den Block von Onkel August, in dem nun schon einige Blätter fehlten. Frieda schnitt mit dem Kartoffelschälmesser die Seite vom Wandsbeker Gehölz ab und legte sie in das Hutfach ihres Kleiderschrankes, in dem sie meine Malsachen verwahrte, und auf der neuen Seite, sah ich Dieter auf dem Ledermantel liegen, seine Brille übergroß daneben, das Glas zerbrochen im Kritzel, wie die Hand fährt, daß sich das Papier eindrückte vom Bleistift. Wo das Gesicht war, ließ ich das Weiße vom Papier, um das Leder vom Mantel das Gras, und das Grüne zerlief sich im Tuschwasser zur Ahnung. Die blonden Locken mit gelbem Buntstift in Wellen, wie die Elbe ging. Und eine Linie malte ich rot, und hinter dem Kopf der schwarze Schatten vom Mantel meines Vaters. Die Wolken, als wären sie ineinander verhakt.

Der Sternecker Weg war leiser geworden. Die älteren Kinder standen zusammen wie die Erwachsenen, und trat man dazu, schwiegen sie gleich. Als Alfred Wunderlich Kippelkappel spielen wollte, sagte Jörn Glasmacher: »Nee, ich mag nicht!« Die anderen wollten auch nicht. Nur Helge Jakobsen.

Tante Gine trug schwarze Kleidung, und ihre Haut im Gesicht sah stumpf und etwas grau aus. Wenn sie sprach, weinte sie gleich, besonders wenn sie mich sah. Frieda hatte die ganze Zeit ihr Taschentuch in der Hand, und die Brille lag dann nur noch auf der Stirn, obwohl sie ohne die dicken Gläser fast gar nichts sehen konnte.

Am nächsten Tag, als ich aus der Schule kam, stand mein Vater in der Küche, und Frieda hatte rote Augen und meine Mutter die ganze Zeit die Unterlippe zwischen den Zähnen. Zeichenblock, der Kasten mit den Wasserfarben von Onkel Arthur und die Buntstifte lagen auf dem Tisch, und mir wurde kalt. Als ich den Ranzen abstreifte, ihn noch in der Hand hielt, sagte mein Vater leise: »Komm her!« Als mich seine Hand traf, strauchelte ich, und es war für einen Augenblick ganz hell im Kopf, und mein Ranzen flog im Schwung, und die Schiefertafel traf genau die Messingeinfassung vom Ofen und zerfuhr, und als ich ihn wieder hochnahm, sah ich meinen Vater schon verschwommen, wie er die Zeichnung hoch hielt, auf der Dieter Mertens auf dem Ledermantel lag und sagte immer noch leise: »Wer hat dir erlaubt, den Block und die Buntstifte zu benutzen? Sag mir wer!«

Erst wollte ich sagen, daß Onkel Arthur ihn mir doch geschenkt hatte, und daß dünnes Papier vom Wasser kraus wurde. Aber ich ließ es, sah nach unten, der Fußboden schien grau und entfernt, und seine Stimme wurde lauter, als er mit krummem Finger auf das Papier zeigte, wo die Haare von Dieter Wellen waren. »Schämst du dich denn gar nicht?

Schämst du dich denn überhaupt nicht?« Und er zerknüllte das Papier und warf es auf den Boden, daß es an den Ofen rollte.

»Der Kasten ist ein Jahr beschlagnahmt. Damit du ganz klar siehst!« Er machte einen schnellen Schritt auf mich zu, und ich riß die Hände an den Kopf und duckte mich, und mein Vater rief: »Was, du wehrst dich? Hände runter!« Noch lauter: »Aber schnell!« Und als ich seine Hände kommen sah, rief meine Mutter: »Nein, wirst du nicht! Nein du, nein!« Und sie hielt seinen Arm und stieß mich zu Frieda, die nahm mich gleich und legte ein Stück ihrer Schürze über meine Schulter und schob mich aus der Tür. Meine Mutter rief etwas in ihrer Sprache, was ich nicht verstand, und Frieda zog mich in ihr Zimmer, setzte mich auf den Stuhl, und auf dem Schrank war der schwarzhölzerne Adler gelandet.

*

Dämmer kam, legte die Hausseite drüben ins Entfernte. Ab und zu hörte man noch ein Kind, hier einen Namen, einen Schrei, dann schnelles Laufen im Hausflur, und mein Vater sah auf. »Komm mal«, rief eines, und ein anderes antwortete im Weglaufen, und mein Vater sagte: »Es ist Zeit für den Jungen.« Meine Mutter, die wieder an der Maschine saß, legte das Nähzeug aus der Hand, stand auf, raffte die Schürze ein, öffnete sie über dem Nähtisch, daß Flusen und Garnreste auf das rote Holz taumelten. »Ich mach Kaffee«, sagte sie und ging mit dem beuligen Kessel an den Wasserhahn, und mein Vater, der jetzt vor dem Arbeitstisch saß, hatte den Kopf aufgestützt, und seine hellen Augen folgten mir, bis sich die Tür schloß.

Am Morgen waren die Wolken bauschig, zusammengeschoben. Alle Unterseiten wie mit dem Messer geschnitten. Wo die Sonne war, ahnte man, weil es sich an einem Punkt manchmal hellte. Mein Vater war im Vorgarten, um die Ligusterhecke zu stutzen. An dem Tag fühlte ich mich nicht, das Dämmern wollte nicht weichen. Taube Ohren morgens, pochend, alles verborgene Anspannung und Gefühl, daß sich das Trübe nicht ließe, vielleicht nie wieder jemand mit mir spielen würde oder die Sonne nie mehr käme. Auf dem Sternecker Weg blieb das Pflaster im Glanz. Als ich dachte, es würde doch trocknen, stob es neu von oben im Niesel, und das feine Feuchte fuhr in den Kragen, machte Jacke und Hose an Schulter und Knien stumpf und schwer durch die Nässe.

Sie hatten mir den Aquarellblock von Onkel Arthur wiedergegeben, obwohl das Jahr der Beschlagnahme noch nicht herum war. Der Kasten mit den Wasserfarben stand wieder auf dem Tisch. Daneben ein angesprungener Tonkrug für Wasser, ein Lappen. Meine Mutter hatte neue Pinsel gekauft, ganz feine, golden beschriftet mit schwarzen langen Stielen und wippendem roten Haar. Meine Mutter erlaubte mir auch die Buntstifte des Vaters. Die spitzte ich vorsichtig, immer in dem Gedanken, daß er's nicht merkte, aber der grüne Stift für Baum und Wiese, der braune für Haus, Stamm und Stein kürzte sich unaufhaltsam, und ich sah, wenn gelb und blau übereinander fuhren, ging es auch ins Grüne, nahm man rot dazu, ließ sich braun machen.

Einmal sah ich ein Bild in einem Buch. Da lag ein Mädchen wie zum Schlummer, ein Löwe dabei, Wald, Blätter und Blumen. Das Bild war von einem Franzosen. Meine Mutter las umständlich, der Mann sei ein Zöllner. Und Frieda sprach von Grenzen und Zäunen, gestreiften Schlagbäumen, die die freien Wege kreuzten, und vom Wegzoll, und ich träumte vom Zöllner. Dachte an ein langes Leben mit Riegel und

Öffnung, das Tor über den Wolken, dem Mann mit dem Schlüssel. Und Löwe und Tiger flohen vor einem Feuer über das Papier, auch der Elefant mit riesigen Ohren, denen wohl so leicht nichts entging, und der mit langem weißen Zahn alles spießen konnte oder verwühlen. Und waren Fang und Schnauze geschlossen, so zeichnete ich den Strich nach oben, und meine Mutter sagte: »Deine Tiere lachen immer!«

Auf meinen Bildern umhuschten Busch, Wald, Wiese, Prärie und Wüste das Geschehen. Und ich träumte, daß ich selber der Zöllner war, Grenzen kannte, passieren ließ, in prächtiger Uniform, wie Polizist und Soldat, und wie am Blätterbett der Schönen der Löwe wachte. Und im Tuschkasten bekamen einige Näpfe Mulden, in zwei Näpfen war der Boden schon sichtbar. Fuhr der Bleistift um die Form, schaffte er Kontur, machte die Figur einzeln. Strich neben Strich machte Fläche und Strich über Strich, der sich kreuzte, belebten die Fläche, gaben Tiefe und Stoff.

Meine Mutter schnitt aus einer alten Jacke von Frieda einen Mantel für den Winter. Als ich so stand für die Probe, sah ich mich selber wie die Figur eines Bildes, und sie steckte die Nadeln, den Saum, seine Höhe, Ärmel und Schulter zu setzen. Der Kragen noch aus Papier, und sagte in meine Bewegungslosigkeit: »Dein Vater bleibt ein wenig fort. Kommt später wieder!« Und ich sah in ihr Gesicht.

*

Der neue Lehrer hieß Barthold und liebte die Musik über alles. Herr Surbier, mein alter Klassenlehrer war nicht mehr an unserer Schule, weil er etwas mit den Jungen beim Chorsingen gemacht hatte, »was man als Lehrer auf gar keinen Fall tun darf!« sagte Frieda. Was und woher sie es wußte, wollte sie nicht sagen, so oft ich sie auch fragte. Beim Singen bewegten viele nur die Lippen, und Herr Barthold begleitete uns auf dem Klavier. Seine Stimme war beim Mitsingen so laut, daß man ihn fast als einzigen hörte. Alle Instrumente mochte Herr Barthold, aber am meisten »die Holzblasinstrumente«, da wieder besonders die Flöten. Einige waren lang und so dick, daß schon ein ordentlicher Ast hatte herhalten müssen, sie daraus zu schnitzen. Eine war mit Klappen besetzt, die im Licht blinkten, und in das schwarze Holz Ringelreigen tanzende Kinder geschnitzt und um sie herum eingeritztes Gras mit großen Blumen. Herr Barthold trug eine Baskenmütze. Auch im Klassenzimmer nahm er sie nicht ab, nur wenn er den Rektor begrüßte, und auf seiner Oberlippe war der Bart ein dünner Strich.

Als Frieda einmal in der großen Pause kam, um mir Bescheid zu sagen, daß sie mich nach der Schule abholen würde, weil sie noch etwas einkaufen sollte und sie mich brauchte, ihr beim Tragen zu helfen, wartete sie unten bei der Treppe, vor dem turmigen Vorbau am Haupttor, und ich zeigte ihr Herrn Barthold, der grade vorbeiging, und sagte leise: »Das ist er!«

»Auf Ehre und Gewissen, Junge,« sagte Frieda, »er sieht aus wie ein Franzose!« Und ich dachte von da an, alle Franzosen seien so klein, nervös und dick und hätten so kurze krumme Beine. Sie sah über den riesigen, gepflasterten Schulhof, dann über die düsteren Klinker der Pachthof-Schule, die wie rostiges Eisen aussahen, die endlosen Fensterreihen entlang und sagte: »Herrgott im Himmel, es ist das reinste Jammertal«, und daß es schlimm sei für die Kinder, »da rein zu müssen, in den ollen Kasten«, und zu mir: »Erzähl zu Hause nicht, daß Frieda das gesagt hat. Hörst du?« Ich nickte.

*

Der Block hatte nur noch sieben Seiten, ich zählte sie an einer Ecke, die frei war von der Leimung. Auf das Papier kamen die Wiesen eine hinter der anderen, begrenzt von Zaun und Knick, die gelben Boberger Sanddünen, die ich wie Wüste dachte, flache Hügel, die wie Wellen spielten, und Kühe, buntgescheckt, im dunklen Stall, Wolken getürmt, wie Gewickel über reetgedecktem Haus, und der Löwe, der der Kuh auf den Rücken sprang, die bekrallten Pranken am Fleisch, daß es rot an den Nägeln vorbeiging, und auf dünnem Butterbrotpapier den scharfkantigen Pflug und wieder auf dem Block, wie sich Weizen und Winterroggen bog mit Hecke und Baum, alles in eine Richtung. Das Pferd gebeugt im Zug, die Schar durch die Erde reißend, Blumen am Weg, Klatschmohn, der das feine Blatt so leicht ließ, die Kornblume, blau wie der Himmel am Feld. Auf der alten Briefmappe meines Vaters war ein Pferdekopf in das Leder gepreßt, mit gebogenem Hals, geordneter Mähne, und ich zeichnete das Helle, wo das Licht auf der Prägung lag, und die tiefen Kerben der Linie um Nüstern, Maul und Zügel, und das große Auge, immer und immer wieder. Als Frieda es sah, freute sie sich, und meine Mutter sagte: »Schön ist es.« Frieda setzte sich mit an den Tisch und sagte: »Das mag Frieda leiden«, und: »So schön das Feld und die Blumen.«

»Das nimm man ruhig mit in die Schule und zeig es dem Lehrer!« sagte Frieda. Erst wollte ich nicht, bis auch meine Mutter sagte: »Nimm mit.« Und daß ich einen neuen Block bekäme, so wie den alten, wo man den Leim an den Seiten mit dem Messer reißen mußte, und sie sah jedes Blatt lange an, lachte und schien sich zu freuen, und der Mantel war fertig. Am Abend probierte ich ihn ein letztes Mal. Er saß, und meine Mutter nähte auf den Kragen rotbraunes kurzes Fell und sagte: »Warm ist der im Winter!«

Zum Zeichenunterricht brachte ich die Blätter von den Wiesen, Kühen und dem Pferd, das ich so gut konnte, und Herr Barthold sagte laut: »Das hat doch dein Vater gemacht! Sag es!« Und mir fuhr es von innen an den Hals, daß ich schluckte. Und ich sagte: »Mein Vater ist gar nicht da. Er ist in Frankfurt,« und Herr Barthold sagte: »Lauter«, und ich wiederholte und schluckte, und einige lachten. Und Herr Barthold riß die Blätter vom Tisch und legte ein graues neues vor mich und seinen Bleistift und sagte: »Zeichne jetzt mal den Gaul«, und wies auf das Pferd von der Mappe. Und es wurde so gut wie keines von denen zu Hause. Herr Barthold sah mir zu, nahm alle Blätter und ging in der Mitte der Stunde. Als er wiederkam, fehlte das Pferd auf dem grauen Papier.

★

Der Zeichenunterricht war für Herrn Barthold ganz besonders wichtig. Bei ihm hieß er Kunstunterricht. Über alles liebte er das Muster, oder wie er sagte: »Feiner ausgedrückt, das Ornament!« Er zeigte uns die Fenster großer Kirchen in Arabien. Und wir fingen als erstes an, das Muster auf den Flügeln der Schmetterlinge zu zeichnen. »Ganz aus der Phantasie heraus«, sagte Herr Barthold, und fragte gleich hinterher, ob einer wisse, »was ist denn Phantasie?« Hatte einer ein Beispiel, das ihm gefiel, sagte er jedesmal: »Hübsch. Wirklich, ganz hübsch!« Danach mußten die, deren Schmetterlingsflügel »wirklich, ganz hübsch« waren, allerlei Verschwungenes zeichnen, wie auf den Teppichen, die in Asien gewoben wurden, »im besonderen im Vorderen Orient! Wer weiß, wo das ist?« Und dann: »Ja, wirklich sehr hübsch. Aber Karl May ist kein geeignetes Beispiel!« Und ich verstand nicht, wie er es meinte.

Oft ließ er Fotos durch die Klasse gehen und sagte: »Daran kann man's noch am besten sehen«, und daß fleißige Frauenhände unendlich viele winzige Knoten machten, von der Größe eines Stecknadelkopfes. Einmal mußten wir Farben als Streifen nebeneinander setzen, und immer, wenn ich zwischendurch etwas machte, was mir in den Sinn kam, sagte er: »Das ist nicht recht«, und: »Die Aufgabe ist bei weitem verfehlt.«

Aus verschiedenfarbigem Papier sollten wir Muster zusammensetzen. »Gleichklang, wie in der Musik«, sagte Herr Barthold, und weil ich nicht gerade genug mit der Schere schnitt und das Buntpapier nicht sauber genug aufklebte, sagte er wieder, ich hätte die Aufgabe gänzlich mißverstanden, und: »Es ist kein Wettkampf!« Ihm sei sofort aufgefallen, daß ich immer als erster fertig sei, und er sagte: »Das ist hier keine Sportveranstaltung. Das ist doch kein Völkerballspiel.«

Den Tuschkasten sollte ich nicht mehr mit in die Schule bringen. Es läge gar nicht in der Aufgabe, auch: »Weg mit den albernen Buntstiften!«

Wenn Kunstunterricht war, hatten nur »Lineal, die Schere, Zirkel, Klebstoff, ein harter Bleistift und der Anspitzer« dabeizusein. Und zum Ende der Kunststunde sagte er jedes Mal: »Also meine Lieben! Nächstes Mal vergißt keiner von euch das Geodreieck!« Obwohl es von Mal zu Mal immer weniger vergaßen, höchstens zwei oder drei. Ich noch mit am meisten. Waren die Striche nicht grade genug, sagte er: »Das kann man nun wirklich messen, mein Herr!« drehte das Blatt mit einem Ruck um und sagte: »Hier ist der Beginn! Auf ein neues!«

Und ich stocherte mit dem harten Bleistift über das stumpfe Papier.

Auf Flöten spielte er vor. Auch im Kunstunterricht. »Denn alle Kunst gehört zusammen.« Ich hörte es gerne, auch das Klappern der Klappen an den großen Flöten, und einmal zeichnete ich ihn, wie er so dasaß, richtig als einen Schlangenbeschwörer, den ich einmal in einem Buch gesehen hatte, mit Baskenmütze an Stelle des Turbans, die Beine so abgewinkelt und die Flöte im Wiegen, immer mit der Bewegung des Kopfes, und den seitlich abgespreizten Ellenbogen, mit schmalem Bart, und war so vertieft, daß ich es nicht bemerkte, daß er aufgehört hatte zu spielen und plötzlich neben mir stand, das Blatt vom Tisch riß und rot im Gesicht wurde, sein Hals etwas fleckig. »Nicht!« sagte ich, war aufgesprungen und faßte nach seinem Arm.

»Unerhört! Du faßt mich an?« sagte Herr Barthold laut und hielt die Zeichnung auf dem Rücken. »Das ist ja wirklich besonders hübsch!«

Ich erschrak, wollte etwas sagen, wußte aber nicht wie.

»Ich werde mit Herrn Barfoot über diesen Vorfall reden! Jawohl, mit dem Rektor!« Ob ich mich nicht schämte, auf dem nächsten Elternabend würde er mit meinem Vater sprechen, damit der Bescheid wisse, wie es um seinen Sohn bestellt sei. Daß ich überhaupt schlecht mitarbeitete. Begabt, aber in allem fahrig und flusig sei, nichts seine »hübsche Ordnung« habe. »Setzen«, sagte Herr Barthold und nahm das Blatt mit zu seinem Pult, als ich mich setzte.

Im Herbst hatte ich eine schlechte Note im Kunstunterricht. Frieda konnte es sich nicht erklären, auch nicht, daß mein Vater in die Schule kommen sollte.

Und mein Vater schrieb mir einen langen Brief. Darin stand, daß er von mir erwartet hätte, ich würde Mutter und

Frieda beschützen, weil ich doch nun alt genug sei, er hätte sich fest darauf verlassen, mir nichts mehr verbieten zu müssen. Fest mit meiner Einsicht gerechnet. Und er verbot mir zu tuschen und zu kritzeln oder den Tuschkasten auch nur zu berühren.

Ich dachte daran, meinem Vater zu antworten und überlegte einige Tage, aber was mir einfiel, war so, daß es nicht das sagte, was ich ausdrücken wollte. Es hörte sich an, als schreibe ich von einer Person, die ich nur flüchtig kannte. Alles glitt in die Entschuldigung, daß mir warm wurde im Gesicht, ich die Seite vom Tisch knüllte und wieder: Lieber Vater! schrieb.

Was ich dachte, empfand ich wie loses Nebeneinander, die Zwischenräume riesig und kalt. Und meine Gedanken drehten sich, daß mir ein bißchen übel wurde. Aber dann, an einem Tag, fing ich an, alles mögliche aufzuschreiben. Erst auf Zettel, und dann gab mir Frieda ein gebundenes Buch, in dem schon etliche Seiten beschrieben waren, in steilkratziger Schrift. Vorne, schlug man den dickfleckigen Pappdeckel mit runden, abgeschundenen Leinenecken auf, ein Engel, der sich nach hinten beugte und ein schnörkelrankendes Schild hielt, auf dem verschlungen in schwarz »Mit Gott« stand. Die großen Flächen hellbläulich. Das Buch hatte genug freie Seiten, nur ein Viertel höchstens war beschrieben, und ich setzte mich in die Küche und schrieb: »Ab heute will ich aufschreiben!« Ich sagte es Frieda, und sie sagte: »Mach ruhig! Wer schreibt, der bleibt!«

»Was steht da?« Ich drehte das Buch etwas und zeigte auf das enge Geschnörkel. Frieda beugte sich darüber. »29. Oktober 1902. Die Versammlung wurde durch namentlichen Aufruf der Interessenten eröffnet«, las sie, nahm es vom Tisch und wog es in den Händen und sagte: »Es ist aus der Mark

Brandenburg, ich hab es im Kriege gefunden.« Legte es wieder auf den Tisch und nahm ihre Brille in die Hand.

Das Papier war gelb und brüchig, und die Heftung rostig und groß, und ich schrieb über die Tage und auch, wie ich mir vorstellte, daß alles werden würde, wäre ich erst älter. Und was ich schrieb, wurde, daß ich es ansehen konnte, Wörter und Bilder gingen ineinander, als gehörten sie zusammen. Ich spitzte den Bleistift, legte ihn in das Buch, und die Seiten schlossen nicht, der Einband stand auf, daß ich an eine Tür denken mußte und an den Kasten mit den Wasserfarben.

Am Tisch fiel das Licht durch die Fenster und zeichnete den Umriß zweier Häuser gleißend auf das weißmatte Tuch. Hellte die Rundungen, spiegelte das Glas und warf auf die Tür hinten den klaren Schatten des Leuchters, der auf der Schrankkante stand. Und es sah aus, als stünde da einer, die gedrechselte Kugel oben wie Kopf und die bauchigen Ringe wie Leib oder Rüstung. Alles auf hohem Sockel, erhaben durch den Stand und ganz einsam. Ich mußte immer wieder darauf sehen, bis der Schatten bis in die Ecke zum Türrahmen glitt, sich am geschwungenen Holzprofil der Türfassung zerrte, ganz in die Ecke rutschte, sich im Knick über zwei Wände teilte, um dann zu verschwinden, weil es Abend wurde.

In einer Schublade ihres Nachtschrankes hatte Frieda Dinge aufbewahrt, die noch aus meinen ersten Lebensjahren waren. »Aus den frühsten Tagen«, sagte Frieda. Auch viele Zeichnungen waren darunter, in eine Mappe gesammelt. Tiere. Löwe, Zebra, Tiger. Kleine, zerbrochene Spielsachen aus Blech, die winzigen Autos ohne Rad, mit gefallener Achse, meinen silbernen Kinderlöffel, die feine Gabel, auf die schon mein Vater gebissen hatte, das dünne Silber noch von seinen ersten Zähnen gebeult. Manchmal holte sie die alten

Messer wieder hervor, die schon länger nicht mehr im Gebrauch waren. Das Elfenbein mit feinen Rissen, und die verschlungenen Buchstaben unseres Namens kaum mehr sichtbar. Die federnden Klingen, die man immer putzen mußte, weil der Rost da so schnell ran ging, waren aus Sheffield. Joseph Elliots & Sons, Cutlers, stand auf der Klinge.

»Macht man diesen Stahl scharf«, sagte Frieda, »schneidet er alles.« Die neuen Messer hatten so etwas wie einen Sägeschliff, »aber sie sehen nur scharf aus«, sagte Frieda, »richtig scharf sind sie nicht.« Und Frieda drehte einen alten Teller um, und da, wo die Rundung vom Stand ganz stumpf war, fuhr sie mit den Schneiden der alten runden Messer entlang: »Zwei links, drei rechts«, sagte sie feierlich und machte es eine Zeit. Als sie eine Zeitung aufnahm, ging der Stahl mit leisem Schaben durch die Blätter, als wären sie nicht.

»Die Zeiten ändern sich, Junge«, sagte sie und schob die Brille in die Stirn. Es war nicht mehr die Brille mit dem dünnen Goldrand, sondern eine aus dunklem Horn, und die lag nicht mehr so dicht auf der Stirn, sondern ragte ein ganzes Stück vor. Die Taschentücher von Frieda waren auch viel kleiner geworden und irgendwann alltags nur noch aus Papier.

Daß die Zeiten sich änderten, merkte ich auch, gleich damals, nachdem das neue Geld erschien. In den Geschäften gab es Apfelsinen und Konservenmilch. Die Pferdewagen verschwanden fast von einem Tag auf den anderen, auch der Schottische Karren mit seinen beiden dünnen großen Rädern, mit dem der Bananenhändler noch eine Zeit gekommen war, verwandelte sich in ein dreirädriges Auto. Die Kohlen fuhr keiner mehr auf dem Blockwagen, und auf den Straßen konnte man schon lange nicht mehr Rollschuhlaufen vor Autos. Die Häuserreste, die der Krieg gelassen hatte und in deren aufgerissenen Etagen manchmal sogar kleine Bäume wurzelten, Gras, Moos und Büsche wuchsen, verschwanden hinter Brettern und Gerüsten. Von den Fassaden der alten Häuser schlug man die Verzierungen ab. Auch den ins Ornament verschlungenen Stuck von den Decken. Wände und Möbel in der Küche waren nun weißglatt. »Nur mit dem Lappen rüber,« sagte Frieda und hatte staubiges Putzmittel auf dem Schwamm, »blank sind sie. Ein Segen ist's.« Und auch das Linoleum mit Parkettmuster, das man auf die zertretenen Dielen legte, »im Nu ist das rein«, und freute sich, und ich freute mich mit ihr. Kam man in die Treppenhäuser, roch es nach Bohnerwachs, und auf einer der ersten Stufen war mit Messingschrauben das Schild befestigt: »Vorsicht, frisch gebohnert!« Die Ligusterhecke verschwand, als die Straße verbreitert wurde. An Stelle der haltlosen Holztüren traten neue aus Blech mit viel Glas. Die Fenster öffneten irgendwann alle nach innen, die alten waren ausgebaut, die neuen konnte man schwenken und kippen. Die Feuerhexe wurde aus der Küche gerissen, die hohen Kachelöfen verschwanden.

Frieda gewöhnte sich einiges an, was ich vorher nicht an ihr gekannt hatte. Die grauen glatten Haare waren an einem Tag in große Locken gelegt und schimmerten etwas bläulich, und zum Frühstück las sie eine Morgenzeitung, die mein Vater ganz abscheulich fand. Ich durfte nicht darin lesen. Aber heimlich tat ich's. Manchmal las Frieda auch was vor. Ein eiserner Vorhang sei endgültig niedergegangen, direkt zwischen die Himmelsrichtungen Ost und West, und daß Deutschland in drei Teile geteilt sei, die nichts mehr miteinander zu tun haben sollten, »nie mehr«, so wollten es die Alliierten, und Frieda schüttelte den Kopf: »Wie kann es nur angehen, großer Gott, eine Sprache sprechen sie und müssen so tun, als wenn sie sich nicht kennen.« Und in den Straßen standen Schilder: »Dreigeteilt? Niemals!«

Besatzungszone waren wir in Hamburg nun nicht mehr, denn die Engländer, Franzosen und Amerikaner waren ja Freunde geworden. »Verbündete«, nannte Frieda sie. Nur die Russen waren Feinde geblieben. Die saßen in der Ostzone und Pommern, und einen Teil von Ostpreußen hatte sich der Iwan »eingeheimst«, wie Frieda das nannte, und den Rest von Ostpreußen und Schlesien habe sich noch der Pole »geschnappt«. Dem Russen gehöre an sich der ganze Osten, und er würde keinen Fußbreit davon hergeben, wie Frieda »den Russen« kannte, »der nicht«, sagte Frieda einmal laut, »so wahr ich hier sitze«, und schlug mit der flachen Hand auf den Tisch, daß ihre Locken zitterten. Der Tisch hatte auch die weiße Beschichtung, von der Frieda so viel hielt, und es störte sie nur, daß die Tischdecken darauf leicht verrutschten.

Frieda sprach viel von dem, was in der Zeitung stand. Öfters las sie wieder in der Bibel, und dann lag das Päckchen mit den Papiertaschentüchern direkt neben dem großen Buch, daß sie sich berührten, und die Brille saß die ganze Zeit auf der Stirn, wie eine winzige Mütze, und Frieda las am Fenster und nickte in das Buch, daß sich die Lehne des Stuhles bewegte.

Von den verschiedenen Stämmen eines alten Volkes, erzählte sie, und von einem Vater, der die Söhne segnete vor seinem Sterben. »Sebulon wird am Gestade des Meeres wohnen und am Gestade der Schiffe und reichen bis Sidon. Isarschar wird ein knochiger Esel sein und sich lagern zwischen den Sattelkörben. Und er sah die Ruhe an, daß sie gut ist, und das Land, daß es lieblich ist; da hat er seine Schulter geneigt und ist ein fronpflichtiger Knecht geworden.«

Und von der hohen Stadt, erzählte sie, die hieß Jerusalem. Und immer, wenn Frieda etwas vorlas, war mir, als wäre sie selbst mit dabei gewesen, damals, zu irgendeiner Zeit, läse gar nicht ab aus dem Buch. Und ich sah Menschen von fremdem Aussehen fremden Handel treiben, buntgestückte Märkte, auf die staubige Wege führten, die Straßen an karstiges Land grenzen und hinaus in die Wüste führen.

»Der Kaiser ist tot«, sagte ich einmal, und weil ich dabei lachte, sah Frieda mich ganz traurig an und sagte: »Ach, Junge, wenn du wüßtest«, und es tat mir leid, weil ich's nur so herausgesagt hatte, mehr im Spaß.

Mein Vater hatte einmal gesagt: »Alles durch den böhmischen Gefreiten! Ist ja nicht zu sagen! Ein ganzes Volk!« Und erzählte, als wir beim Abendbrot saßen, daß er als junger Soldat, als sie Frühsport machen mußten, nackend und im Schnee frierend, dem Bild des Führers, das da so in der Stube rumhing, einen Schubs gegeben, daß es sich um den Nagel gedreht hätte, und gesagt habe, wenn er Frühsport zu machen hätte, dann solle er, der Führer, gefälligst mitmachen. Und einer hätt's mit angesehen und ihn verraten. »Denunziert!« nannte Frieda das gleich. »Nach Jahren hat er diese Aussage gemacht, betrunken«, aber ehe es noch zur Verhandlung kam, sei der Verräter an der französischen Front gefallen: »Der liebe Gott vergißt den alten Preußen nicht«, und er habe sich rausreden können. Ich hätte gern noch mehr gefragt, aber Frieda und meine Mutter kannten die Geschichte schon.

Wenn man meinen Vater fragte, was er denn wählen würde bei der kommenden Wahl, sagte er, er sei Bolschewist, und er würde so nicht mehr mitmachen. Aber Frieda sagte, das stimme nicht, er würd's nur aus Spaß sagen. Den sie gewählt hatte, »in freier Wahl«, sei leider nicht durchgekommen. Das sei ein herzensguter Mensch, habe aber leider nur einen Arm, und ich dachte gleich an Herrn Dose. »Der sei mehr fürs Volk als alle anderen«, und: » Nun ist Demokratie!« Das Volk solle nun zu sagen haben, aber richtig merken würde man davon nichts. »Die tun ja doch, was sie wollen, fast alle«, meinte Frieda, »sind zu sehr von Gott verlassen.«

Ich sprach gerne mit Frieda darüber, weil es ihr auch immer gewaltigen Spaß machte und sie es sich nicht nehmen ließ, weil es »persönliche Freiheit« war. Auch wenn mein Vater ihr sagte, sie solle mit dem Unsinn aufhören, mir nichts einreden. Und ich dachte an meinen Vater und stellte mir vor, wo er war in der Stadt, da in Frankfurt.

Bomben baute man tausendmal schlimmer als die aus dem Krieg. Und in Japan war schon eine abgeworfen worden, schlimmer noch als das, was in Hamburg und Dresden passiert war, und aus der Morgenzeitung las sie einmal laut vor, der Russe habe diese gefährlichsten Bomben nun auch, und ich mußte den ganzen Nachmittag daran denken. Diese Bomben seien so, meinte Frieda und sah mich an, daß alle Städte, Menschen dahinschmelzen würden, wenn sie fielen. »Der Ami hat die Hölle schon ausprobiert!« Wenn's auch nur Japaner waren, »aber die Schuld wird auf den Amerikanern bleiben! Immer und ewig. Mein Gott«, sagte Frieda, »die armen Menschen.« Aufgeschrieben sei's, und niemand würde diese Schuld löschen können. »Nie und nimmer«, sagte Frieda und starrte an die Wand.

Meine Mutter hatte nichts gegen Amerikaner und Russen. Dafür mehr gegen Engländer, von denen sie meinte, sie hätten ihr Volk immer betrogen. Auch Frieda war von den Engländern nicht so sehr begeistert, schon wegen der Terrorangriffe auf Hamburg. Meine Mutter erzählte auch von »damals«, wie es im Kriege war. Als die großen Angriffe waren, Bomben fielen, da habe man ihr in Hamburg nicht mal erlaubt, in den Bunker zu gehen, weil die Bunker nur für die Deutschen dagewesen seien. Da habe sie im Sternecker Weg gesessen, nicht einmal in die Waschküche habe man sie gelassen. Die Höllke von nebenan und auch der Blockwart hatten gesagt, Schutzräume seien nur für Deutsche, obwohl vor dem Waschküchenfenster ja nur der große Betonpfeiler lag als Splitterschutz und die Eisentür mit dem weißen Pfeil gezeichnet war, damit man den Platz fand, wenn die Leute verschüttet wurden. Meine Mutter hatte in der Wohnung erlebt, wie das Haus gegenüber den Treffer »abkriegte«, daß es ausbrannte bis auf den einen Eingang. Die Scheiben waren nach innen geflogen. »So laut. Du glaubst es nicht.« Meine Mutter war nur gerade im Zimmer von Frieda, das nach hinten rauslag, »sonst wär's aus gewesen« vor Druck, Splitter und Glas. Mit Höllkes hatte sie nie mehr gesprochen und war auch froh, als sie letztes Jahr auszogen, und: »Blockwart Karst war gemeiner Hund!« Der hätte sie gequält, wo er nur konnte, und ich sah ihn vor mir mit wölfischem Gesicht, graustoppelig um die häßlichen Lippen, die Schlägermütze tief in der Stirn, Kragen am Ohr.

Und Frieda erzählte, daß ich als Kleinkind geradezu einen sechsten Sinn gehabt habe. »Immer noch bevor Fliegeralarm war«, hätte ich angefangen zu schreien. »Herrgott, hat der Junge jedes Mal geschrien!« Sie habe dann immer sofort gepackt und sei mit als erste im Bunker gewesen. »Weißt du«, sagte Frieda, »der oben an der Washington-Allee, der runde bei der Endstation Linie 2, Horner Rennbahn, den hat Frieda dir doch gezeigt?« Im Bunker hätte ich weitergeschrien, daß alle Leute mich schon richtig haßten, denn man mußte ja auch die Nachrichten hören, und das konnte man nicht, »so laut warst du«, sagte Frieda, und mir war's ein bißchen peinlich. »Angloamerikanische Bomberverbände«, sagte Frieda leise, wie für sich. Und ich fragte sie, warum sie meine Mutter nicht mit in den Bunker genommen hatte. Und nach einer

Weile sagte sie: »Das war die Zeit damals. Da waren wir so.«

Meine Mutter erzählte auch, wie sie »damals« vermessen wurde, am ganzen Körper, und heulte gleich los. Auch die Schädelform wegen der Rasse. Und weil sie dienstverpflichtet war, hat Herr Alex, ihr Chef, sie so sehr gequält, und auch die anderen Ausländer, die bei ihm arbeiteten und immer mit dem Lager gedroht. Nichts durfte man sagen, schier keine Widerrede. Und wie schlau mein Vater es angestellt habe, sie zu schützen, indem er immer wieder betonte, daß sie die Frau eines deutschen Soldaten war. Meine Mutter sagte, bei den Untersuchungen sei es um Nasenform und Hautfarbe gegangen und daß man Nachweis erbringen mußte, noch von den Großeltern und deren Eltern und am besten noch weiter zurück. Und daß, wenn einer nicht blond war und keine blauen Augen hatte, es schon verdächtig war. Oder wer gar behindert, Krüppel oder so, es ganz besonders schlecht hatte. Und ich wunderte mich über diese Zeit und daß wir damals in Deutschland so gewesen waren. »Einer war selbst Krüppel«, der hinkte, und sprach von allen mit am meisten, erzählte meine Mutter, und Frieda sagte leise: »Propaganda«, und ich merkte mir das Wort.

Meine Mutter erinnerte sich, wie der erste Zug deutscher Soldaten eingezogen war in ihr Dorf. Graue Uniformen, grau die Gesichter der Männer vom Staub, und die Fahrzeuge, endloses Kettengerassel, schweres Gerät für den Krieg. Motorräder mit Ketten, ich wollte es erst nicht glauben, aber Frieda sagte: »Das gab's! Das gab's alles!« Die Zugmaschinen zogen Kanonen, Panzer fuhren durch enge Gassen. In der Schule war Quartier. Ihre Mutter weinte damals, weil sie dachte, das sei er schon, der letzte Tag, das Ende der Zeiten. Und wie sie alle laut gebetet hätten, bis auf ihren Vater, der überhaupt nicht christlich war. Alle in dem Glauben, daß bald der Eine käme. Und darum baten, dem Spuk ein Ende zu machen, und daß die Herrlichkeit einziehen solle.

Meine Mutter sagte: »Du weißt nicht, wie die Deutschen sind«, und ich schluckte, obwohl ich mich fast an nichts erinnerte, nur daß die Engländer ziemlich nett zu uns Kindern waren, man damals ab und zu Kekse und Schokolade von ihnen bekam, und daß ich glaubte, nur vor Russen müsse man sich sehr in acht nehmen. Als ich später mit Frieda darüber sprach, sagte sie: »Einmal wird es so sein, daß einer auf einer Wolke erscheint, Richter zu sein den Lebendigen und den Toten!« Und ich staunte wieder über Frieda, die so genau von etwas wußte, was in der Zukunft passieren würde, was doch so verborgen, daß an sich niemand darüber sprach. Im Himmel und auf der Erde wären dann Zeichen zu sehen, sagte Frieda, die wären so ungeheuerlich, daß alles verstummte, jeder sich in Furcht krümmte, so sehr ansehbar auch für den Ungläubigen. Das wäre der eine Tag, und: »Kein Herz kann sich verschließen.« Das Harte würde weich und das Weiche hart. Der Stahl wie das Wasser, und die Steine würden verdampfen, das Meer am Kochen, und selbst Sonne und Sterne wären nicht mehr, wenn die Himmel stürzten.

Und ich fand, es war das Gruseligste, was Frieda bis dahin erzählt hatte, und als sie am Nachmittag zu Tante Hanna nach Waltershof fuhr, malte ich mit holländischen Tubenfarben, die meine Mutter mir aus der Stadt mitgebracht hatte. Strich man die über den Grund und tropfte Terpentinersatz darauf, geriet alles ins Kreiseln, drehte drohend und bauschig, und der Himmel gerann von selber, und auf die Erde machte ich Striche, die aussahen, als ob Menschen sich krümmten und lagen, und den Michel und die St. Jakobi mit gezackten, gerissenen Dächern, alles voll Feuer am schwarzen Turm der Nikolaikirche, das lodernde, berstende Schiff, mit den stiebenden Ziegeln, Gesichter, aufgerissene Münder, Panzerkanonen und Flak spien gelbrote Zungen, brennende Flieger aus den verschwärzten Wolken. Panzerketten malmten die Leute, daß es nur so aus den Körpern rausquirlte und quoll, Blut spritzte, Innereien, und die Toten lagen in großen Haufen, Dampf kräuselte von ihnen hoch. Es war das beste Bild, das ich bis dahin gemalt hatte, man konnte die Kirchen unterscheiden, jedenfalls den schwarzen Turm von St. Nikolai und den Michel durch sein grünkupfernes Dach, vielleicht lag's auch nur an den neuen Farben, und ich legte das Bild auf den Schrank und atmete lauter, und als es so trocken war, daß man es eben anfassen konnte, ohne daß es klebte, nahm ich es mit in die Schule und zeigte es der Klasse.

Einige fanden es mächtig gut. Auch Heino Meyer, der zwei Bänke hinter mir saß, war ganz begeistert und haute mir auf die Schulter und sagte: »Donnerwetter, hast du das ganz alleine gemacht? Mal ehrlich!« Und pfiff durch die Schneidezähne, und Ingo Bruhns legte sein kleines Gesicht in angeekelte Falten und sagte: »Pfui Deibel«, und Hannelore Stützner kicherte mit eingezogenem Mund, und plötzlich stand Herr Barthold da und sagte: »Was gibt's denn da Schönes, darf ich auch mal sehen?« und schob die an der Bank Stehenden auseinander, und er sah es an und sagte dann leise: »Das ist ja furchtbar, eine Ungeheuerlichkeit. Ein echter Skandal!« Und riß das Bild hoch, daß es an der Seite einriß, und lief aus der Klasse, und ich sah zu Heino Meyer, und der spitzte wieder den Mund und pfiff.

Herr Barthold kam nach einer halben Stunde zurück, kurz vor dem Pausenklingeln und sagte: »Marsch, zum Rektor, aber ganz schnell«, und in meinem Kopf war alles dumpf, und ich dachte an den einen Tag, von dem Frieda gesprochen hatte. Und wie die Soldaten grau in die Stadt meiner Mutter kamen, und an das Kraftrad mit Ketten und Beiwagen, und wie die Panzer lärmen konnten, und als ich bei Herrn Barfoot, dem Rektor, anklopfte, hörte ich es »Herein« rufen, und als ich die Tür öffnete, empfing er mich gleich mit zwei gewaltigen Ohrfeigen, daß mir der Kopf nach hinten flog, kaum daß ich die Tür auf hatte, als habe er direkt dahinter gestanden. Und er schrie mit seiner hohen Stimme: »Das ist bodenlos! Weißt du das? Bodenlos!« Und dann drehte er an meinem Ohr und schrie: »Bücken!« Und gab Anweisung: »Hände auf die Knie! Den Oberkörper nach vorn gebeugt!« Und dann nahm er den Rohrstock aus dem Glasschrank, in dem auch Bücher standen und der ausgestopfte stürzende Falke, der dem Hasen in den Rücken ging, bog das »Gertchen«, wie er den Stock nannte, wenn er manchmal auch in die Klasse kam, um jemanden direkt vor aller Augen zu »versohlen«, und dann sagte er: »Zehn Stück gibt's dafür«, und dann sauste es zwölfmal, und ich sah die Grauen in Gräben springen, das Bajonett, das sich wahllos in die Bäuche steckte, den fallenden Soldaten, der die Stielhandgranate warf von dem Bild, das ich einmal gesehen hatte, und über allem die mahlendmalmenden Ketten.

Ich sagte keinen Ton, und Herr Barfoot wartete nach jedem Schlag, ich spürte die Schläge ganz fern, und als ich mich aufrichtete, klingelte es zur großen Pause, und ich sah ihn an, den kleinen dicken Kopf mit den hochgeschorenen Haaren, der faltenlosen nassen Stirn. »Zum Kuckuck noch mal, du bist mir ja ein ganz Verstockter! Du!« Und sah mich ein bißchen erstaunt an. Er wolle mich »sehr wohl im Auge behalten«, und ich sah ihn immer noch an. Und etwas machte, daß ich in sein Gesicht greifen wollte, die winzige Nase oder in die blassen Augen, sah ihn ganz fern. »Raus!« schrie er, und als ich ging, war der Flur merkwürdig klar, und auf dem schwarzen Steinholzboden lagen grüne Späne in den Ecken von den Reinmachefrauen, und Mäntel hingen bunt vor den Klassen. Unten wartete Heino Meyer schon und er fragte: »Wieviel?« und ich sagte: »Zwei in die Fresse. Und mit dem Stock zwölf. Zehn hat er gesagt«, und Heino sagte, das sei schon sehr gut. Aber nicht ganz der Rekord. Soweit er wüßte.

*

Der Himmel blaßblaues Tuch. Grün, Baum, Busch und Gras wie ausgeschnitten und davor geklebt. Alles ohne Geräusch. Die Insekten vor den Fenstern, als würden sie nur vorbeigezogen. Lautlos großflügelige Schmetterlinge, die sich paarweise umtobten, in wildem Schlenker und kurzem Gleitflug an starrem Flügel. Purzelnde Kohlweißlinge und die gelbbestäubten Zitronenfalter, der Admiral mit seiner Buntzeichnung, der auf den schlanken, violetten Blütendolden landete, einen Augenblick verharrte, um dann weiterzugaukeln. Kinderstimmen weiter weg, ein anschlagender Hund in der Nachbarschaft. In der Ferne riß es plötzlich auf, Motorengedröhn und Gerassel, die Washington-Allee herunterkommend, am Sternecker Weg vorbei. »Feuerspeiende Ungetüme,« wie Frieda sie nannte, knirschten vorüber, und das Geräusch verlor sich in der Ferne. Und wieder war Stille.

Mein Vater war schmal geworden. Er saß in der Küche, und sein Gesicht war blaß. Meine Mutter und Frieda waren um ihn herum, schenkten nach, sobald sich die Tasse leerte. Meine Mutter sprach mit ihm in ihrer Sprache, die er während des Krieges ein bißchen gelernt hatte, und faßte oft an seinen Arm. Und auch Tante Gine kam, und Jonni Lindemann mit der Zündapp, dem Motorrad, das er bald verkaufen wollte. Und mein Vater erzählte leise und stockend von Frankfurt und wie's gewesen war, von seinem Kriegskameraden, mit dem er unter Rommel in Afrika gedient hatte, wie er sagte, und den er gut kannte. Und wie sie's angefangen hätten. Ich hätte gerne etwas gefragt, aber ich ließ es, so vertieft, wie er war.

»Es lief einfach nicht,« sagte er und sah auf den Boden.

Zurückgekommen war mein Vater auf der Ladefläche eines Lastwagens. Nur mit seiner Kleidung in einem alten Kaffeesack. Und wieder war es so, daß die Ruhe im Haus besonders groß wurde, und ich das Gefühl hatte, ich wär nur zu Besuch da.

Nachts schlief ich schlecht. Mir träumte von Häusern, deren Dächer durch riesige Buntstifte gestützt waren, die Wände Zeichenpapier. Tassen und Teller auf dem Tisch wie die Näpfe für Tusche, nur viel größer. Und nach dem Essen stand ich auf, die Zeichnungen der Zwischenzeit als Bündel unter dem Arm, trat ich vor ihn. Aber er sah sie nur kurz an und strich mir über die Haare, und mir war's, als sei es das erste Mal: »Schön Filius.« Sagte nichts von dem Zeichenblock von Onkel Arthur, seinem Lieblingsvetter, und nichts von den Buntstiften und den Wasserfarben. Aber das Jahr der Beschlagnahmung war auch fast schon herum.

Und ich fragte meinen Vater nach Frankfurt. Er erzählte, die Stadt sei um vieles kleiner als unser Hamburg. Und ich wunderte mich, daß eine so kleine Stadt meinem Vater so viel anhaben konnte.

Mein Vater blieb lange dünn. Oft stand er am Fenster und nun schien es mir, als träume er nach draußen. Frieda sagte: »Er denkt noch an Frankfurt.« Meine Mutter war sehr nett zu ihm und sagte viel mehr als sonst. Frieda sprach von der

Macht des Geldes, wie sie auch den frommen und ordentlichen Mann übervorteile, ihm jede Idee raube, um ihn arm und gleichgültig zurückzuwerfen, und sie sagte: »Er wird sich erholen!« Und es hörte sich für mich alles nach langer Krankheit an.

Mein Vater erzählte nun manchmal auch, wie die Soldaten geschmort, damals in der maurischen Wüste, und daß winzige Fliegen Malaria machten, und ab und zu fiel er ins Bett und zitterte und stöhnte, daß das Bett wackelte, und er niemanden erkannte in seinem Krampf, und Frieda sagte: »Das ist der Preis des Krieges!« Und ein Mann hieß Rommel und narrte die Engländer, schlau wie der Fuchs sei er gewesen, und der Führer gab ihm Gift, »was für ihn noch das Beste war«. Dann starb auch der Führer mit seiner Frau. Verging benzinübergossen in Berlin. Und Frieda sagte: »Du erzählst nichts davon! Keinem. Hörst du?« Und ich nickte schnell und schrie in der Nacht laut nach Frieda.

Manchmal sprach mein Vater auch vom Land meiner Mutter. Der heißhohen Sonne, dem Mergelboden, der als Staubfahne über den Äckern und den ungepflegten Wegen hing, den Häusern und Eingängen ohne Ordnung, alle fünf Schritte zerfallene Tempel, so eine Art alter Kirchen, in denen kleine, scheumagere Katzen durch die Säulen- und Trümmerreste strichen. Und fast alle Männer in nachlässiger Kleidung, mit schiefgelaufenen Absätzen, schmuddeliger Hand. Wenn ich manchmal meine Dinge, die ich im Gebrauch hatte, nicht wegpackte oder die Schuhe verpurzelt nebeneinander standen, in der Schultasche alles durcheinander lag, sagte mein Vater, ich sei wie die dort unten. Und ich erkannte mich in einer Gesellschaft bräunlicher Menschen, die, kurzbeinig, unter Bäumen lagerten, jeder so um die fünf Apfelsinen am Kopfende, im Schatten schlafend. Die nur unwillig arbeiteten und keine Ordnung kannten. Und mir grauste vor nur Apfelsinen, und ich wunderte mich wieder über das Land meiner Mutter.

Wenn aber meine Mutter erzählte, war es von einem Meer, das blau und ruhig unter immer wolkenfreiem Himmel lag, von Menschen, die das Wasser kannten, die Fische, die schroffen Berge, und sie erzählte von den alten Männern, deren Worte heute noch gelten, und sagte einige Vornamen. Und einer hieß Aichilos und kam aus ihrem Dorf.

*

Einmal mußte ich nachsitzen. Herr Barthold würde die Rechenarbeiten nachsehen und habe viel Zeit, »sehr viel Zeit sogar«, über den ganzen Nachmittag. Und als ich zu Ende des Heimatkundeunterrichts wieder in die Klasse kam, saß Herr Barthold schon da, die Baskenmütze schiefgezogen, und strich sich den schmalen Bart. Auf meinem Tisch lag ein großes Buch aufgeschlagen, und als ich mich setzte, sagte Herr Barthold: »Sieh dir mal das Bild an«, und er sagte: »Albrecht Altdorfer« und: »Das ist sie, die Alexanderschlacht von 1529, für Bayerns Herzog Wilhelm IV. gemalt.« Es war ein Getümmel, Lanze neben Lanze, wie der Wind in die Herbstwiese fällt, viel Rot, mehr Fahnen, Lanzen, Gewänder, Federbüsche auf den Helmen, klein gewellt wie die Schafswolle, die sich in den Zäunen fängt, und oben kreiste der Himmel, mischte sich in die Berge. Und es schien, als wäre Eis in den Wolken, und auf einem großen Schild am Himmel, mit rotem Tuch beschlagen, las ich Alexander und konnte den Rest nicht verstehen, war von dem Bild aber sehr begeistert.

»In den Wolken der Golf von Suez, Zypern und das Nildelta!« Und wie er es sagte, gefiel es mir. Er nickte mir zu und sagte: »Ist doch wirklich hübsch?« Ich nickte auch, und er lächelte.

Mein Vater war ganz außer sich über den Brief aus der Schule: »Kaum ist man da, gleich so was. Filius! Sag sofort, was war da los!«

»Es ist das Kriegsbild.«

Und daß ich es gemalt hatte, als wir darüber geredet hatten, wie's damals gewesen war, und meine Stimme wurde krächzig. Frieda sagte einmal, daß es auch wohl daher käme, daß ich bald Stimmbruch kriegte. Sie würde so was genau merken, weil sich meine Stimme ab und zu überschlug, und Frieda sagte, es sei ganz normal. Und auf meiner Oberlippe waren die Haare dunkler als vorher. Ich sah es im Spiegel, wenn ich mich kämmte. Und als mein Vater aus der Schule zurückkam, war er aufgebracht, und er sagte, ich hätte in der letzten Zeit ohnehin so einen frechen Blick, aber damit würde ich bei ihm nicht durchkommen: »Bei mir nicht, Kamerad, du kriegst Bescheid, damit du ganz klar weißt, wo die Glokken hängen!«

»Aber der Junge ist doch immer so artig«, sagte Frieda, »wir brauchen uns doch weiß Gott nicht zu beschweren. Er ist doch zu artig, wenn man die anderen Jungens dagegen sieht!«

Und mein Vater schimpfte gleich mit Frieda und sagte, grad sie sei es, die mir Flöhe ins Ohr setze mit ihrem Gerede. Und er sagte: »Viele brave Männer sind gefallen«, und er selbst habe sie eigenhändig in den Tod geführt, wie es damals war, »nur meinen eigenen Sohn kann ich nicht erziehen!« Und daß es für ihn ein gewaltiger Schlag sei, mein Geschmiere, »geradezu unanständig«, und dann fuhr er Frieda an: »Und ihr erzählt dem Rindvieh die ganze Zeit von dem Mist damals, seid ihr denn total von Gott verlassen.«

Und zu mir sagte er: »Schämst du dich nicht? Hast du denn überhaupt kein Schamgefühl. Diese Leichenberge zu malen?« Und meine Mutter habe auch schuld, und »die gottverdammten Farben werden vorläufig nicht mehr angerührt! Hast du das verstanden? Der verdammte Kasten bleibt zu, und wehe, ich seh dich noch mal so was malen! Hast du verstanden?«

Ich sagte »Ja«, und er sagte: »Noch ein einziges Mal, Filius, daß ich da bei diesem Rektor deinetwegen antanzen muß, wegen des Geschmieres, dann ist wirklich der Teufel los!«

Und zu Frieda sagte er: »Und von deinem Blödsinn will ich von heute an nichts mehr hören. Ein für allemal. Schluß damit!«

Und Frieda sauste raus, als wär einer hinter ihr her, und heulte laut auf. Und als ich später zu ihr ins Zimmer ging, stand sie da, hatte beide Hände auf dem Tisch, daß die Knöchel weiß waren, und als ich zu ihr trat, las sie laut aus ihrem schwarzen Buch: »Wenn ich mit Menschen- und mit Engelzungen redete und hätte der Liebe nicht, so wäre ich ein tönend Erz oder eine klingende Schelle«, und dann fiel ihre Brille und traf auf die Kante ihrer Kaffeetasse, die daneben stand, und das rechte Glas flog in Splitter, daß sie laut aufschrie und zurück auf den Stuhl setzte, Kopf und Hände weit nach hinten. In dem Buch war ein Lesezeichen, und ich las auf dem Zettel, den Frieda geschrieben hatte in ihrer steilen Schrift: Paulus, 1. Korinther, Vers 13.

*

Es war Freistunde am Nachmittag. Als ich aus der Tür kam, saß Hannelore Stützner auf der Bank unter der Linde. Oben biß sie rein, drehte zum Loch, fuhr mit der Zunge ins Weiße, zog den Schaum heraus, die Zungenspitze jetzt als kleine Kelle, wechselte in die andere Hand, drehte wieder, daß die Finger an eine andere Stelle kamen, leckte die Schokoladenflecken von den Kuppen und ließ den ausgehöhlten Rest des Negerkusses mit einem Haps verschwinden, daß man die runde Waffel für einen Moment als Ganzes zwischen ihren glattgezogenen Lippen sah. Wieder mit der Zunge am Finger, sah sie mich an. Ich rutschte von der Bank. Von der Klasse war noch niemand zu sehen. Sie stand wortlos auf und folgte mir den kleinen Weg hinunter, an der Wiese entlang, das Stück geradeaus, wo die Eichenreihe anschloß. Wir stiegen über einen halb gefallenen Zaun und kamen zum See, an dessen einer Uferseite dünne Birken mit schütteren, blattlosen Kronen halb im Wasser standen.

Zwei ältere Frauen mit großen Hüten saßen auf einer schmalen grünen Decke am Ufer, und es schien so, als bemerkten sie uns nicht. Ein Körbchen neben sich, die Gesichter im Schatten der Krempen, denn die Sonne stand noch hoch, und das Licht fiel, daß man die kleinen Münder sah und die trockenen Kinnladen, die sich über den buntgeblümten Kleidern bewegten, als sie sprachen, und ich sah mich nach ihnen um, als wir an ihnen vorbei waren, die Eichenreihe entlang gingen, den Weg ein kleines Stück zurück, um über den fußbreiten Graben zu springen, und im Sprung reichte sie mir die Hand, die so kalt war, daß ich ein bißchen erschrak, als ich sie herüberzog. Hannelore war still, starrte vor sich ins Gras, durch das man den Sand sehen konnte, und stieß mit ihren Schuhen durch den Löwenzahn, daß die weißen Schirme aufflogen. Ihr Mund war schmal, und ihr Gesicht sah aus, als hätte ihr einer etwas getan.

Aus der Ferne hörte ich Glocken, ein Schlag hastig nach dem anderen, und mir schien es eher ein Signal zu sein, als den Schlag zur vollen Stunde anzusagen, und als der Ton abriß, wieder nur die Bäume und einige Vögel, und weiter entfernt ein Geräusch, als würde etwas durch eine große Maschine bewegt.

Eine Meise zog sich in kleinen Bögen über die Büsche, und an den Bäumen bewegten sich die Blätter unterschiedlich schnell, der Ahorn weniger bewegt als die Birke, und so wie wir gingen, war's, als hätten wir ein Ziel und eilten darauf zu.

»Es ist noch Zeit. Noch über 'ne Stunde. Die Glocke hat eben erst geschlagen«, sagte ich schließlich, und sie sah mich zweifelnd an.

»Du Hannelore?« sagte ich, und in meiner Stimme war etwas, daß sie mich ansah, und mir wurde bewußt, daß ich noch nie einen Namen so ausgesprochen hatte.

Und ich sagte: »Noch eine Stunde!« Und mir war, als würde ich mich grade in dem Augenblick verwandeln.

Sie sah mich an, ich lächelte und wußte, daß ich auch noch nie so gelächelt hatte. Ich legte vorsichtig meinen Arm um ihre Schultern. Sie ließ es zu, zog nur die Schulterblätter hoch, nahm die Ellenbogen nah an die Taille, und an dem großen Stein, über den der Buchenbusch rakte, ging ich rechts und zog sie. Sie sagte nichts. Ich lachte und wußte nicht warum, und sie lächelte auch, machte den Mund spitz. Ich zog sie am Arm, ließ sie los, daß sie zwei Schritte zur Seite machte, rutschte ins Gras, wälzte mich auf den Bauch, noch weiter von ihr weg und sah geradeaus. Zwischen dem Grün waren ausgetrocknete gelbe Halme, und der Spitzwegerich hatte Löcher vom Fraß der Schnecken. Ich riß ein Blatt ab, zog an den feinen Bändern, die aus dem Stiel sahen, daß es sich krümmte, hielt es hoch und rollte fast gegen ihre Beine, weil ich die Augen geschlossen hielt, als ich mich drehte, damit mir das Gras nicht in die Augen ging.

»Guck mal«, sagte ich und zog an den Fäden des Blattes, daß einer riß, und als ich den Kopf wandte, stand sie und sah auf ihre Schuhe und um sich herum.

»Komm doch«, sagte sie und sah unter den Zweigen durch an die Biegung zu dem Stein, und dann kniete sie auch kurz entschlossen und sagte: »Es ist schon spät!«

Und als ich sie neben mich zog, fiel sie wie aufs Gesicht, nahm die Hände schnell darunter, und meine Hand ging wie von selber in ihren Ärmelausschnitt, und ich fühlte die feine Welle von Fleisch, glatt, wie gezogen, gepreßt, als drücke etwas von innen. Ich ließ meine Hand liegen, als wäre es unabsichtlich. Sie rührte sich nicht, auch nicht, als wir eine Zeit so gelegen hatten, die Gesichter nach unten, daß ich Gras am Mund fühlte. Ich bewegte die Hand langsam vorwärts, fühlte die kleine Unebenheit auf der Hügelmitte, nahm sie vorsichtig zwischen Zeige- und Mittelfinger. In mir rief etwas wie in einer Halle, dröhnend vom Pulsschlag, kein Bild fing sich, alles so, als wäre man vom Weg abgekommen und kennte die Gegend nicht, fremd, aber auch, als fiele mir etwas wieder ein. Sie zog die Hände noch weiter unter sich, so daß ihre Hand nun unter meiner lag, nur der Stoff des Hemdes dazwischen, drehte sich zur Seite, als sei ihr etwas Wichtiges eingefallen, und ihr Gesicht war so rot wie ihre Lippen, die seitlich im Licht lagen. Ich hob den Kopf.

Als sie stand und mich ansah, war etwas in ihrem Blick, das ich auch nicht kannte, sie sah an sich herunter und sagte wieder: »Komm doch«, als wäre keine Zeit vergangen, als hätten wir da gar nicht gelegen, alles plötzlich so wie vorher, und es war mir, als hätte ich es nur ausgedacht, und als wir gingen, war sie zwei Schritte voraus, als wäre jeder für sich. Ich wußte nichts mehr, der Kopf war ganz leer, und als wir den Weg hochgingen, kam Herr Barthold und ging an den See.

Das Zwölfbettzimmer im Landschulheim war wie ein breiter Flur, die Schlafstellen drei Etagen übereinander. Heino lag über mir und war schon eingeschlafen, warf sich unruhig, daß der Betturm ächzend schwankte, und von links kam leichtes Schnarchen, als würde einem die Luft nur ein kleines bißchen abgedreht.

Ich stand auf, zog mich an, und nach jeder Bewegung machte ich eine kleine Pause und horchte. Ich fand meine Strümpfe und Schuhe nicht und stieg barfuß in die Sandalen von Heino, die mir etwas zu groß waren, kletterte aus dem Fenster und hangelte mich nach unten. Blaß schien das Haus, und über der Linde tief ein großer Stern, und daneben der halbe Mond. Die Häuser, auch die Wege und Büsche sahen aus, als gehörten sie der Nacht, und ich trat langsam aus dem Hausschatten, schlich gebückt an der Buschreihe entlang zum Haus der Mädchen. Das Fenster war Parterre und die Flügel nur angelehnt. Die Fensterkante war zu hoch, um hineinzusehen, und als ich die Mülltonne von der Ecke holte, knirschte es, als ich sie abstellte, mit dem Oberkörper darauf lehnte, sie ein bißchen drehte, daß sie fest stand. Ich stieg auf den runden Deckel, der laut an der Wand schabte, als ich mich langsam aufrichtete, ergriff mit der rechten den schräggemauerten, vorstehenden Sturz der Fensteröffnung, und konnte durch die Scheibe ins Zimmer sehen. Die Tonne schwankte etwas, und für einen Augenblick hatte ich das Gefühl, irgendwo ganz oben zu stehen, auf einer Leiter an hoher Wand. Ich schob den eingehängten Riegel mit dem Zeigefinger nach oben, daß es klackte. Hannelore lag rechts an der Wand neben zwei anderen. Das Licht reichte gerade, ihr blasses Gesicht zu entdekken, mit dem halbgeöffneten Mund.

In das Zimmer steigen und sie wecken, dachte ich, den Mund zuhalten, daß sie nicht schrie, wenn sie erschrak, und ich sah wieder zu ihr, traute mich aber nicht, sie zu rufen. Irgendwas auf ihr Bett werfen! Und ich sah im Gras einen zu großen Stein liegen, griff in die Tasche, fühlte eine Münze, zog das silberne Geldstück in den matten Mond, die Frau mit dem Tuch um den Kopf, die im Sommerkleid kniete, um die Eiche zu pflanzen, und warf den Fünfziger auf ihre Bettdecke, daß er seitlich abrutschte und sich auf dem Holzfußboden kullernd beruhigte, so laut, daß ich den Kopf zurückzog und vor Schreck von der Tonne sprang. Sie stürzte um, eine Tür klappte, und ich hetzte an den Büschen entlang, bis ich bei der Linde war. Ich sah eine Gestalt auf der Treppe und drückte mich an den Stamm und kauerte hinter der Bank. Der Mond stand halb in einer fetzigen Wolke, und als ich mich umdrehte, sah ich die Mülltonne und das Fenster wie ein aufgerissener Mund, und Herr Barthold ging wieder ins Haus.

*

Den kleinen Koffer stellte ich neben die Tür, und Frieda sprach nicht, stürzte auf mich zu und hielt sich an meinen Schultern, daß ich mich ganz grade machte, und ihren Arm faßte.

»Es gibt nur Herzeleid in diesem Leben«, und die Brille mit dem Goldrand lag wieder auf ihrer Stirn, die neue war zur Reparatur.

Das Gesicht meines Vaters war weiß, wie damals, als er aus Frankfurt kam, und er fragte auch nicht, wie es im Schullandheim gewesen war.

Meine Mutter lag im Bett. Frieda hatte allerlei neben ihr aufgebaut. Französischen Schimmelkäse, den sie so gerne mochte, Weintrauben und Saft. Alles schien unberührt, und als ich reinkam, sah sie an die Wand und drehte sich erst, als ich neben ihrem Bett stand.

Mein Vater ging und sah mich nicht an, als er an mir vorbeikam, und Frieda winkte mich in ihr Zimmer und sagte: »Nun bist du schon groß. Alles ist traurig. Ich hab es immer geahnt.« Und daß meine Mutter um ein Haar in der Badeanstalt ertrunken sei.

»Der Bademeister hat's gemerkt. Der Bademeister hat sie gerettet!« Ich packte sie am Arm.

»Versprich, daß du nie jemals erzählst, was Frieda dir jetzt sagt.« Und ich versprach es.

»Schwör Frieda, daß du es niemandem erzählst«, und ich sagte: »Ich schwör's«, und mir wurde kalt.

»Wie ist es nur traurig. Oh, wie ist es nur traurig!« Und als ich immer weiter drängte, sagte Frieda leise: »Der Vater hat heimlich eine andere Frau!« Und sie schluchzte laut auf, und griff an mir herum, als suche sie irgend etwas.

»Sie hat gestern den ganzen Tag geweint, als er's ihr gesagt hat. Dann ist sie baden gefahren, um sich etwas abzukühlen. Sie hat den Krampf bekommen. Dabei ist es passiert. Das Gesicht hing schon unter Wasser. Aber der Bademeister hat sie noch rechtzeitig gesehen«, sagte Frieda, und ihre Schultern schüttelten, und sie hielt sich mit beiden Händen an meinem Arm.

Ich ging wieder an das Bett meiner Mutter. Sie war eingeschlafen, und die Haare lagen geringelt an ihrem Gesicht und über das Kissen, die Hände halbgeöffnet neben ihrem Kopf. Ich sah gar nicht, daß sie atmete, und erschrak, aber dann bewegte sich die Bettdecke doch ein bißchen, und ich faßte leicht an ihre Stirn, aber Fieber hatte sie nicht. Als ich zu Frieda ging, stand sie schon in der Zimmertür. Alles sei so durcheinander, sagte sie. »Auch der Vater hat Tränen in den

Augen gehabt. Warum muß das nun alles nur so sein?« und warum sich gar so viel Unglück über unser Haus schütten müßte. »Mit dem Krieg hat alles angefangen!« Und ich sah, wie sie den Kopf lange bewegte.

Dann stand ich am Fenster und sah den Tauben zu, wie im Flug die Unterseiten plötzlich aufstrahlten, wenn sie alle zusammen ins Licht kippten. Ich ging ins Eßzimmer, nahm den Kasten mit den Ölfarben, setzte mich in die Küche an den Tisch, legte eine Zeitung unter, ohne auf das Datum zu achten, und malte, daß der Sturm am Himmel war und der Brand über die Häuser fuhr, und die Menschen gekrümmt in dem Rauch, den flackernden Trümmern, dem Schrecken, die Straßen nur feuriger Fluß und der Tod in den Wolken, der ausholende dünne Arm an der Sense, und am Himmel stürzende Vögel. Und als mein Vater zurückkam, sah ich ihn an, schlug die Augen nicht nieder, als er das Bild kurz betrachtete. Es schien, als wollte er etwas sagen, aber dann ging er weiter, in das Zimmer von Frieda, und ich hatte wieder das Gefühl, etwas habe sich verändert, könne nie mehr so werden, wie es vorher war. Ich dachte an Hannelore Stützner, und wie wir zusammen gewesen waren auf der Wiese, und nahm das Terpentinöl, wischte mit dem Lappen die Hände, und auch als ich Wasser und Seife nahm, blieb eine Spur Farbe an den Händen, und ich ging wieder an den Tisch und sah auf das Bild.

*

Nun blieb das Haus still, und es erinnerte mich an die Zeit, als Dieter Mertens gestorben war. Ich malte jeden Tag, und manchmal war es auch, daß die Borsten knickten, und die Zwinge in die Pappe schrammte, und die Farbe spritzte.

Frieda seufzte oft, und wenn meine Mutter mir zusah, zog es manchmal in ihr Gesicht, daß sich die Mundwinkel hoben. Frieda las jetzt nicht mehr das Hamburger Echo, nur sonnabends kaufte sie manchmal das Hamburger Abendblatt. Noch öfter als früher saß sie vor der Bibel, die nun immer aufgeschlagen lag, und schrieb auf kleine Zettel, was ihr besonders gut gefiel. Die Zettel legte sie neben das Buch, unter den gläsernen Briefbeschwerer, den »der Krieg verschont« hatte.

Die Tage blieben trüb, obwohl doch später Sommer war. Mein Vater kam nur selten, und wenn, war's mir jedesmal, als säße er in Hut und Mantel, wie jemand, der etwas verkaufen will. Und immer wenn er kam, sah er mich vor dem Zeichenblock sitzen.

Meine Mutter kaufte mir eine Staffelei, ohne daß ich sie darum gebeten hatte. Die konnte man auch mit nach draußen nehmen, unten mit eisernen Spitzen, daß sie sich in leichter Erde hielt und auch auf Holzfußböden krallte, aber meistens stand sie in der Küche. Einmal ging ich raus in der Nacht, als der volle Mond stand, war leise, daß mich keiner hörte, und auf dem Fußballplatz in der Nähe stellte ich sie auf, und malte einen Leuchtturm unter hohem Mond, und vorne am Land weiße Brandung, und alles Licht gab den Dingen grade eben noch Kontur, und die Bäume des Parks, der an das Fußballfeld grenzte, schienen auf einmal bedrohlich, das Rauschen und Kronengewisper, als spräche etwas leise zu mir, und ich fürchtete mich und ärgerte mich über meine Angst.

Manchmal sah mein Vater auf die Bilder und schüttelte den Kopf. Aber er sagte nichts mehr, und ich sprach kaum mit ihm. »Was macht die Schule?« fragte er noch einmal, »ich seh dich nie Schularbeiten machen.«

»Gut«, sagte ich.

Mit Herrn Barthold verstand ich mich seit der Reise besser, vielleicht lag es auch an dem Kirchenfenster. Ich hatte es auf weißem glänzenden Papier entworfen, im Format größer als eine Zeitungsseite, die Ölfarbe nur dünn, daß das Weiß des Grundes durchleuchtete.

Fast drei Tage hatte ich darangesessen, und den Zirkelkasten meines Vaters hatte ich einfach aus der Schublade genommen, hatte viele Halbkreise geschlagen, und konnte das Lot schon fällen, um die Mitte zu bestimmen, und hatte Fenster hoch, nach oben spitz gemacht, alles sauber am Lineal. Es hatte die Form wie die Fenster der Martinskirche, und wo die Bleiruten das farbige Glas grenzten, zog ich eine feine Doppellinie mit verdünnter schwarzer Farbe an feiner Feder. Für die Bögen nahm ich Teller und Tasse, und für die engsten Rundungen und Halbkreise den Nullenzirkel, mit feingedrehter Ziehfeder, die so leicht kleckste. Den Strichanfang immer auf einem Stückchen Papier, das daneben lag, und erst wenn der Strich sich glättete, ging ich auf den großen Karton. Das Motiv kam aus Friedas Erzählungen, von einem, der käme, an dem Tag, und der aus den Wolken führe, die Arme gebreitet, als wollte er sich's nehmen, um den Kopf das gelbgolden Helle als Kreis, und um ihn die Wolken, die ihn trugen. Die Beine waren etwas lang geworden, und er stand über der Stadt, der Hamburger Michel mit grünrundem Kupfer am Dach, den Säulchen oben am Turm, nicht größer als Finger.

Frieda war so entzückt, daß sie die Hände ineinander schlug und sagte: »Mein Gott, grad hinter jedem Altar könnte es hängen«, und auch meine Mutter lächelte.

»Die Beine sind zu lang geworden«, sagte ich und ärgerte mich.

Aber Frieda sagte: »Junge, das macht wirklich nichts, vielleicht braucht er so lange Beine.«

Frieda stellte den Karton vors Fenster, um zu sehen, wie es wär, schiene das Licht durch, aber der Karton war zu dick. Erst wollte ich es Frieda schenken, aber sie bat mich, es mit in die Schule zu nehmen und den Lehrern zu zeigen, und ich nahm es, als es ganz trocken war, in Zeitung geschlagen mit.

Herr Barthold konnte sich gar nicht beruhigen. »Gradezu meisterlich ist es«, sagte er ein um das andere Mal, »so sauber und akkurat«, und daß die Farben so leuchteten, als wär's das reinste Glas, »mundgeblasen«, sagte er. »Ein echtes gotisches Kirchenfenster und ein wunderhübsches christliches Motiv dazu«, und er fragte, ob er's mit nach Haus nehmen dürfe, seiner Frau zu zeigen, der ganz besonders an Glasfenstern lag, und ich log ihn an und sagte, ich hätte es extra für ihn gemacht und hätte noch eine ganze Reihe ähnlicher gemalt.

Auch die Klasse war begeistert. Hannelore sah mich stolz an, und Heino pfiff wieder durch die Zähne und nickte einige Male hintereinander. Von den zu langen Beinen sagte keiner was.

Herr Barthold wollte es erst nicht annehmen, aber dann nahm er's doch und ließ es gleich rahmen, und in einer Pause sagte er mir leise, es habe einen Ehrenplatz über seinem Sofa, und immer wenn Leute zu Besuch kämen, würde er sagen: »Das ist ein Schüler von mir, der erst gar nicht recht wollte im Kunstunterricht.«

Und in Musik bekam ich eine Zwei, ohne vorzusingen, und er sagte: »Wenn du mit deiner Stimme fertig bist, wird es irgendwann vielleicht ein ganz hübscher Bariton.« Er hätte ein Gefühl dafür. Und als wir einmal auf dem Schulhof waren und Herr Barthold Aufsicht hatte, stand er mit einem anderen Lehrer zusammen, und als ich in der Nähe war, winkte er mich heran, und sagte lächelnd, ich sei die Stütze seines Kunstunterrichtes und sprach wieder von der Zeichnung mit dem Kirchenfenster, und auch der andere Lehrer hatte sie schon gesehen. Ich durfte nun zeichnen, was ich wollte, Herr Barthold sagte nie mehr etwas, hängte im Klassenzimmer oder in den Vitrinen auf dem Flur die Bilder aber auf.

*

In der Straße wohnte Inge Engels. Sie war aus dem Sauerland zugezogen, und wir hatten denselben Schulweg. Morgens holte ich sie ab. Wir gingen dann, und sie erzählte. Vom Mittelgebirge, das schön sei. »Wenn die Sonne so über die Berge geht.« Ihr würde es richtig fehlen. Nur Häuser in der Stadt. Das sei nichts für sie. In der Pause trafen wir uns auch. Hannelore Stützner wunderte sich, daß wir so oft zusammenstanden, weil sie doch fünf Jahre älter war als ich, schon in der vorletzten Klasse.

Inges Freund hatte ein Motorrad, und Heino Meyer sagte, sie sei eine Klassefrau, von der man munkelte, sie würde sich schon lange alles gefallen lassen, »ist sogar schon mal über Nacht weggeblieben!«

Auf dem Nachhauseweg sagte sie einmal, ich sei schon sehr weit für mein Alter, und daß ich mich wohl bald rasieren müsse, und lachte. Alles was sie sagte, machte, daß ich mich freute, und ich dachte oft an sie. Manchmal trafen wir uns auch am Tage und gingen im Park spazieren, lagen zusammen auf der Wiese, und sie las in einem Buch, bis ihr Freund sie mit dem Motorrad abholte.

Einmal gingen wir nachmittags in die Eisdiele, und ich spendierte ihr einen Eisbecher mit Mandarinen. Inge erzählte, wie sehr sie die Schule satt habe, und daß sie gerne zur Lufthansa ginge, weil ihr Sprachen Spaß machten, auch Französisch, obwohl die Lehrerin für Französisch keiner mochte. Sie strich sich über das Gesicht, die Haare aus der Stirn. Ich mochte sie sehr und mußte immer wieder hinsehen. Ein Mann ging mit weit ausholenden Bewegungen an der Hauswand entlang, und wir sahen beide hin. Die Beine geknickt, Schritte wie im Taumel, die Haare wirr. Als ich ihn ansah, streifte mich sein Blick, und es war mir, als würde er mich kennen und sähe mich verächtlich an. Die Tische der Eisdiele waren rund. Man saß direkt an der Straße, und als ich ihn so sah, den Hals in haltlosem Zucken, die Beine so dünn und so schwer und die Hosenbeine flatternd um seine dünnen Gelenke, die Hände und Ellenbogen wie verwinkelt, humpelnd, jeder Schritt in die Schwere, überfiel mich sein Elend, und ich konnte mich kaum losreißen.

Der Wind fiel in den Sonnenschirm, er stand neben der großen blanken Eismaschine, vor der von Wespen umschwärmten Glasvitrine, von der ein dickes Kabel in die Eisdiele führte. Und als der Schirm fiel, riß er den Ständer mit um, auf dem die Eiswaffeln ineinandergesteckt standen, und den großen Karton, aus dem mehrere Sorten von Waffeln noch über den Rand sahen. Der Mann stand und bewegte sich nicht, wie in wilder Bewegung überrascht, und die Eiswaffeln verrollten sich und trieben über die Steine, und als ich wieder aufsah, lachte er zu uns herüber, und Inge Engels lachte auch und fragte: »Kennst du den?« Und der Mann stampfte mit seinem knicksigen Gang und verschwand um das Haus.

Ich sah sie an, an ihrem Hals entlang die Ohrläppchen wie angeklebt und hinten warfen sich kleine Kringel im Haar. »Was guckst du so?« sagte Inge, und ich wandte das Gesicht ab und sah der Bedienung zu, die den Schirm aufrichtete. Der Himmel war blank, blau, und der Wind wieder still.

Mit Inge Engels stand ich immer öfter auf dem Schulhof,

und Heino sagte, sie sei »Extraklasse, scharf wie tausend Russen« und habe ordentliche Ballons, und er würde wetten, daß die schon alles machen würde »mit dem mit dem Motorrad«. Der würde bei ihnen in der Nachbarschaft wohnen, und seine Eltern würden die Eltern von dem kennen, seine Mutter habe mal gesagt: »Der Kuno ist ein ganz schlimmer, der hat Mädchen im Kopf und sonst nur Stroh.« Und daß der Kuno Winter hieß, und seine Eltern hätten Heinos Eltern erzählt, daß die Inge schon einige Male über Nacht dageblieben sei, als sie verreist waren. Ich glaubte es nicht, und Heino sagte: »Ehrlich, Mensch! Kannst meine Mutter fragen! Die weiß es direkt von Frau Winter.«

Haus und Garten waren verlassen, und die Augustäpfel schon alle vom Baum. Die Wespen und Bienen umsummten sie, und einige waren wie ausgehöhlt, papierene Haut, daß der Wind sie bewegte, und der Zaun nur notdürftig geflickt, daß man ganz leicht auf das Grundstück kam, und noch nie hatte ich jemanden in dem Garten gesehen. Die Wege von Grün überdeckt, Brennesseln zwischen Beerensträuchern, und die Sauerkirsche hatte überall Ableger hingeworfen, auch auf die Wege. Die Birke hatte sich schon vereinzelt gesetzt, wie kleine Sträucher. Wir saßen auf meiner Jacke im Gras. Die Sonne war noch warm und dünne Fäden in der Luft wie von Spinnen, und Frieda hatte gesagt, es sei der »Altweibersommer«.

Ich zeichnete für Inge Engels die Klimakarte von Nordamerika aus ihrem Atlas ab, hatte meine Buntstifte und den Zeichenblock im Turnbeutel mitgenommen. Inge war ganz begeistert, weil das Zeichnen ihr überhaupt nicht lag, genausowenig wie Rechnen, und wenn sie für die Schule zu zeichnen hatte, machte ich es für sie. Auf meiner Oberlippe waren die Haare noch dunkler geworden, und Inge strich manchmal mit dem Finger darüber und sagte: »Wie süß«, und ich wußte dann nicht, ob ich mich ärgern sollte.

Als ich mit der Klimakarte fertig war, riß ich das Blatt aus dem Block, und Inge Engels war sehr zufrieden und steckte es in ihre Geographiemappe und schlang eine Schleife mit ihren kleinen Händen, und ich sah ihr zu.

Sie schob ihre Schultasche unter den Kopf und hielt mit der einen Hand das Buch, aus dem sie mir manchmal Stellen vorlas, daß ich ins Schwitzen kam. Malaparte. *Die Haut*. Und sie fand es ganz toll und sagte, ich dürfe es lesen, wenn sie es durchhabe. Die Beine übereinandergeschlagen, daß der karierte Rock über ihre runden Knie fiel, und ich hatte mich auf den linken Ellenbogen gestützt und zeichnete, wie sie so lag. Umfummelte mit dem Bleistift den Arm, der das Buch hielt, ihre etwas große Nase, die nach oben wies, und als ich so auf der Seite lag, ihr zugewandt, sah sie mich lange an, lächelte. Dann legte sie das Buch aus der Hand und sagte: »Zeig mal«, lachte wieder laut auf: »Eeeh du, meine Nase ist nicht so groß«, und faßte wieder mit dem Zeigefinger weich über meine Oberlippe, diesmal so, daß ich's immer spüren wollte. Sagte: »Ähnlich ist's, bis auf die Nase!« Und am Rand ihrer Pupille war ein schmaler gelber Ring.

»Was siehst du mich so an?« fragte sie.

»An deinen Augen ist ein gelber Rand.«

»Wo?«

»Da rum«, sagte ich und zeigte im Kreis auf ihr rechtes Auge.

»Magst du's?« und ich nickte und schluckte, und meine Stimme wollte nicht kommen, und ich wußte auch nichts zu sagen. Und ihr Gesicht kam näher, daß die Augen riesig wurden, und ihre Beine scherten aus ihrem Rock, daß ich die Innenseite ihrer weißen Oberschenkel sah, das Fleisch leicht bewegt, dicker als meine Beine, obwohl ich etwas größer war als sie. Und als sie sich auf die Seite wälzte, legte sich ihr rechtes Knie auf mein linkes Bein, ich rückte, spürte einen Stein im Rücken, griff wieder zu dem Block, brachte ihn zwischen uns, und als sie nachrückte, war ich in die Zeichnung vertieft, bewegte den Bleistift schnell unter ihren Kopf am Kragen der schwarzgelben Windjacke, und ihr Bein schob sich immer weiter zwischen meine, und aus den Augenwinkeln sah ich, wie ihr Rock verrutschte, und es sah aus, als trüge sie einen Badeanzug unter dem Rock. Ihr Bein rutschte immer weiter, das andere legte sich auf meinen rechten Oberschenkel und ich spürte, wie ich den Zeichenblock festhielt, so als wollte ihn mir jemand entreißen, starrte darauf, wie unendlich vertieft, und dann griff ihre linke Hand hinter meinen Hals, und ihr rechtes Bein drückte sich an mich, und sie kicherte, rollte sich auf mich, daß der Stein, der unter mir lag, das Kreuzbein preßte, und der Zeichenblock zwischen uns knickte, aber ich sagte nichts, und ihre Augen waren riesig, der gelbe Rand, als würde er kreisen, und ihre Zunge fuhr in meinen Mund, daß es mir den Atem nahm. Ihre Arme schlangen sich um mich, als rutschte sie ab und hielte sich erst in letzter Minute irgendwo fest, und ihr Atem ging, als wäre sie eine gute Strecke gelaufen. Ich griff nach ihrem Arm, ganz weich war er, und ich dachte kurz an Hannelore Stützner, wie wir im Gras gelegen hatten.

»Du riechst so jung«, sagte sie immer noch atemlos und küßte wahllos mein Gesicht, die Nase, den Mund, beide Augen, daß es etwas naß wurde und ich sie schnell schließen mußte, der Stein schmerzhaft unter mir, und ihr rechtes Bein bewegte sich, lag zwischen meinen, ihr Oberkörper preßte und wackelte, scheuerte hin und her, und ich umfaßte sie, hielt ihren Rücken und stützte meine Beine hoch, um den

Stein nicht so zu spüren. Am Weg hinterm Zaun Stimmen, und sie rollte sich schnell von mir herunter und sah auf das ältere Paar, das da ging, und ich rutschte auf die Seite, weg von dem Stein. Sie richtete sich auf, zog den Rock über die Knie und strich ihn mit beiden Händen glatt. Mein Rücken war naß und ihre Wangen gerötet.

»Laß uns gehen«, sagte sie, und ihre Stimme war anders als sonst. Ich knickte die Seiten auf dem Block grade, auch die Zeichnung von ihr, der Knick einmal quer rüber.

*

Einmal saß ich, und das Mondlicht fiel. Ich hörte Frieda hinterher, bis alles ganz still war, dann öffnete ich das Fenster, das Kalte kam als Wink von draußen und die Luft schien mir blaß, als finge sie das Licht in der Nacht. Der Mond im Kreis und der Hof riesig, leicht violett schien's, und ich dachte, ich müßte zu Frieda gehen, es ihr sagen, drückte den dünnen Schalter der Tischlampe, und das trübe Licht klärte den Raum. Vorstehendes, eben nur im blassen Licht zu ahnen, die Schatten Andeutung, traten in die Abmessungen, und ich zog den Nähtisch meiner Mutter vom Fenster und setzte den Küchentisch dahin, machte die Lampe wieder aus. In einem Gurkenglas das Terpentin und der weiße Karton leuchtend, und in den Mond starrend sah ich aus dem Gesicht, das ich kannte, dann eine Frau, die ein Kind auf dem Arm hielt, ganz deutlich. Und das Schwarz verläuft in der Kontur des Feuchten, rast ins Terpentin, so als kenne es die Richtung der Flucht. Oder sich heimbringen. Oder in Ruhe sein. Und mir kam die Idee, alle Nacht sei belebt, jeder Traum so, als wäre man wirklich, gejagt und gestoßen, im Wiedererkennen und Menschen treffen. Und eine Nacht hatte ich Inge Engels gesehen, von einer Treppe stieg sie, kein Laut von ihren Füßen, und sie hatte mich angesehen. Und als ihre Arme meinen Hals faßten, war es, als stürzten die Zimmer, die Häuser als Welle, haltlos in Fluchten und Wirbel. Ihr Lachen war laut, so laut, daß ich erwachte, mir wünschte, weiter zu träumen. Und das Terpentin wusch über den Karton, Farbe als Schatten, und ich fuhr mit der Hand in die rutschende farbige Fläche, und einen Augenblick dachte ich, mit der Zunge darauf zu gehen, und erschrak. Sah Land, Wasser davor, rechts getürmt die Berge, schroff fallender Fels, gneisig schartiger Kant, wo die Farbe dunkel endet, und ich stieß mit der Hand an das Glas, mit der weißen Tusche aus China, daß sich ein Klecks ausbreitete und zerlief wie die Wolke steht. Bauschig, wie Bett in der Früh, und schob man die Farbe mit dem Finger, hellte es unten vom Grund. Die Luft war plötzlich kalt, und der Fenstergriff hielt einen Augenblick den Abdruck der Hand. Und das Zimmer sprang aus dem Dämmer, als ich das Deckenlicht anknipste, und als ich im Hellen auf das Blatt sah, war alles wie zerfahrem, was das matte Licht stützte. Kein Berg, kein Land und die Wolke trocknete langsam, nur in der Ecke rechts, wo der Karton etwas heller war, der Abdruck des Daumens.

*

Im Haus sprach man über Inge Engels, und meine Mutter wußte nicht, was sie dazu sagen sollte, nur einmal bei Tisch sagte sie: »Aufpassen mußt du!« Aber ich fragte nicht, was sie meinte. Und Frieda sagte: »Sag die Wahrheit!« Und daß sie mir nachgegangen sei, heimlich auf dem Schulweg, ihr würde das alles gar nicht gefallen: »Ganz und gar nicht! Wie die mit dir rumtändelt auf offener Straße.«

Und sie schlug die alte Bibel auf, überlegte und las dann laut: »Mein Sohn, wenn dich die bösen Mädchen locken, so folge ihnen nicht!« Ich faßte rüber um zu lesen, ob es da wirklich stand, aber Frieda schlug das Buch zu, machte einen ganz faltigen Mund und sagte: »So steht's da, ganz genau so«, und sah auf den Fußboden. »Wenn ein so großes Mädchen mit einem kleinen Jungen herumpoussiert, dann hat es immer und immer schlechte Absichten!«

Und ich sagte: » Was weißt du denn. Ich bin kein kleiner Junge! Merk dir das!« Die Wut fuhr mir den Hals hoch, und es war das erste Mal, daß ich sie so barsch anfuhr, und Frieda tat so, als habe sie's nicht bemerkt, und sah wieder auf den Boden.

»Wenn dein Vater das wüßte, Junge, das wär ihm nicht recht«, und ich sagte heiser, daß mir ganz egal sei, was mein Vater meinte, und dachte an ihn, was er immer sagte, und wie er war, wenn er kam. Frieda selbst hatte gesagt, das schlechte Gewissen sei ihm ins Gesicht geschrieben, sie würd ihn doch kennen, solange er lebe, und ich solle es nur keinem sagen. Ich hatte ihr gesagt: »Ich red nicht über das, was du mir sagst.« Als sie mir über das Gesicht streichen wollte, bog ich den Kopf weg, und sie sagte: »Frieda weiß das, mein Junge, du bist doch Friedas ein und alles!« Und ich schluckte.

Ich dachte an Inge mehr als an alles andere. Es war anders mit uns geworden seit dem Tag im Garten, obwohl es mir vorkam, als sei alles nur gerade im Anfang, und ich malte mir manchmal aus, was noch geschehen konnte, und schämte mich, obwohl ich mit niemandem darüber sprach.

Wenn wir alleine standen, fuhr sie mit dem Finger über meine Oberlippe, ich mochte es sehr, wenn sie mich berührte. Wenn wir uns trafen, legte sie oft gleich den Arm um mich und drückte mich an sich, und ich sah dann jedesmal in den gelben Ring um ihre Iris und dann auf ihren Mund. Einmal trafen wir uns im Keller, wo die Mülltonnen standen, beide den Eimer in der Hand, und ich griff nach ihr, ließ meinen Eimer einfach fallen, daß sie erschrocken zu Boden sah, und mein Eimer kippte aus, und sie hielt ihren noch, und ich zog sie an mich und warf meinen Mund an ihren, daß ihr Eimer an mein Knie schlug, aber ich merkte es kaum, und meine Zunge fuhr in ihren Mund, daß sie mit der freien Hand nach mir griff und sich in mein Hemd krallte und in meine Schulter kniff. Sie mußte schnell wieder hoch wegen ihrer Eltern, die sich sonst wundern würden, und ich sah ihr nach und nahm den Blick nicht von ihr, bis sie sich noch mal umdrehte und hinter der graublechernen Treppenhaustür nach oben verschwand, kehrte dann den Kehricht mit der linken Hand in den Eimer zurück und kippte ihn in die verzinkten Tonnen, die in Reihe standen, und wischte meine Hand an der Wand sauber. Und dachte den Abend an sie und die Nacht.

*

Meine Mutter hielt beim Nähen die Hände nah am Stoff, und ihre Bewegungen schienen mir langsamer. Immer öfter hielt sie inne und ließ den Stoff in den Schoß sinken und sah zum Fenster, und manchmal sang sie. Ihre Stimme war schön, das sagte Frieda auch, obwohl sie »rein gar nichts« verstand. Einmal übersetzte meine Mutter auch, was sie sang: »Die Augen, deine eigenen Augen, deine Augen, die so viel Süße haben, ich sage dir wahr, wo immer ich war, nie sah ich Augen wie die deinen!« Ich dachte gleich an Inge, und Frieda nahm die Brille ab und lief in ihr Zimmer. Meine Mutter sah lange auf das Fenster, daß ich erst dachte, sie würde nicht weiternähen, aber dann schüttelte sie den Stoff aus und nahm die Nadel und feuchtete den Faden an und führte ihn ans Öhr und faßte mit den Nägeln nach und zog den Faden durch.

Sie stand immer öfter am Fenster und Frieda sagte: »Sie hat Heimweh.«

Ich stellte mich manchmal neben sie, und sie legte ihren Arm an meine Schulter, und die Hand auf meinen Kopf und dann auf den ihren, ich war schon fast zwei Handbreit größer als sie.

Meine Mutter blieb still, und Frieda hatte das Hamburger Abendblatt nie mehr in ihrem Zimmer, las nur noch in der Bibel, und meinen Vater hatte ich ein halbes Jahr nicht mehr gesehen, und an einem Abend war niemand zu Haus, und ich sang, so laut ich konnte. Ich legte Zeitungen auf den Resopaltisch, feuchtete das Papier, dann Klebestreifen, Schwamm und Wasser, klebte die Ränder des Aquarells an den Tisch, Zeitungen in die Mitte, und als das Papier trocknete, stramm wurde, sah ich die Abdrücke der Zeitungen darunter. Einen Strich auf das Helle, in die Helle. Wie die Hand fährt. Auf nassem Papier greift die Farbe aus, ein Strich, der sich in Feuchte dehnt. Schatten oben. Wolke. Braun mit dem Schwamm, wird das Land. Griff mit der Hand in die Schüssel mit Wasser, und warf soviel, wie sich hielt, zum Papier. Nässe ist Dehnen. Goß Tusche darüber, die Hand wischte, bis das Papier aufrauhte und ich die Zeitung sah. Alles schwärzen. Und griff es mit einer Bewegung vom Tisch, und wo das Klebband haftete, nahm ich Warmwasser und Seife, und rieb nach mit dem Schwamm.

Ich dachte an das Reisen, wie es sein kann, wenn man das große Wasser überquert, und daß man beim Malen viel sieht, ohne Reise, und wie still es war, war man mit sich, irgendwo sitzen, nie mehr etwas anderes tun. Ich setzte mich an den Tisch in der Küche, wie die Tage vorher, malte ein Schiff, halb Segler, halb Dampfer, wahllos getakelt, wie es die See windet, die Insel aufkommt, Palmen standen, träumte in den Umrissen am Ufersaum hohes Farn, und mir kam am hellichten Tag, ich wär mit Inge Engels, wo wir uns gehörten, kein Wort der anderen uns trennen könnte oder bewegen. Wie wir miteinander lagen. Sah uns verschlungen, im Ringkampf geeint, träumte über ihre Haut, wo sich die Schenkel brachen, die Lende sich bis hoch in den Rücken zeichnete, sah mein Gesicht zwischen ihren Brüsten, das Kinn von unten, die länglichen Nasenlöcher, die langen, gebogenen Wimpern an dicken Lidern, unter kräftigen Brauen, und daß wir uns gehören würden, auch das Land, und vom Wasser noch, so weit das Auge reichte.

*

»Geh mal zu Heinrich Schmidt«, hatte Herr Barthold gesagt, und einen Brief geschrieben, »er ist Maler und Bildhauer, und wir waren zusammen in Gefangenschaft.« Ich hatte den Brief in meine Schultasche gesteckt. Und da blieb er, bis Herr Barthold mich wieder fragte.

Der blaue Umschlag war etwas schmutzig geworden, und an den Kanten verknickt, und ich überlegte mir eine ganze Weile, ob ich ihn öffnen sollte, legte ihn auf den Tisch, dachte nach und sagte meiner Mutter, daß ich jemanden besuchen wolle, wohl erst spät wiederkäme, und zeigte ihr den Brief. »Der ist von Herrn Barthold. Dem Kunstlehrer!« Und sie verstand.

»Wer ist das?« fragte sie.

»Sie waren in Gefangenschaft zusammen«, sagte ich, »ein Maler.«

Sie gab mir Geld, und ich fuhr mit der Alsternordbahn in

die Nähe von Pinneberg. Ich hatte ein paar Zeichnungen zusammengesucht, wie Herr Barthold mir geraten hatte, sie zwischen zwei Pappdeckel gelegt, und unten mit breitem Isolierband zusammengeklebt. Den Brief legte ich dazu.

Als ich ausstieg, aus dem Bahnhof ging und den Umschlag mit der Adresse zeigte, wurde mir gesagt, ich müsse noch mit dem Bus, es sei weiter in Richtung Tornesch. »Zu spät ausgestiegen« und »zu Fuß 'ne Stunde«. Die Straße zog einen Bogen, das Land flach gehügelt. Hinter Zäunen gescheckte Kühe, und auf einer Koppel hinter Elektrozaun, ein schwarzbunter Stier, gewaltig, durch seine Nase ein Ring mit Kette. Als ich stehenblieb, kam er langsam an den Zaun, und als er vor mir stand, schnaubte er, schüttelte den mächtigen Kopf, daß es klirrte, warf den Sand mit den geteilten Hufen, schnaubte wieder, und das Auge war anders als bei den Kühen, das gewölbte Augenweiß rot, und ich ging schnell weiter, drehte mich immer wieder um, der Draht so unbedeutend zwischen ihm und mir.

An der Straße zeigte ich den Umschlag wieder, und man nickte die Straße weiter runter. An einem Gasthof fragte ich eine alte Frau, und die sah mich eigentümlich an, schien mir, und sagte: »Soo, soo, der eiserne Heinrich«, daß ich an Hänsel und Gretel dachte, und zeigte auf einen Sandweg weiter vorne, der an ein Waldstück führte, hinter einer Koppel endete, und sprach von dem Haus. Ich ging das gute Stück gradeaus, und dann führte die Straße im sanften Rund, und ich dachte, ich hätte es schon lange verpaßt. Aber dann sah ich es, genau wie von der alten Frau am Gasthof beschrieben. Linden, und das Dach, als hätte einer etwas Schweres daraufgelegt und erst im letzten Moment wieder heruntergenommen, und ich hatte Lust, wieder umzukehren.

Ein grauer Hund stürzte mir entgegen, die Läufe gespreizt,

in Wut. Er kam aus dem umgestürzten Faß ohne Boden, aus dem das Stroh flog, als er aufsprang, lief knurrend um mich herum, und als ich stehenblieb, ohne mich zu bewegen, riß er den mächtigen Fang auf, gähnte, und drehte den Kopf, sah zum Haus, die gelben Zähne fingerlang. Langsam, rückwärts ging ich weiter, von der grauen Schnauze gefolgt, heiser, tiefgrollend. Er lief vor, stellte sich quer über den Weg, daß ich zuerst nicht wagte, noch weiterzugehen, und als ich mich entschloß, ihn umging, der wie teilnahmslos stand, mit hechelnd bewegten Lefzen, der langsam fächelnden Rute, seitlich hängender Zunge, öffnete sich die Tür, und ich ging nach kurzem Zögern weiter auf das Haus zu, dachte an Herrn Barthold, und der Hund überholte mich trottend, verstellte die schmale hölzerne Tür mit der angerissenen grünen Farbe und den alten Zuhaltungen. Ich blieb stehen.

»Komm rein«, sagte eine Stimme von innen. Ich zögerte, weil ich dachte, es gelte vielleicht dem Hund, und der ging auch gleich, und als die Stimme wieder »komm« sagte, trat ich zögernd ein. Ich dachte plötzlich an Frieda, wie sie immer sagte, es gebe viel Schlechtes auf der Welt, fühlte es am Hals, die Mappe hielt ich fest unter der Achsel, daß ich die Pappkanten spürte.

Es war wie ein großer Lagerraum, überall Farbtöpfe, alte Staffeleien nebeneinander und Bilder, auf denen ich nichts erkannte, als sei nur Farbe verteilt, und große Blätter, die wie technische Zeichnungen aussahen. Ein schwerer Bock, auf dem ein vierkantiger Holzklotz mit langen eisernen Zwingen befestigt war, und in der Ecke eine Figur aus Eisen, ein Schweißbrenner daneben, als habe einer aus der großen Eisenplatte den Schatten eines Menschen geschnitten, der die Arme nach oben warf, und einen Sockel aus schwarzem Stein darunter gesetzt, und in dem Holzstück auf dem Bock, das an einer Seite angeschlagen war, keilte die Axt quer, der Stiel wie ein geschwungener Arm, aber auch so, als wolle jemand Feuerholz machen und sei nur kurz weggegangen.

Der Fußboden war aus alten Backsteinen gelegt, in den Fugen nur loser Sand, und Farbflecken waren in den Fugensand gelaufen, und in der Ecke lag ein Stapel, der hell blinkte, wie Stücke von Stangeneis aufeinander geschichtet. Darin schimmerten Köpfe und andere Figuren wie im Eis gefangen.

»Treten Sie näher«, sagte die Stimme, und ich sah im Halbdunkel eine offene Feuerstelle, in der aber nichts brannte, einen Dreibein, darauf einen großen Kessel, und einen Mann, der davor saß, und ich griff in die Mappe und hielt den Brief an langem Arm vor mich, und ging langsam auf ihn zu. Der Hund hatte sich neben ihn gelegt, und ich sah auf den Mann in dem Schaukelstuhl, der sich langsam bewegte.

»Nimm dir einen Stuhl«, sagte er.

Die Stühle waren zerbrochen, einige ohne Lehne, und ich holte mir den dreibeinigen Hocker, der wie ein besonders hoher Melkschemel unter dem kleinen Fenster stand, nahm ihn, immer noch den Brief in der Hand, stellte den Hocker neben den Stuhl dem Hund gegenüber. Der knurrte laut und sah auf den Mann.

»Diogenes tut nichts, es macht ihm Spaß, wenn ein Besucher Angst hat«, sagte der Mann in dem Schaukelstuhl, und ich gab ihm den Brief und setzte mich. Er nahm seine mit Pflaster geflickte Brille, rückte sie nach vorne auf die gebogene Nase, daß die Bügel nicht hinter die Ohren reichten, drehte den Brief, ohne ihn zu öffnen und sah mich über die kleinen ovalen Brillengläser hinweg an. Seine Augen waren freundlich, jedenfalls schien es mir so. Dann öffnete er den Umschlag, las den Brief langsam, drehte ihn wieder um und fragte: »Wie heißt du?«

Ich nannte meinen Namen und merkte, wie ich mit dem Rücken nach vorne kam, die Hände zwischen die Knie klemmte. Er las den Brief noch mal, wippte leicht, und die schartigen, zerfahrenen Kufen bewegten sich eckig, spreizten sich vorne, und ich sah, daß der Stuhl unten mit Draht zusammengehalten war, mit einem Knebel enggedreht. Der Sand, der zwischen den Fugen lag und darüber hinaus streute, knirschte, wenn das Holz ihn rieb.

Der Stuhl ächzte wie ein Mensch, und der Mann sah aus, als überlege er ganz für sich, denn seine Augen blickten an mir vorbei. In der Hand hielt er den Brief zusammen mit dem Umschlag und am kleinen Finger eingeklemmt die Brille mit dem fleischfarbenen Pflaster am Bügel.

»Und was willst du?« sagte er, und ich zeigte auf die Pappdeckel und sagte: »Ich wollte, daß Sie mich ansehen«, meinte natürlich die Zeichnungen und schluckte: »Ich male«, und meine Stimme wackelte wieder. Der Mann hielt die andere Hand hin und stand auf, und ich reichte ihm die Mappe, und er legte sie mit dem Brief auf den Stuhl und sagte: »Erst wollen wir essen, du hast doch Hunger?« Ich sagte: »Ein bißchen«, und der Mann sagte: »Ein bißchen ist zu wenig«, und lachte dann laut, daß ich überlegte, ob er betrunken sei, und er sagte: »Komm«, ging vor, und ich folgte ihm zögernd. Der Hund blieb liegen.

Der Brunnen in der Küche war abgedeckt und die große Holzspindel mit Leisten benagelt, um das Rutschen der Kette zu verhindern. Die Halterung, ein Eisengestell, war in die Wand eingelassen, die eisernen Enden der Spindel zu führen, und daneben das kleine Fenster mit dem eisernen Kreuz, nur eine Seite zu öffnen, das Stück von einem Röhrenknochen am gefaserten Flachsband, der Schlüssel rostig. Auf der schmalen, abschüssigen Bank und an der Decke sah man die Unterseite der Fußbodenbretter, die Deckenbalken, das Holz wie gewachsen und die Föhrenbretter darüber gespalten und morsch, und der Wurm drin, daß das Mehl in den staubigen Spinnennetzen schaukelte. Die ausgemauerten Fächer standen verkantet auf der Saumschwelle, als könnten sie jeden Moment in den Raum purzeln.

Herr Schmidt ging, die Schuhbänder seiner Stiefel geöffnet, daß ich dachte, er würde stolpern und fallen. An der Wand hing ein alter Küchenspruch, blau auf weiß gestickt, von Blumen und Herzen umrankt, ein Mädchen, die Hand am Mund, und ein Mann in einer Tracht auf sie zukommend, die Hände ausgebreitet, und in großen Buchstaben aus Kreuzstichen: ›Vieltausend Herzen auf der Welt, ist nur eins, das mir gefällt‹, und ich dachte sofort an Inge. Der Kocher stand davor und in einer dicken Messingflasche daneben »das Steinöl«, wie er sagte, und es roch nach Petroleum, als er den kleinen Tank an der Seite des Kochers füllte.

»Die Streichhölzer«, und er nahm die staubige Pfanne von der Wand und öffnete die Tür der Speisekammer und sagte: »Wir haben noch Speck«, und nickte mir zu, pumpte an dem Kocher, drehte am Rad, daß das Petroleum erst spritzte, und als die Flamme anbaffte, sengte er am offenen Flackern die Schwarte, daß die Borsten mit rußrunden Enden verschwanden. Rauch von sengendem Horn und dem brutzelnden Fett stach nach oben. Dann schnitt er den durchwachsenen Speck mit seinem Taschenmesser herunter, bis die Schneide auf der harten Schwarte entlangglitt, legte sie beiseite, »für Suppe«, sagte er. Dann drehte er das Speckstück, daß die magere Schicht nun unten lag, schnitt in gleichem Abstand erst längs, dann quer durch das Magere, das das Gewürfel nur noch an Fasern zusammenhielt, setzte den losen Block in die Pfanne, daß es zischte, und ich sah, wie sich aus dem Block die viereckigen Streifen wie Säulchen lösten, sich krümmten im Brutzel, und wie er sie mit dem Messer weiter zum Rand schob. Als der Block ganz auseinandergefallen war, nur noch in der Mitte ein kleines Stück zusammenstand, ging er mit dem Messer dazwischen, daß auch der restliche Speck in Streifen zerfiel, briet lange bei kleiner Flamme, schlug den Messerrücken im gleichmäßigen Abstand an den Rand und starrte in die Pfanne, als spähte einer vom Schiff in die Nacht.

Drei Eier gab er in einen Becher, schöpfte noch einmal mit einer Schalenhälfte hinein, goß in den steinernen Ausguß, und ich sah, daß es ein Stück Blut war, und von den kleinen Gurken, die Frieda immer zum Einmachen nahm, schnitt er Scheiben, ließ sie in die Pfanne rutschen und schob sie um den Speck, und als es nicht durchgarte, schnitt er sie noch kleiner. »Eisen auf Eisen«, murmelte er, und es fiepte hoch und scharrig in die Gänsehaut, als er schnitt. Die Zwiebeln ritzte er, drehte sie aus der knisternden Schale und der nächsten welken Schicht, daß ich an einen Pullover dachte, schnitt erst kleine Würfel, dann den Zwiebelrest in dünne Ringe und atmete laut durch den Mund. Der Speck in der Mitte machte die lautesten Geräusche, und ab und zu sprangen ein paar Stücke über den äußeren Rand der Gurkenstücke aus dem gußeisernen Rund, und als die Gurkenstücke immer noch nicht weich wurden, ging er noch einmal in die Werkstatt, nahm einen Weinrest aus der Flasche am Fenster, goß in die Pfanne. In der Mitte der durchwachsene Speck, dann ein dünner Ring mit Zwiebeln und außen die in der Pfanne geschnittenen Gurkenstücke. Goß noch weiter aus der Flasche und beobachtete es. Die Eier verrührte er mit Senf, und eine Tomate wischte er an seiner Jacke sauber, und schnitt sie freihändig in Streifen und ließ sie in die Pfanne fallen, daß die Stücke purzelten, und was vorher wie eine Zielscheibe ausgesehen hatte, geriet durcheinander. Er rührte mit dem Messerrücken, und der Wein in der Pfanne verdampfte, als er die Flamme etwas höher stellte. »Mal sehn, was es wird«, sagte er und probierte auf der Messerspitze.

Auf dem roten Backsteinboden zertretene Schuhe, der Wasserhahn, ein alter Tisch und der Brunnen, selber wie ein Möbelstück, ein Brett mit Gläsern und Kräutern, die ich nicht kannte, beulige Löffel an Nägeln, Töpfe und abgestoßene Teller. Als die Tomate sich auflöste, die roten Schalen hart und gerollt dazwischen lagen, schlug er die Eier noch mal mit der Gabel, sah am Rand, daß sich der Senf nicht ganz gelöst hatte, schlug weiter, ging mit der Gabel durch den Grund des Glases. »Soo«, sagte er, »das hätten wir«, und als er die Eier dazugoß, rührte er wieder mit dem Messerrücken und schabte in der Pfanne.

Das Ei blieb flockig in der rötlichen Sauce aus Wein und Tomate. »Etwas mehr hätt's noch verdampfen können«, sagte Herr Schmidt und lachte mich an: »Was machst du für'n Gesicht?«

»Es ist nichts«, sagte ich und starrte in die Pfanne.

»Du ißt doch mit?« sagte er dann.

»Nein danke«, sagte ich, »ich hab schon gegessen.«

»Dann hätte ich auch nicht so viel machen müssen. Für mich alleine«, sagte er und nickte. »Iß mit!«

Ich schwieg, starrte immer noch in die Pfanne und dachte an das Blut vom Ei im Ausguß, und dann nahm er noch ein Stück Schimmelkäse, den ich kannte, und ich sagte: »Roquefort«, aber er antwortete nicht und zerdrückte ihn am Pfannenrand, hielt nur den Rand übers Feuer, bis der Käse weich wurde und mischte ihn unter alles, und freihändig wippend rieb er ein Stück Hartkäse auf einer Reibe, die wie selbstgemacht aussah, ein gerundetes Blech, mit kantigen Nägeln gelocht, daß der Käse zerfluste, und säuberte das Messer an einem Lappen.

»Der Tisch«, sagte er und zeigte mit dem Messer, und ich verschob die Garnrolle mit der groben Nadel und den Stein, dunkel die Kanten von Fett und Gebrauch, zum Tischende, in der Mitte eine Mulde, wie rundgeschabt vom Teelicht, und das Papier legte ich sorgfältig an den Rand. Er sah zu, hielt die Pfanne in der Hand, und als ich den Untersatz aus geflochtenem Kupferdraht zur Mitte legte, trat er an den Tisch, stellte die Pfanne auf die braunglänzende Matte, zog zwei Löffel aus der Weste und wischte sie mit einem Tuch im Dreh, daß sie etwas blanker wurden.

»Im Stehen wollen wir aber nicht essen«, sagte er, und ich griff mir den dreibeinigen Hocker. Er stand immer noch am gleichen Platz. Ich setzte mich ihm gegenüber und drehte mich nach den Tellern. »Setz dich lieber hier an die Seite«, sagte er, »dann kommst du besser ran«, und rückte auch noch ein Stück, daß unsere Ellenbogen sich kurz berührten. »Iß«, sagte er und legte den einen Löffel an den Rand und drehte den Pfannenstiel aus meiner Richtung.

Die Flüssigkeit hatte sich verbunden oder war vielleicht verdampft, nur die Gurkenstücke schmeckte man deutlich heraus, weil sie immer noch nicht weich waren, und wir aßen gemeinsam aus der Pfanne, ich nur ein wenig am Rand, und Diogenes lag, den mächtigen Fang auf der eingeknickten Pfote. Ab und zu hob er ein Augenlid und sah an den Tisch.

»Iß nur, sonst kann nichts werden«, sagte Herr Schmidt und schlug mit seinem Löffel an den Pfannenrand, und der Ton hielt sich lange in dem großen Raum. Noch einmal schlug er dagegen, daß die Pfanne wackelte und sich leicht drehte. »Nur zu, nur zu«, sagte er, und ich hielt meinen Löffel fester. »Wie eßt ihr denn zu Hause?«

»Frieda macht Kartoffeln«, sagte ich und mußte lachen, und Herr Schmidt lachte auch. Ich sah ihn an: »Das Ei sieht flockig aus, aber gleichzeitig wie kleine Flammen!« Und ich spürte Wärme am Ohr.

»Das Ei ist ein Emulgator«, sagte er, »das Fette und das Wäßrige bringt man so zusammen. Auf den Binder kommt's an, wenn man malen will! Womit man's verbinden will. Die Farbe und das Papier. Farbe und Grund.«

Er sah mich an und hielt seinen Löffel hoch. Ich nahm noch etwas und kaute langsam. Es war säuerlich, und die Gurkenstücke schmeckte man bis zum Schluß.

Eine lange Pause entstand, daß ich anfing, mit den Füßen zu scharren und mir überlegte, was man sagen konnte, und Diogenes sah auf.

Ich zeigte auf den Stapel mit den durchscheinenden Figuren und fragte: »Was ist das?«

Herr Schmidt lächelte und sagte: »Sie selbst sind nichts, sie werden erst durch ihre Umgebung zu etwas.«

Er holte einen der länglichen Blöcke und stellte ihn auf den Tisch. Ich sah einen Kopf im Profil, in den Block eingelassen. Nach einer Weile sagte er: »Alles umgibt etwas, und was ist, hat auch seinen Umraum.« Er ging zu der Figur, die aus der Eisenplatte gebrannt war, und faßte über den schartigen Rand und zeichnete ihn mit dem Finger nach. Und er sagte, daß alles, was über der Linie, Volumen oder dem Umriß stünde, der Umraum sei, alle Form habe diesen Umraum. Alles was sei, sei von dem bestimmt, was es umfasse«. Und er sagte von den großen Formen, daß ihr Umfeld größer sei als das Tatsächliche, Vorhandene, die Planeten rund, und der Abstand dazwischen, als Nichts erklärt, auch Form habe. »Das Nichtseiende ist die große Form, und das, was ist, darin nur eingeschlossen!« Und alle, die rechnen könnten, würden das als Nichts Erklärte als größer annehmen als das Seiende. »Der Abstand ist mehr als das Ding selbst!« Und er zeigte mit der Löffelspitze nach oben.

»Aber wenn etwas nicht ist, ist es doch nicht groß oder klein«, sagte ich und wunderte mich, wie leicht ich's sagen konnte.

»Es ist ja etwas«, sagte er. »Nimm dich! Etwas umgibt dich.« Er legte den Löffel hin, daß er sich an der Rundung bewegte.

»Luft ist um dich herum!« Er hob die Hände und hielt sie dicht an sein Gesicht. »Die Luft geht bis an die Haut. Sie steht also als Form um dich herum, wie die Masse um den Kopf hier!« und er fuhr über den gläsernen Block vor ihm auf dem Tisch. »Nimm eine Kugel!« Er machte eine Bewegung, als umgreife er einen Fußball. »Die Luft stößt an die Kugel«, sagte er nickend, »und dieses Volumen fehlt dem Umraum, bestimmt die Form!« Er sah nach vorne, zwischen seine Handflächen, daß ich auch dahin starrte, und ich dachte an eine Kristallkugel, die ich mal bei einer Wahrsagerin auf dem Hamburger Dom gesehen hatte.

Und er sprach über die Musik, den lautlosen Rhythmus der Pause, der Stelle vor und nach dem Ton, und seiner Folge, und sagte, die Leere sei bestimmt vom Standpunkt des Daseins, der Anwesenheit, denn sonst gäbe es keine Benennung, und er nickte ein paarmal und wiederholte: »Keine.« Aber es ginge auch anders herum, man könne das Daseiende auch als Verdrängung des Umgebenden definieren.

Ich wußte nicht, welche Leere er meinte, ob mit »ee« geschrieben oder anders, aber ich mochte nicht fragen. Er drückte den Stuhl mit dem Bein zur Seite und setzte sich.

Mir schien, als verginge die Zeit nicht, und ab und zu hatte ich das Gefühl, hier ewig bleiben zu müssen, vielleicht nie wieder aufstehen und weggehen, und alles erinnerte mich, als hätte ich es schon einmal gehört, und auch als hätte ich so gesessen irgendwann, an dem Tisch, alles ganz genau so, und ich schwankte zwischen Ängstlichkeit und der Gleichgültigkeit allem anderen gegenüber.

»Der lautlose Rhythmus der Pause!« sagte er leise. Er nickte und schüttelte dann den Kopf und stützte ihn auf. Ich ging mit dem Fingernagel an die Braue, daß man es hörte.

Er stand auf, sagte: »Ich arbeite noch ein wenig, wenn du was machen willst, es ist alles da.«

Ich sah nach oben durch die fleckigen Scheiben. Ein Vogel. Die schwarzen Schwingen wie Klingen gegen den hellen Himmel. Das Licht draußen war, als würde alles im feinen Dunst blinken und die Sicht diesig, trotzdem schmerzte das Auge in der Helle, und das moosige Westgrün der Bäume strahlte fremd.

An der hügeligen Kimm entlang, wo der Geestrücken lief, waren die Wolken Flausch, feinviolett, an den Rändern zerzauselt. Auf der Nachbarwiese die Futterrüben in gestreckten Haufen und ein Bauer dabei, die Miete zu bauen. Und ich träumte von einem Dorf, weit würde die Kurve hineingreifen und links und rechts Häuser, Beschaulichkeit mit geduckten Dächern, und wo ein Haus war mit Türmchen und Erker, gezierten Garten und Tür mit bunten Gläsern, dahinter sollte das Licht schimmrig sein und nicht ausgehen, und ich dachte an Inge Engels und sah Glieder wieder seltsam verschlungen, keine Hand, nichts zu greifen, und daß der Fuß nie mehr geht!

Und es war mir, als spürte ich meinen Körper anders, seine Abmessungen. Stehen, so wie man stand. Die Bewegung des

Kopfes, hielt ich ihn schief, spürte ich Sehne und Muskel, die Schulter und Gelenk, alles schien wie verquetscht und verhoben. Ich lehnte mich auf die Fensterbank, und schrieb in mein Zeichenheft, was ich behalten hatte.

»Das Blatt auf dem Tisch«, schrieb ich, »die Farbe für den Grund, weißes Farbpulver und Kreide, Kasein und wenig Wasser«, das Rezept hatte ich aus einem Buch, ». . . und über die Pappe zieht ein Grund, streicht man ihn auf . . .«, und ich sah wieder nach draußen.

Malen, dachte ich und sah Inge vor mir, wäre sie bei mir, ein Zimmer mit Licht von oben und Norden, Farbe, Erscheinungen über dem Grund, und ich glaubte, sie gehen zu hören, ihre Hand an meinem Gesicht.

Etwas entstehen zu lassen in einer Farbe, heißt, über den Grund zu gehen, dachte ich, und es erschien mir auf einmal so klar, und auf der Fensterbank eine Tube Ölfarbe, ein staubiges Stückchen Karton, und ich wischte mit dem Handballen ein Stück rot, und der Staub mischte sich in den roten Wisch auf dem glatten Karton, an den Stellen, wo es stumpf wurde, leuchtete der Grund. Das Helle von unten, und plötzlich sah ich Dieter Mertens vor mir auf dem schwarzen Mantel, die zerbrochene Brille übergroß, das Glas im Kritzel, und wo das Gesicht war, wie Papier, und um den Mantel das Gras grün, und die Locken wie Welle, die rote Linie im Haar, und ich kratzte mit dem Fingernagel, wo das Rot noch dick glänzend stand, bis zum Weiß, und die Ölfarbe warf weiche Gräben. Unter meinen Nägeln klebte es rot.

Langsam wurde es dunkel, und ich fragte Herrn Schmidt, ob ich abwaschen sollte, und er sagte: »Du bist wirklich gut«, und schüttelte den Kopf, und als ich die stumpfe und schartige Keramik säuberte, nahm ich auch das Geschirr, das am Boden stand, in einigen Töpfen und Kannen, es war so verkrustet, daß man die Ränder mit dem Topfschrubber behandeln mußte, trocknete dann mit dem grauen Tuch, das an einem Nagel hing. Das Rot unter meinen Fingernägeln war auch verschwunden, und mit dem Besen fuhr ich an den Kanten entlang unter dem Tisch, sah plötzlich die Fußbodenleisten, Sand und einen Stein in der Ecke, bemühte mich, mit der Besenkante daranzukommen. Und in der Ecke waren die Blöcke übereinandergestapelt, die wie Eis aussahen, und in der Mitte der glasigen Blöcke Figuren, wie eingelassen, und ich fragte: »Woraus sind die?«

Herr Schmidt sagte: »Polyester, so was Ähnliches wie Plexiglas.«

»Und drinnen sind die Figuren«, sagte ich. Und er antwortete, es sei nicht drinnen, sondern nur der Umraum sei gestaltet, und als ich einen kleineren Block anhob, sah ich, daß unten ein Loch war, und was ich im Glas sah, gar nicht vorhanden.

Der Besen war grob und der Sand zwischen den Fugen sehr fein, ich zog mit dem Besen über den dunkelroten Backsteinboden, und der Sand machte Schlieren, und dann, als ich ein Stück in eine Richtung geglättet hatte, der Sand in leichten Linien darüber lag, setzte ich den Besen auf und fegte immer gegen die Mitte, wie die Nadeln am Tannenzweig, und der Sand zeigte die Richtung, und ich schob den kleinen Haufen mit Sand und Holzstückchen, dazwischen ein welkes Blatt und Korken, an die Brunnenkante, und ich lehnte den Besen dagegen und ging zu Herrn Schmidt.

Da stand mein Stuhl noch und der Hund lag, als wäre es vor dem Essen, und er blätterte zwischen den beiden Pappdeckeln, die unten mit Isolierband zusammengeklebt waren, legte vor sich auf den Schoß, die Beine etwas angewinkelt, und sah auf ein Blatt, das ich nicht sehen konnte. Er beugte sich vor, wippte nach vorne, stand auf, legte die Mappe auf ihren Platz zurück, ging in die Küche, kam zurück, setzte sich und nahm die Mappe wieder auf.

»Ich sehe sie mir an«, sagte er und sah auf mich und dann wieder auf den Hund. Das Dunkel draußen nahm zu, nun wehte es unaufhörlich, und ein Busch schlug gegen das Fenster, so als stünde draußen jemand und klopfte.

»Ich muß gehen«, sagte ich und stand unschlüssig auf, der Hund sah hoch.

»Geh nur«, sagte er, und weil er sitzen blieb, wagte ich plötzlich nicht, ihm die Hand zu geben. Ich nickte und ging zur Tür, zwei Schritte rückwärts, drehte mich um, und Diogenes knurrte.

Weil die Mappe bei Herrn Schmidt blieb, war mir plötzlich, als hätte ich alles verloren, woran ich gearbeitet hatte, denn es waren Zeichnungen aus den letzten Jahren und zwei oder drei Gedichte, und keiner hatte sie gelesen, und einen Augenblick dachte ich daran, umzukehren, zu sagen, ich bräuchte die Mappe, aber dann wagte ich es nicht und beschloß wiederzukommen.

*

»Er hat gesagt, alles hat ein Umfeld, um alles ist etwas herum«, sagte ich. Wir saßen auf ihrer Klappcouch. Ich dachte an Herrn Schmidt, und ich hatte das Gefühl, erwachsener zu sein als noch die Woche vorher.

»Um dich ist auch was rum«, lachte Inge und strich mit dem Zeigefinger über meine Unterlippe und bewegte sie, daß sie an die Oberlippe klappte.

»Er hat aus ’ner Eisenplatte eine Figur gebrannt, wie ein Mensch mit hochgeworfenen Armen.«

»Und wie lebt er?« sagte Inge.

»Er lebt da im Haus«, und ich erzählte, wie der Hund war und die Axt in dem Holz, die klopfenden Zweige am Fenster und das Stroh in dem Faß, und wie wir gegessen hatten.

»Aus einer Pfanne?« fragte Inge und verzog das Gesicht.

»Warum nicht?« sagte ich.

»Der Hund auch?« lachte sie.

»Der nicht«, sagte ich und mußte auch lachen.

»Und wie sieht der aus?«

»Er ist ungefähr so groß wie ich«, sagte ich, »vielleicht fünf oder drei Zentimenter mehr«, und ich legte zwei Finger nebeneinander und hielt sie über den Kopf.

»Er malt immer«, sagte ich.

Sie erzählte, einmal hätte Kuno sie auch gezeichnet, »ganz«, aber überhaupt nicht ähnlich, und ich dachte, was »ganz« wohl bedeutete, fragte sie aber nicht.

Am Abend waren wir auf der Feenwiese, die lange Chaussee, alte Buchen und Kastanien, irrlichtiger Nebel über dem Wasser.

Die Bäume an der Chaussee reckten sich nach oben, daß sich die Kronen berührten, und der kleine Sandweg war wie in die sumpfige Wiese geschoren, die tiefen Pfützen wie kleine Seen, vertümpelte Kreise, die glänzten, das schabende Schilf in der Bewegung des Windes und dem lichten Auslauf winziger Wellen am biegenden Reet. Der Weg war so schmal, daß sie auf dem Sand ging und ich auf dem Rand über die Binsensoden stolperte.

»Jetzt bist du fast einen Kopf größer«, sagte sie, und als sie einmal stehen blieb, kam ich einen Schritt zurück, und sie umschlang mich in der Mitte und hob mich ein bißchen, daß ich mich auf die Zehen stellte. Der Nachttau war kalt an den Händen, und ich zog an ihrer Bluse, sie half mit der Linken beim Knöpfen, schob das Hemd zum Kinn, und es war mir, als deckte sich Land auf unter dem losen Tuch, und das Mondlicht machte die Wölbungen blank, das ich den Mund darauf legte. Sie richtete sich auf, legte die durchgedrückten Arme nach hinten, die Bluse seitlich, das Hemd rutschte bis unter die auseinandergehenden Spitzen, und ich sah, daß ihr kalt war.

Ich hielt sie, bis sich meine Arme hart anfühlten. Auf dem Nachhauseweg, es war schon Nacht und keiner mehr auf der Straße, zogen wir uns an den Armen, kamen aus dem Schritt, so nah aneinander gedrängelt, vor der Tür umschlang sie mich, als wollte sie mich nie wieder loslassen, und aus den Augenwinkeln sah ich, daß jemand das Fenster oben öffnete und dann ein Licht ausging, aber sie hielt mich, und ich blieb stehen, bis die Tür sich hinter ihr schloß.

Als ich in die Wohnung kam, schlief meine Mutter, aber Frieda war noch auf in der Küche. »Junge, es ist Klock drei«, sagte sie. Ich schwieg und dachte an etwas von alter Last, wenn ich sie sah, und hörte, was sie sagte: »Wenn das der Vater wüßte«, und: »Du warst doch bei ihr«, und »Junge, die ist nichts für dich, glaub, was Frieda sagt, Frieda spürt das«, und ich sah sie an.

»So eine kennt keine Ordnung und Glauben, warte doch ab! Tu Frieda den Gefallen!«

Und ich sagte: »Es ist nichts. Wir haben nur geredet, und ich hatte keine Uhr.«

*

In der nächsten Woche fuhr ich wieder zu Herrn Schmidt, stieg an der richtigen Station aus, kannte den Weg.

Die Vögel flohen als Schwarm, wehten als drehender Fächer über die schwarzgrünen Baumkämme und verschwanden wabernd hinter der Hügelstrecke.

Die Wolkenränder waren lose geweht, nur in der Mitte hielt es sich dunkel und verdeckte die Sonne, die die Außenkanten weißleuchtend machte.

Meister Jakob. Meister Jakob. Schläfst du noch? hörte ich aus den entfernten Glocken, als sei die Melodie in das Klingen geflochten, und für einen Augenblick hatte ich das Gefühl, als riefen die Glocken immer dieses Lied: Oben zog ein Flugzeug, und das Motorengeräusch bog sich unter dem Himmel, legte sich über die Laute des erwachenden Tages.

Grün war das Land hier draußen, und wo der Pflug durchgegangen war, glänzte die Erde. Der frische Bruch an den Schollen war dunkler. Diogenes wartete am selben Platz, als wüßte er von meinem Kommen, ging dann mit langsamen Schritten, schwengelnder Rute, stieß den Kopf an mein Knie, und als ich eintrat, gab er Laut und klappte den Kiefer vom Gähnen und wartete, als ließe er mir Vortritt.

Herr Schmidt malte an einem Bild, sagte »mit breitester Borste« und fuchtelte mit dem großen Pinsel, als sei es das Ende der Hand. Ein Stück, an dem er sich lange aufhielt, malte er mit anderem Pinsel. »Einen Ton in den anderen zu treiben, wo es hell zu dunkel geht«, und er machte einen Strich, so gerade, wie am Lineal gezogen, und ich sagte: »Wie am Lineal.«

Er nickte, sagte, man müsse aus dem ganzen Arm arbeiten, um die Bewegung zu finden. »Schultertanzen, von innen heraus!« sagte er, machte, daß sich ein Raum dehnte über abfallendes Land, die Wolken verblichen in Dunst, und für das Land machte er einen Strich, sagte: »Terra de Siena«, rutschte mit dem Handballen darauf herum, daß der Ton ganz gleichmäßig wurde, und nach hinten noch einmal mit dem Lappen, nahm damit die Farbe, und wischte mit dem Finger, wo es blasser werden sollte, wenn man Land bis in die Ferne sieht, hieb voran, jeder Strich ein Pfahl, und mit dem Pinselstiel durch die frische Farbe wurde Draht. Den Weg wischte er mit dem Daumen, Wolkenrunde kratzte der Zeigefinger.

»Es kann nur so werden, wie man's ordnet«, sagte Herr Schmidt. »Man arbeitet in seine Vorlieben! So ist das nun mal.« Und seine Hand zitterte etwas, den Pinsel hielt er ganz hinten am Stiel mit zwei Fingern, und wann immer die feine Spitze aufkam, machte es ein Zeichen wie einen Buchstaben, obwohl ich nichts lesen konnte, und flog, wie das Laub fällt im Dreh, mit gekrümmten Enden, welker Wein von den Ranken, jeder Schlag ein Baumstamm, ins Grün gedreht die Krone.

»Mach was!« sagte Herr Schmidt mehr für sich. »Wenn ich länger hinseh, ist es wie'n Foto«, sagte ich.

»Mach etwas! Tu was du willst!« sagte er und reichte mir den Krug, in dem die Pinsel standen, Haare und Borsten nach oben. Ich zog einen heraus, dachte an das Los, das man auf dem Jahrmarkt zieht. Er zeigte auf sein Bild, verdämmerndes Braun war das Land, verwischter Himmel in Dunst, und wies mit dem Zeigefinger und sagte: »Wohin du willst und was du willst!« Und nickte. Und weil er's so sagte, machte ich einen Strich, und es war wie ein Stein, nur gezackt, wie zersprungen, gefallen.

»Es ist wie Glas«, sagte ich.

»Mach nur!« sagte Herr Schmidt und lachte.

»Wohin?« sagte ich.

»Wohin du willst! Guck, was du siehst, und ordne zu!«

Er zeigte auf sein Bild, und ich fühlte mich unbehaglich und faßte mit dem Pinsel in Zyprische Erde und strich über das Bild, unten beim Zaun, wo er die Pfähle gemacht und den

Draht. Und als meine Hand zitterte, gab es Riefen, Striche nebeneinander wie die Maser vom Holz, und als ich ihn anblickte, nicht weiter wußte, sah ich die Striche fremd, als fielen sie aus dem Bild.

Und ich sagte: »Lieber nicht.« Er nahm einen flachen, breiten Pinsel vom Tisch, strich mit braundurchsichtiger Farbe, sagte: »Lasur über den Himmel«, ließ antrocknen, und in einem dunkleren Ton, in Wellen, die Maser von Holz, Mahagoni, ein Stück wie ein Brett, und wischte als Begrenzung mit einem Tuch einen farbigen Schatten darunter, auch auf die zaghaften Striche von mir, die verwischten, und es war, als läge ein Stück Holz auf dem Himmel.

»Immer was tun«, sagte er. »Nie aufhören.« Ich packte meine Malsachen aus. »Darf ich?« Und öffnete das Fenster, und das Kühle von draußen schob sich als Block durch die Fensteröffnung, nahm Platz, drängte die Wärme, die zum Haus gehörte, ins Freie.

Ich legte den Zeichenblock auf den Tisch, ließ Wasser in ein Glas. Salzdillgurken stand auf dem Etikett, und ich lachte, ohne zu wissen warum, und mir war, daß alles, worauf mein Blick fiel, einen Namen gewann. Steig und Stieg, Holz und Stuhl, Stahl und Stein, im Nebeneinander, im Wort, und ich spürte, wie es in die Gestalt drängte und in einen Begriff fiel. Und was ich dachte, rutschte ins gewundene Muster verschränkter Farbigkeit, als sei alles aus Strich, der sich reckte, sich durchwirkt in alles schlang. Und ich sah auf den Stapel mit den Polyesterblöcken, wie abgeschlagene Köpfe, und ich fühlte meine Kopfhaut, als ginge ein kalter Wind, und ich dachte an ein Bild, eine Linie, die Form zu fassen, die Kontur festzulegen. Ich malte ein Haus und einen Baum und ein Land, das sich in Terrassen türmte, braun in helle graue Wolken geschlossen. Ein Pinselstrich machte die Figur vereinzelt, und als ich mich zur Seite wandte, stieß ich mit dem Handrücken an die schlanke Flasche, und die schwarze Tusche fraß Land, Himmel und Baum, und als ich mit dem Pinsel hinterherfuhr, schwärzte ich das Blatt mit hastigem Schwung, nahm's von der Tischplatte, bewegte es, bis sich alles verdunkelte, schwer wurde, wie unter einem Siegel verdeckt, und dachte an Nacht. Wischte mit einem Lappen, daß Haus, Baum und Terrassen wieder auftauchten, die Wolken noch dunkler, und ich hörte nicht, daß Herr Schmidt neben mir stand.

»Nacht ist nicht schwarz«, sagte er. »Der Schatten ist doch auch belebt und hat Farbe, fällt als Lasur über die Dinge und dunkelt sie nur. Schwarz ist zu tot, das taugt nicht zum Schatten.«

Er ging zu dem Bild zurück, wo das Holz auf dem Himmel lag, und er betrachtete es, als sei er selber verwundert. Er stützte das Gesicht auf die Fäuste, als stünde er an einem Fenster und sähe auf etwas, was ihm gehörte, und ich dachte, daß ein König vielleicht so auf sein Land sieht, wie im Ring des Polykrates, und merkte, wie sich meine Mundwinkel nach oben zogen.

Er wandte den Kopf. »Was ist?«

»Ich hab nur an ein Gedicht gedacht«, sagte ich, und er nickte.

»Zeichne ein bißchen«, er wies auf einen Stapel Papier.

Ich zeichnete ihn, wie er auf sein Bild starrte, und mir war, als säße ich alleine in dem Raum. Das Gesicht, als sei es ein Stück aus dem, was man an sich selber kennt. Er wandte den Kopf, und unsere Blicke trafen sich, und ich sah, daß die Schatten des Gesichtes feste Formen haben, wie auch das Licht auf den Höhen, und daß auf den Formen und Abstufungen die Kenntlichkeit beruhte, Umriß und Eigenheit. Ich zeichnete. Hoch und tief stieg aus der Schraffur, vorne und weiter zurück, und ich schrieb auf das Blatt: Form hat es, um hell-dunkel zu fangen. Und ich sah meinen Händen nach, als seien sie für sich, und die Augen nur, ihrer Bewegung zu folgen.

*

Wie Mehlstaub lag Nachtfrost über den Wiesen. Im Morgenlicht hielt sich der Rauch über den Häusern, flach über die Dächer gelegt, und es sah aus, als atmete einer tief. Gleißend der Horizont, die Dächer der Häuser wie ausgeschnitten, das Blaue oben überstrahlt von der Anfangssonne. Einen Moment war mir, als müsse all das gar nicht sein, als müsse man nur die Augen schließen, um es zu verwischen. So als zerfließe etwas in der Entfernung, löse sich, als sei es nie gewesen. Und ich sah einen großen Behälter, der sich ausgoß. Die letzten Tropfen. Leer. Und dann fuhr ein Lastwagen, das Bremsen des Motors, der zurückgehaltene Schwung. Dröhnen vor Kraft, und an der Grabenkante lief eine Dohle vor mir her, als wolle sie mich begleiten, den Körper zur Seite gedreht beim Gehen, als wäre sie zu schwer, um zu fliegen. Hielt voraus, wandte den Kopf, sah mit blauem Auge, und als ich einen schnellen Schritt machte, flog sie auf, wischte über die Buschreihe und verschwand.

Ein Kamin ließ Rauch, als verkoche das Wasser aus großem Kessel, drehte über die Dachsilhouette, und das Licht der Sonne machte den Dunst beschienen. Der Rauch glitt gedrückt in die Fläche des ausgestanzten Daches, als sei er nur dafür da, daß die Häuser so leer gegen das Helle standen. Umwischt und umdunstet. Rauhreif machte an den Zaunpfählen und Zweigen fiedriges Muster, hatte sich an Busch und Baum geschlagen, alle Kanten hell, zog sich über Weite und Feld und ließ in der Entfernung die Buschreihen aussehen, als wären sie aus einem großen Stück Schnee geschnitten.

Die Tannen weißfingrig, die Zweige still, nie von der Kälte überrascht. Büsche wie hohe Gräser, die Bäume wie Reisig. Das Gras knirschte, trat man darauf, und von den vertrockneten, spitzdornigen Disteln fielen die Eiskristalle, daß man meinen konnte, es zu hören, und eine alte Trauerbuche machte ein großes helles Dach an der Straße, die Verästelungen wie Bronchien, nur der Stamm und die größeren Äste dunkel. Gras und Blatt, daß ich dachte, es müsse brechen bei jedem Schritt und Berühren, aber es knickte nur und legte sich. Ich sah mich um. Meine Fußspuren nur schwach zu sehen und auch nur da, wo das Gras geknickt. Die Luft draußen, als rauche es fein am Gesicht, und die Fichten, die näher standen, ins Helle gekerbt. Die Fesseln kalt, und ich dachte an zu dünne Strümpfe, das Haus von Herrn Schmidt und zog die Schultern nach vorne und fühlte den Mantel eng am Körper.

Ich trat ein, er sah kaum auf, und ich schielte über seinen Arm auf die Hand, wie sie über das Papier zog. Das Blatt war mit sehr feinen Schraffen bedeckt, die sich zum Teil kreuzten und am Anfang dicker waren, um als dünne Linie auszulaufen, wie das Ende einer Verästelung. Und aus der Schraffur stieg ein Frauengesicht, das sich aus den Linien löste, blickte, mit einem Mund, der sich still hielt, scharfen Schatten hinter Stirnwölbung, Haaransatz und Wangenbein, daß man das Ohr nur ahnte, aus dem verschwärzelten Gewiesel, in das die Schattenseite des Kopfes getaucht war, die Augen wie Löcher darin, in allem so teilnahmslos, als sähe es aus dem Papier selber.

»Es sieht traurig aus«, sagte ich und zeigte auf das Blatt.

Und er sagte, ohne aufzusehen: »Frauen oder Kunst«, und zog die Luft tief ein, und es hörte sich an wie »leben oder sterben«, und ich mußte lachen, und er grinste auch. Ich dachte an Inge, sah alle Bewegung an ihr und nichts in dem Bild. Als ich es sagte, lachte er, sagte mehr wie zu sich selber: »Ohne Illusion sollst du sein.«

Und er sprach von hell und dunkel. »Alles was ist, trägt gegen das Licht seinen Umriß. Der ist nicht grau oder schwarz, sondern hat einen Ton. Das ist die Farbe der Schatten. Alles, was das Auge sieht, ist aus den Stufen: hell geht zu dunkel.« Große Meister hätte es gegeben, die dem Schatten die Farbe der Umgebung liehen, andere wählten für den Schatten einen Ton, der sonst im Bild gar nicht vorhanden. Roter Mensch und grün ist sein Schatten.

»Sie reden, als wenn's aus einem Buch wär«, sagte ich etwas lauter. Und er sagte: »Es ist aus einem Buch«, und dann nichts mehr, und wie er es sagte, mochte ich nicht weiter fragen, vielleicht irgendwann später.

An den Wänden hingen Blätter mit technischen Zeichnungen. Die waren numeriert, und auf dem ersten Blatt stand: Holzstaubverwertungseinheit. Entfernt erinnerte es an einen Ofen oder Heizkessel, weil auch Rohre nach oben und zu den Seiten führten, und als ich seine Schritte hinter mir hörte, fragte ich: »Was ist das hier?« und zeigte darauf.

»Ein Späne- oder Staubbrenner.« Und als ich weiter fragte, wieso das Rohr da, und wie sich der Staub entzünden sollte, hakte er die Blätter von den Nägeln und legte sie aus.

»Es ist so eine Idee von mir. Fast fertig. Nur die Brennkammer fehlt noch. Der Staub muß beschleunigt werden und sich dann entzünden.« Und er redete von den Abfallmengen an Holz, die täglich in Deutschland anfallen würden, und zeigte mir Berechnungen, die er aufgestellt hatte, wieviel

Heizkosten man sparen könnte, würde sich seine Erfindung durchsetzen.

»Geht Kohlenstaub auch?« fragte ich, und er erzählte, daß sogar Mehl gehen würde, oder Puderzucker, und über das Prinzip der Staubexplosion. »Vielleicht laufen einmal Motoren mit Staubvergasern«, lachte er, »nur die Brennkammer! Aber wie die aussehen muß, ahne ich schon!« Und er erklärte zeichnend auf dem Rand der Blätter, aber ich verstand es nicht.

Er hängte die Zeichnungen des Späneofens wieder an die Nägel und sagte: »So, dann wollen wir mal.«

Er zog eine Zinkwanne mit Ton heran, ich half ihm, und wir schurrten sie bis ans Fenster, und ich setzte mich auf den Hocker. Er sah mich eine Zeit an, nahm in jede Hand ein großes Stück Ton, klebte es, indem er die Hände zusammenschlug an den Holzwinkel des vorbereiteten Gestells, das auf dem Drehbock befestigt war, und nach einigen Handbewegungen sah ich, daß es ein Kopf werden sollte. Und Herr Schmidt meinte, etwas sei in uns, erforsche sich selbst durch uns, sähe auch durch uns nur sich.

Er beugte sich herunter, daß man den Stuhl hörte, griff in die Wanne, drehte einen ordentlichen Klacks Ton heraus, legte das feuchte Tuch wieder darüber und verteilte den Ton mit beiden Daumen. Und ich sah ihm zu, wie er über den Kopf schmierte, ihn langsam formte, wie er über den Nasenrücken ging, daß sich seine Zeigefinger fast berührten.

»Feiner Ton, so glatt wie möglich!« sagte er. Ich mußte stillsitzen, und er arbeitete, und sein Mund bewegte sich dabei.

Später sagte er: »Jetzt essen wir erst mal ein Stück Brot«, und ging in die Küche. Als er zurückkam, setzten wir uns ans Fenster und aßen. Ich mußte immer wieder zu dem Kopf hinübersehen.

»Der Kopf ist wirklich so wie ich«, sagte ich und hob die Schultern.

Der Kopf trocknete, wurde heller, und Herr Schmidt ging immer wieder hin, und als die Farbe des Tones gleichmäßig war, nahm er eine flache Dose, tupfte mit einem breiten Pinsel ein, und wischte über alles. »Fett«, sagte er, »das Wasser ist jetzt weit genug weg!«

»Wenn ein Kopf so ist«, sagte ich, »sieht es immer aus wie für einen Gott oder ein Denkmal.«

Als er den Kanister öffnete, roch es nach Schuhkreme, und er goß in einen großen Eimer und aus einer Flasche dazu. »Das ist Härter«, sagte er und setzte einen Holzkasten, der oben und unten offen war, um den Kopf, daß er nicht mehr zu sehen war, verklebte den Rand unten mit Ton und kippte den Eimer vorsichtig hinein, so daß der Kopf ganz von Flüssigkeit umgeben war.

»Wie unter Wasser«, sagte ich, und er begann vom Wasser zu sprechen, wie ich es noch nie gehört hatte. Daß es groß und grundgelagert war, sich in die Luft hob, an den Boden schlug, aufstieg im Holz, durch unsere Adern laufe und aus allen Wolken fiel, und wie der Wind das Meer türmte, daß es in Wellen voranging, und sich erst mal nicht beruhigen konnte, war der Sturm auch vorbei, und daß die trägen großen Ozeane sich durch Mond und Sonne verschoben.

Er ging im Raum auf und ab und sagte: »Ist gleich ausgehärtet.« Dann nahm er eine Zange, löste vorsichtig die Nägel, holte sich einen Schraubenzieher und hebelte die Holzseiten ab, und ich sah, daß auf das Holz Glasscheiben geklebt waren und auf die Stoßkanten Gummi, und als ich mit dem Finger über das verschmierte Glas fuhr, sagte er: »Vaseline! Sonst kann man es nicht trennen!«

Und er wischte vorsichtig, polierte ein Stück der Polyestersäule, in der der Tonkopf stand, und ich half ihm den Ton von unten durch den Hals herauszuklauben, erst mit dem Löffel, dann mit den Fingern. Und ich sah meinen Kopf, hohl in der Säule, und er sagte, die Halsöffnung immer noch oben: »Jetzt Wasser rein«, und goß das Wasser, und rührte mit einer Bürste, daß das lehmige Wasser herausschwappte, goß grüne Seife dazu, rührte, ließ die Bürste stehen, und ich sah, wie sich die schwarzen Borsten krümmten. Er ging zum Schrank und zeigte mir eine Hand, die in eine Glassäule griff, er hatte sie genauso hergestellt, und als ich sie kippte, sah ich das Loch unten und daß sie nicht vorhanden war, nur ihren Umriß im Glas.

»Das ist schon gesandstrahlt!« sagte er, »mit extra feinem Korn«, und die Hand in dem Glas schimmerte, kälter als Silber.

»Der Umraum!« sagte Herr Schmidt, und er sagte es wie einen Namen.

Im Schuppen lagen die alten Grabsteine und das knorrige schwarze Holz mit der rissiggrauen Rinde, gestapelt. Die Steine waren vom Friedhof, Granit, angegrünter Marmor, der viel weichere Sandstein. Edgar Holm las ich, 1830, und anstelle des Kreuzes ein Kreis und drinnen ein Dreieck und darunter: Jetzt ist Ruhe. Und ich dachte, wer er wohl einmal war und was das Zeichen bedeutete.

Herr Schmidt hatte gesagt, ich müsse am Holz arbeiten und mit Ton und sehen, wie sich der Stein schlägt. Und ich stellte mir den Friedhof vor, alle Steine ohne Schrift und die Figuren über die Gräber geworfen, ausgeschält wie aus was Hartem, die Glieder gereckt wie bei Tänzern, erstarrt in Bewegung, vom Kalten im Schritt überrascht, gezirkelte Buschreihen, die Beete am Rand, und darüber hob sich das Heer überraschter Tänzer. Und die Steine waren weiß und glänzten in der Sonne, mehr wie vom Mond, wenn das Fahle hell war, und einen Moment wurde mir schwindlig, und ich hielt inne und dachte daran, wie Herr Schmidt redete, manchmal, dann die großen Pausen, und die vielen Ideen, die mir kamen, ihn aus seinem Schweigen zu holen mit den dümmsten Fragen. Und wenn wir im großen Raum getrennt arbeiteten, war es manchmal so, als wäre ich für ihn nicht da, als entdeckte er mich nur manchmal, und dann nickte er mir zu.

Beim Gasthof war eine Telefonzelle. Ich rief an, Frieda war am Telefon, und ich sagte: »Ich komm morgen nach der Schule. Ich bleib über Nacht hier.«

Frieda sagte »Junge«, und ich legte schnell auf. Immer wenn Frieda »Junge« sagte, war mir, als griffe sie an meine Schulter, und ich dachte, ich sei alt genug. Es war das erste Mal, daß ich nur anrief, nichts erklärte, bloß sagte, daß ich irgendwo bliebe.

Diogenes lag vor der Tür und sah mir entgegen, und als ich ein gutes Stück heran war, machte er vier fünf langsame Schritte auf mich zu, blieb mit hängender Zunge stehen, drehte sich, ging den Weg zurück und legte sich wieder vor die Tür, und als ich eintrat, stand er auf und kam langsam hinter mir her, folgte mir auch in den Schuppen, wo ich die alte Bank herauszerrte. Ich befreite sie von Staub und Rost, und eine Latte, die gebrochen war, ersetzte ich durch ein Holzstück. Wenn man saß, merkte man es etwas, denn die Dachlatte war einen Daumenbreit dicker, und als ich sie mit einem Farbrest schwarz gestrichen hatte, kam Herr Schmidt vor die Tür und sagte: »Für die Farbe ist es draußen zu kalt«, und sah sich um in die Bäume und Büsche, ans Dach und was sonst noch seins war, und Diogenes kam auch heraus. Herr Schmidt meinte, daß er nicht recht auf dem Damm sei, »etwas flügellahm, der alte Herr«, und legte ihm die Hand auf den Kopf, und Diogenes sah unter der Hand hoch mit rotgeädertem Augenweiß.

Herr Schmidt nickte mir zu und wandte sich zum Haus zurück, und Diogenes trottete hinter ihm her, vorsichtig, als wollte er nirgendwo anstoßen. Ein Vogelruf war über mir, und ich zog die Bank ins Haus, unter das Fenster, und die alte Farbe zog schnell an und ließ sich kaum verstreichen. Als sie getrocknet war, stellte ich sie vors Haus.

Dort saß ich am Abend, zog die alte Decke fester um die Schultern. Der Himmel lachsdämmrig, die Sonne ein rundroter Platz in dem Dunst, zeichnete sich noch scharf in den werdenden Abend, und die Schritte im Haus wirkten lauter, und ich sagte: »Herr Schmidt, die Sonne sieht aus wie ein Loch«, und von oben, aus dem Fenster sagte er: »Tatsächlich«, und lachte aus dem Zimmer, und ich hörte ihn wieder gehen.

Am Morgen schlug er mit der Axt das Holz, den Klotz auf dem Bock, und der Kopf in der Säule stand am Boden. In einer Hand hielt er das kurze Beil, hatte den linken Arm angewinkelt, wenn er schlug, und immer flog ein glatter Scheit. Diogenes lag dicht neben dem verstrebten Holzgestell aus schweren Balken, auf dem das Holz stand, den Kopf auf der geknickten Pfote, die Augen geschlossen, und wenn ihn ein Stückchen der Späne traf, öffnete er das Auge, und sein Fell zuckte, er blickte einen Moment, als müsse er sich etwas überlegen und schloß dann wieder die Augen, bis ihn ein neues Stückchen traf. »Aus dem Weg«, sagte Herr Schmidt leise, als er dorthin zurücktrat, wo der Hund lag, und der stand auf, machte ein, zwei schwere Bewegungen und warf sich wieder auf den Boden, als habe ihn etwas fallengelassen.

»Wenn du Holz haben willst«, sagte Herr Schmidt, »such dir was aus. Im Schuppen hinten.« Ich nahm den langen

Schlüssel mit dem eingesägten Bart und dem Röhrenknochenstück am Flachsband vom Nagel und ging in den Schuppen. Vorne lag der Stein von Edgar Holm, Elbsandstein, hatte Herr Schmidt gesagt, und ein Findling, rund, schwer, daß ich ihn nicht heben konnte, und ich rollte ihn bis an die Schwelle noch vor den Grabstein von Edgar Holm, 1830, und sah den schwarzgrauen Berg, gestapelte dicke Äste. Die Stammstücke unten, und eines so lang wie die Wand in dem Schuppen und obendrauf ein langes Stück, übermannshoch, leicht gekrümmt und gegabelt, als hielte man beide Arme hoch.

Es ließ sich gut tragen, und als ich rausging, stieß ich noch einmal gegen den Findling, daß ich das Holz auf dem Rücken spürte, schloß die Tür, und den Schlüssel hängte ich an den Nagel neben dem Lichtschalter.

Neben dem schweren Bock stand ein kleinerer, der vorhin noch unter dem Fenster gewesen war, und ich legte die Astgabel darüber. Herr Schmidt kam und gab mir einen Beutel aus Leinen, und ich dachte an Zeltheringe, die Zugschnur aus Leder, und als ich es aufnahm, sah ich, daß der Beutel eng genäht war, und das Tuch dickes Leinen war wie vom Segel. Geißfuß und Stechspat, Videaeisen, Kammeisen und das Schnitzmesser mit leichtem Griffsprung, der sich am Ende spitzte, waren darin, und er reichte mir die Axt, und ich las darauf Moskwa Export. Er ging zu einem Schrank und holte einen schartigen Buchenschlegel und fuhr ein paarmal mit feiner Feile, daß das Mehl und kleine Splitter auf die Hobelbank fielen, und gab mir den Schlegel.

»Ich geh ins Dorf«, sagte er und nahm seinen alten Mantel vom Haken, und Diogenes stand schwer auf und folgte ihm, die Nase fingerbreit über dem Weg.

Das Holz legte ich auf die Querkante des Bocks, daß es frei

schwang und drehte. Wenn die kleine Axt das Holz schnitt, sprang es als fetter Span, und als ich mich einmal verschlug, gab's einen Ton und die Astgabel schwang zitternd. Immer weiter fuhr der Stahl, und das Rissiggraue am Oberholz verpurzelte am Boden, und der Stahl fuhr an die Spannung, den schwingenden Halt, den der Wuchs hielt, wie die gestreckten Arme auslaufend in das gegabelte Ende. Sie hielten sich fast parallel, gleichlang, und plötzlich sah ich Saiten in die fedrige Gabel gespannt und daß sie Ton geben könnten, lange vor der Musik, und ich schlug das Holz mit der stumpfen Seite der Axt, daß es dumpf tönte. Ich dachte an das Aufsteigende im Holz, die Linie der Maser, der Baum, Jahrhunderte in der feuchten Tiefe gelagert. Und ich sah in die Gabel drei Saiten gespannt, und die Wirbel, dachte ich, weiß wie der Knochen, kahl von der Haut gelassen, von der Sehne, dem Muskel, kahl durch das kochende Wasser. Und ich würde die Saite an den Knochen heften und an der Gabel anschlagen. Und das Ende unten anspitzen und in den Boden rammen, daß sie frei stand im Garten.

II

Im Bahnhof am frühen Morgen war Gerassel und Klappern beim Zusammengeschiebe der Waggons, und es hörte sich an, als sei alles im Aufbruch. Frieda stand mit eingezogenem Mund neben dem Karren mit den Koffern, sah auf mich, dann an den Waggonreihen vorbei, hielt mit beiden Händen den Arm meiner Mutter und ließ die Augen nicht von mir und sagte: »Schreib gleich! Frieda wartet.« Und dann warf sie die Arme nach oben, holte meinen Kopf zu sich, und drückte ihn an ihre Wange. Klein war Frieda geworden, der enge Sonntagsmantel, der graue Hut und darunter die neue Brille, die so aussah, als stürzte sie sich in die neue Zeit.

»Vergiß nicht, Junge, schreib!« sagte sie noch einmal, und als der Zug fuhr, hielt ich den Kopf lange nach draußen, bis das winkende Taschentuch verschwand. Der Fahrtwind wirbelte am Hinterkopf, und die Augen tränten. Meine Mutter saß im Abteil am Fenster, das Kinn auf der Hand, den Ellenbogen gestützt, starrte ins Grüne, wie manchmal in der Küche, als wäre draußen nichts.

»Die Frieda«, sagte meine Mutter, den Blick an der Scheibe, und ihre Augen und Nase waren etwas gerötet.

Meine Jahresarbeit für die Schule, auf die Herr Barthold so viel Wert legte, hatte ich mitgenommen, um sie zu Ende zu schreiben. Die Bilder hatte ich alle schon gemacht, Zeichnungen von Blatt und Baum, Rathäuser der Kleinstädte und wie die Dörfer sich ins Land warfen, so wie Inge es erzählt hatte, und ich mußte an unseren Abschied denken.

Der Zug fuhr. Hielt Dammtor. Ich sah den Rathausturm und St. Petri links, die Turmspitze Kupferoxyd, schön wie Jade. Die Binnenalster, als würde man eine Glasplatte schräg gegen das Licht halten, die Kupferkuppel der Kunsthalle, und als es vom Hauptbahnhof an den Markthallen vorbei über die Elbe ging, kam mir das erste Mal das Gefühl, etwas zu verlassen, und in Harburg war mir nach Aufbruch und Abenteuer, weg von da, woher ich kam, als führen wir in eine Geschichte.

Das Land wurde flach, zum Horizont hin vergrauend, und wenn der Zug fuhr, warf er sich rüttelnd in den Schienen, daß der Aufbau schwankte. Und fuhren wir durch einen Tunnel, geriet das gleichmäßige rumpelige Stammeln der eisernen Räder ins zischend Gedämpfte und riß erst mit der Helle am Ende mit wirbelndem Dampf. Die erste große Reise, und mir war, als ginge es an das andere Ende der Welt. Das Abteil wurde zum Zimmer, der Zug zur Wohnung, und für einen Moment konnte ich mir vorstellen, immer so zu leben, nur in Bewegung, heimatlos.

Das erste Morgenlicht trat gelbrötlich ins Abteil, und als der Zug einen Bogen fuhr, wanderte der Ausschnitt des Lichtes an der Abteilwand. Am Bahndamm folgten die Büsche und warfen schnelle grüne Schatten. Das kreisrunde Loch der Sonne wie ausgestanzt, als hielte sich das Feuer dahinter, und der blasse, blauer werdende Himmel wie mattes Tuch, das nur davor gesetzt. Ein länglicher See folgte der Strecke, und Sonne und Wipfel der Bäume huschten über das blanke Wasser bis an das neblige Ufer. Das Licht wurde dicker, und das Gefühl des ausgestanzten Loches und des Feuers dahinter verlor sich, jetzt war es hell, daß man blinzeln mußte.

Der Masten Verstrebungen und Drähte, Industrieanlagen und das verfallene Haus am Schienenrand. Entfernt eine Stadt, und die Giebel zeichneten sich klar gegen die noch dämmrige Frühe. Kirchturm hinten, wie eine Kerbe im Morgen. Eine Pappelreihe, als Federn in die Erde gesteckt, und der Draht der Überlandleitungen folgte den Schienen eine Zeit, ebenso die Telegraphenmasten, dann kreuz und quer über die Gleise, und ich sah nach oben. Der Draht schien endlos, sah man die Masten nicht. Eine Schafherde lagerte mit eingeschlagenen Läufen, und aus der Entfernung sah es aus, als lägen weiße Steine auf der Wiese. Blanker Mäander der Fluß, weiträumige Fluren, die Felder mit Büschen und Hekken wie Einschnitt. Flaches Land, Graben und Zaun an der Schnur. Neben den Gleisen warf sich ein Wall auf und folgte der Strecke als Schlange.

Ich fummelte ein wenig auf meinem Block herum, schwärzte das Papier, fuhr mit dem Stift auf und ab und ahnte allerlei aus den Zwischenräumen, die Striche wie Bretter und Stangen, Stiele, Schilf und Stöcke, sah meine Mutter an, dachte was wäre, würde die Bahnfahrt nie enden, von nun an immer das Geruckel unter den Sohlen, und mir kam die Ahnung, daß sich alles belebte durch die Bewegung der Hand. Ging sie voran mit dem Stift und machte die Augen geduldig, war fast alles herauszulesen.

Drei Tage fuhren wir. Am Abend des ersten Tages ging es hügelwärts, Aufwürfe und Gebirgstäler, und die Fluren immer noch wie an der Meßlatte ausgerichtet. Die Fahrt dehnte sich, das Rattern und Stampfen fand Melodie, hielt sich, wie sich die Trommel in ein Musikstück mischt, hielt sich durch alle Gespräche und Bewegungen, Aufreißen der Abteiltür, aufstehen, greifen, essen, Buch aufschlagen, schien hineinzufallen in die Melodie, die aus den Schienen kam, dem Absatz der Weichen, dem Durchfahren der Tunnel, und das wieder freien Raum Gewinnen. Ein Falke stand rüttelnd über einer Lichtung, und als das Schroffe der hohen Berge, das Steilgeklüftete ganz in der Ferne blieb, bis in eine schwache Linie schwand, kamen immer mehr Dörfer, die Häuser und Straßen schienen menschenleer, nur ab und zu bewegte sich ein Auto, und ich dachte an Hamburg und Inge.

Ich versuchte mir ihr Gesicht vorzustellen, den Rand um die Iris, und das Lid mit dem bauchigen Schwung nach oben. Die Augen standen ein wenig schräg und weit auseinander, und die Oberlippe warf ein Lächeln, sprach sie mit mir, und das Kinn, als habe einer lange daran gearbeitet, alles in die beste Form zu bringen. Das ganze Gesicht bekam ich nicht zusammen, und ich dachte daran, daß nun viel Zeit vergehen würde, bis ich sie wiedersah. Als ich zur offenen Brauseflasche faßte, die Frieda mir eingepackt hatte, stieß ich sie mit dem Mittelfinger, daß sie erst nach vorne zeigte, mir dann aber auf den Schoß fiel, und im Toilettenraum, dessen Boden vor Feuchte glänzte, wusch ich mir die Beine und tauschte die klebrige Cordhose gegen meine blauen Sonntagshosen.

Das Rollen des Zuges leichter Donner, und meine Mutter erzählte. Ich sah die bunten Boote wahllos auf dem Strand verstreut, oder an Felsen vorbeigezogen in kleinen Buchten, versteckt hinter großen Steinen, wenn der Meltemi, der Sturm kam.

Und die Räder des Zuges ganz leicht im grollenden Wiegen, und mir wurde schläfrig vom anstoßenden Schaukel, das Biegen an den kleinen Stößen, als könne der Waggon die Schiene verlassen. Und blieb dann doch in der Spur.

Als ich aufwachte, fühlte ich das Fenster kalt an Wange und Stirn, und die Büsche, Bäume und Masten huschten noch dichter an meinem Gesicht, dann große kahle Felder, so weit, daß man hinten die Grenzen nicht sehen konnte.

Die Menschen sprachen nicht mehr deutsch, und ab und zu kamen Uniformierte, verlangten mit mürrischem Gesicht die Pässe, und ich dachte über die nächsten Wochen nach, an das Leben, das mich erwartete, die Schilderung meiner Mutter, unter hoher Sonne weiße Häuser, und überall der bearbeitete Marmor, und ich sah mich mit Mitzos, meinem Onkel, den ich gar nicht kannte, einen Brunnen graben und schon nach einem Meter auf etwas Altes stoßen, was man antik nannte, einen Kopf vielleicht, ein Kindergesicht, und war der Marmor gesprungen und geschunden, sah man das Alter mit einem Blick. Und dösig fiel ich in unruhigen Schlummer, hörte meine Mutter bis in den Traum hinein sprechen.

In der Ferne die Wolkentürme, wie an einem Berg gehalten, und als ich das Fenster einen Spalt öffnete, ging der Wirbel eiskalt an den Kragen. Und das Land dünn und braun bis zur Kimm.

Wir wechselten den Zug in einem großen schäbigen Bahnhof. Viele Menschen auf dem schmalen Steig zwischen den Gleisen, und ein bißchen sah es nach Belagerung aus, oder wie ich mir Belagerung vorstellte, die altmodische Kleidung, daß es auch hätten Uniformstücke sein können, und noch bevor der Zug hielt, sprangen ein paar jüngere Männer auf, und die Leute fingen an zu schieben, um möglichst nah an die Tür zu kommen. Die wenigsten hatten Koffer, mehr Pakete, große Körbe. Und dann füllten sich die Gänge, als käme das Kalte mit den vielen Menschen herein, und als die Abteiltür immer wieder aufgerissen wurde, kam eine Frau, einen Korb mit zwei Hühnern in der Hand, deren Füße zusammengebunden über den Korbrand hingen, sagte etwas, und die Hühner versuchten den Kopf nach oben zu bringen. Sie stellte den

Korb neben meine Schuhe, und die Hühner hielten die Füße ruhig, wie in etwas gekrallt, nur die Köpfe bewegten sie, daran merkte ich, daß sie noch lebten.

Ein alter Mann fuhr mit einer Karre unter den Zugfenstern entlang, auf der große, dunkelgrüne Früchte lagen, hielt, als er mich aus dem Fenster lehnen sah, und schnitt mit einem langen Messer eine schmale Scheibe aus der Frucht, die innen knallrot war, sah mich an, lächelte und reichte sie mir, und als ich sie erschreckt entgegennahm, sah ich zu meiner Mutter, die auch lächelte, und ich nahm das Stück, biß hinein, daß es mir naß in den Kragen lief bis zur Brust, und ein paar von den schwarzen Kernen zu Boden fielen.

Draußen sank die Sonne dottergelb, stand hinter fernen Buschreihen. An den weißen Häusern gähnten die Fenster, als wären sie nur Löcher, und die Wolken hatten gelbe Kanten. Dann zeigte sich der Mond, obwohl die Sonne noch eine Handbreit über dem Horizont stand. Die Frau in unserem Abteil wickelte ihr Brot aus, ein Stück fiel von ihrem Schoß, und als ich mich bückte, es vor ihren Füßen aufnahm, sah ich, daß sie sehr alte Schuhe trug: zernäht und verflickt, Füße und Beine dick von Strümpfen, und ich sah zu ihr auf, gab ihr das Brot und ging auf den Gang, spazierte in den Waggonreihen, drängte mich zwischen die Menschen, spürte schon am Geruch, daß ich woanders war und begann, die Stunden zu zählen, die der Zug noch fahren würde.

Dann kam die Grenze, noch einmal rote Sterne auf den Mützen, dann war es Abend und Nacht, und wir fuhren schon im Land meiner Mutter. Die Gesichter der Leute waren anders, anders auch als das Gesicht meiner Mutter. Die Kleidung nachlässig, und meine Mutter sagte, es sei Alltag und die Leute würden arbeiten. Alles schien ärmlicher. Was sie sprachen, verstand ich nicht, nur daß viel gelacht wurde, sah ich.

In größeren Orten hielt der Zug. Quietschendes Bremsen, und nach langen Pausen im Stimmengewirr wieder Angezuckel, und dann sagte meine Mutter, ich solle meine Jacke und den leichten weißen Mantel anziehen, und der Zug hielt für uns ein letztes Mal. Den Bahnhof hatte ich mir größer vorgestellt, jedenfalls für eine Hauptstadt.

Meine Mutter stieg aus, daß ich dachte, sie stürze, aber dann hielt sie jemand im Arm, den ich von den Fotos nicht kannte, und als ich draußen war, sah ich mich noch einmal nach dem Zug um.

Eine Frau blickte mich an, die ich noch nie gesehen hatte, zog mich jammernd an sich, und ich dachte an den Zug, fährt er weit, ist die Entfernung groß, und wie einem ist, steht man wieder auf der Erde, und merkte das Zuggeratter noch an Beinen und Bauch, und wie mich die Müdigkeit holte, als wenn etwas langsam in mir zusammenknickte, und dann sagte meine Mutter einen Namen, und ich wurde wieder in Arme gezogen, und dachte zwischen den Fremden an Hamburg.

»Ist dir nicht gut?« fragte meine Mutter, und ich sagte: »Doch«, und sah verlegen umher. Die auf dem Bahnsteig lachten und redeten durcheinander, und dann kam ein Mann auf mich zu, den ich vom Foto her kannte, gab mir die Hand und lachte.

»Dimitrios«, sagte meine Mutter, »Mitzos.« Er war ihr Bruder.

Draußen wartete ein großer Chevrolet, der Fahrer sah aus wie ein Zigeuner, aber es war mein Onkel Basilly. Ich sah mich unbehaglich um und fühlte mich einen Moment, wie irgendwo hingeworfen.

Der Himmel riß auf, und das Blau schien stechend im Wolkengefüge. Auf dem Berg die Reste eines Tempels, als schwebten sie über der Stadt. Wir fuhren einen weiten Bogen.

Die Bucht von Skaramangas, und meine Mutter erzählte, auf dem Wasser da hinten habe es eine gewaltige Schlacht vor der Insel Salamis gegeben.

Die Häuser weiß, aneinandergedrängt, auf der Straße Staub und kein Pflaster. Der Wagen hielt an. Wir stiegen aus, auf dem Nachbargrundstück bog sich eine Palme, als würde sie unentwegt auf den ungeordneten Vorgarten sehen, den wir betraten, ein paar Bäume, wie trockene Zweige in den Boden gesteckt, und ich sah den Stamm hoch, der dunkle Fächer oben wie eine Mütze, und hatte plötzlich den Geruch von Lebkuchen in der Nase. Durch einen schmalen Gang kam man auf einen großen Innenhof.

Auf dem Stuhl saß eine Frau in einem grauen Arbeitskleid, etwa so alt wie Frieda, und meine Mutter lief auf sie zu, es war ihre Mutter. Als sie mich sah, stand sie auf und blickte mich lange an, dann faßte sie meinen Kopf, bog ihn herunter und küßte meinen Scheitel. Und erst an ihrem Gesicht verstand ich ganz, daß ich in einem anderen Land war.

*

Das Haus war um den Innenhof gebaut, und es war mir, als hätte das ganze Land gewartet. Noch immer riß man an mir herum und wollte mich küssen. Es kamen immer mehr Menschen. Als ich in einen Raum gedrängelt wurde, sah ich ein Mädchen an einem großen Topf stehen, in dem blank und trägblasig Öl siedete und kleine Fische durch die Hitze nach oben trieben, auftauchten, als wären sie noch lebendig. Meine Mutter umarmte das Mädchen und legte ihr die Hand an das Gesicht und sagte: »Das ist meine Cousine Irini. Deine Tante. Die Schwester von Basilly, der mit dem Wagen.«

Als Irini mir die Hand gab, wurde sie dunkel unter der

braunen Haut. Die Augen waren schwarz, daß man die Pupille fast nicht sah. Meine Mutter sagte etwas zu ihr, ich hörte meinen Namen. Als das Mädchen antwortete, sah sie mich an, und ich wunderte mich, wie tief ihre Stimme war. Sie trug einen Rock, auf den Delfter Kacheln gedruckt waren, und schwarzwollene Strümpfe, die Jacke schien ihr etwas weit, und sie wandte sich ab und rührte wieder in dem Topf, in dem die Fische waren.

Als ich mich setzte, dachte ich an zu Hause, was Inge Engels wohl sagen würde, Heino, und die anderen Jungs aus meiner Klasse, und daß Frieda staunen würde, wie laut es war in den kleinen Zimmern. Die Hitze des Kaminfeuers schlug ins Haus. Der rote Steinfußboden begann zu schwitzen und die Scheiben beschlugen vor lauter Menschen.

Irini war kaum älter als ich, und ich würde meine Mutter fragen, wie sie meine Tante sein konnte. Zwischen vielen Menschen hindurch sah ich sie immer mal wieder, wie sie im Topf rührte, die Waden ebenmäßig rund über den dünnen Fesseln. Und dann bewegte sich der Vorhang in der niedrigen Tür, und alles verstummte. Ein Mann trat ein, bückte sich beim Durchgang, trat zwischen die anderen, die sich zur Seite drängten, blieb stehen und sah auf uns. Erst auf mich. Dann auf meine Mutter. Dann wieder auf mich, und ich wußte, daß er mein Großvater war. Keiner sagte etwas, Irini war auch vom Herd zurückgetreten. Aus dem Topf mit Öl stieg leise Dampf. Er hatte ganz gleichfarbig blaue Augen, fast Ultramarin, und die Farbe sah aus wie aufgemalt. Als er meine Mutter umarmte, sah er mich unverwandt an, daß ich nicht genau wußte, wo ich hinsehen sollte. Dann kam er auf mich zu, hielt mich an den Schultern fest, von sich weg und sah lange in meinem Gesicht hin und her, drückte mich dann an sich und hielt mich so.

Die Tafel war lang, und ich hatte noch nie an so einem großen Tisch gesessen, voll mit verschiedenem Essen, von dem ich einiges nie zuvor gesehen hatte, und jeder versuchte mit mir zu reden, aber ich verstand nichts. Meine Mutter sprach viel und bewegte die Hände dabei. Das hatte sie zu Hause auch gemacht, aber jetzt war es, als begleite sie jedes Wort, und alle redeten auf sie ein und bewegten ihre Hände auch und verzogen die Gesichter dabei, und wenn man nicht hinsah, wie auch gelacht wurde, hörte es sich an, als würden sie miteinander streiten, und manchmal fiel mein Name, und man beugte sich dann vor und sah zu mir herüber.

Irini saß mir gegenüber. Ich hörte, daß sie auch noch zur Schule ging, und wann immer einer der Älteren aus der Familie sie ansprach, wurde ihr Gesicht einen Hauch dunkler.

»Ich hab gesagt, sie soll englisch mit dir reden«, sagte meine Mutter, »aber sie will nicht, weil sie gerade erst jetzt Englisch in der Schule bekommen hat.« Ihr Gesicht wurde wieder etwas dunkler, und sie fragte mich etwas auf französisch, und ich sagte: »Non, Mademoiselle!« Das gefiel ihr, denn sie lachte und klatschte in die Hände, und dann sagte sie etwas, sprach sehr schnell.

Meine Mutter sagte: »Die Sprache lernst du. Sie will dir helfen«, und wieder etwas zu Irini. Die lächelte immer noch, nickte, und die anderen am Tisch nickten auch.

Am Abend ging mein Onkel Mitzos mit mir an die Paralia, die Straße, die dem Ufer folgte. Irini ging mit und hatte ein englisches Wörterbuch in der Linken. Der Mond lag auf dem Rücken, und der Wind kam vom Meer, daß die Gischt als feine Wolke nah an das Holz flog, das in riesigen Stapeln am befestigten Ufer abgesetzt war. Und ich hörte das Wasser, als riefe es von weit her, die sich überwerfenden Kämme im schaumigen Auslauf klangen wie rauschiges Klagen. Wiederholten sich als Seufzen oder schwerer Atem und brachen versprudelt am Beton.

Die Kühle zerrte in den Haaren, daß ich den Kragen hochschlug. Irini hatte die Hände in den Ärmeln versteckt, das Wörterbuch mit dem Ellenbogen eingeklemmt. Sah man nach oben, den Mond im Rücken, schienen die Sterne heller zu sein und die Nacht dunkler.

*

Den Monat hindurch war das Haus voller Menschen. Die Geschwister meiner Mutter blieben, und ich sah ihnen manchmal durch die Fenster zu und mochte nicht, wenn sie mich ansprachen, denn ich konnte nichts sagen, nur ein bißchen die Hände bewegen beim Fragen. Irini half meiner Großmutter im Haus, sie wohnte bei ihrem Bruder Basilly ein paar Häuser weiter, über die gelbstaubige Straße, rechts vom Brunnen, an dem die Frauen Wasser für die Wäsche holten, denn das Trinkwasser kam aus Aspropirgos, und mein Großvater holte es mit dem grünen Tankwagen, vor den er die weiße, einäugige Stute spannte, die er Mariann nannte und mit der er sprach, als könnte sie ihn verstehen.

Irini machte jeden Tag Sprachunterricht mit mir, und ich sagte ihr die paar Wörter Englisch, die ich konnte. Sie lehrte mich das Alphabet, und sie fragte mich nach Hand und Fuß und allen möglichen Gegenständen, und wenn sie auf etwas zeigte, mußte ich das Wort dafür sagen. Sie lachte, weil ich das »rrr« im Rachen sprach, es einfach nicht in die Zunge kriegte. Ich lernte auch die jungen Männer der Nachbarschaft kennen und freundete mich mit Nikos an, dem Sohn des Fischers Manolis Joker, und sah Irini nach, wohin sie auch ging.

*

Es ging auf Ostern zu. Das alles vergrellende Licht oben machte sogar den Dunst weiß, daß meine Augen schmerzten und sich röteten. Ich blinzelte oft und legte das Gesicht in Falten, sah ich auf etwas Helles, und die Haut über Jochbein und Nase war seit Tagen gespannt, kriegte Bräune. Jeden Tag Sprachunterricht bei Irini, und ich lernte schnell. Sie konnte jetzt erzählen, daß ich auch lachte, und meine Mutter sagte einmal: »Irini ist mit dir verwandt, sie ist nicht Mädchen.«

Vor dem Haus standen Wasserbehälter im Innenhof, daneben lag ein Berg mit klüftigen Kalkbrocken, ein Fäustel, das eckige Eisenstück und der kurze Holzstiel weiß überzogen, rauhe Bürsten an langen Stielen, mit denen die Häuser bemalt wurden, lehnten an der Wand. Die Fensterläden bewegten sich von selber, klapperten in der leichten Brise oder durch den Luftzug, der durch die Räume ging, daß sich das dünne Fliegennetz vor dem Eingang leicht beulte.

Große viereckige Blechkanister, fünf Gallonen, Mobilöl las ich, die Deckel eingeschnitten und ein Querholz als Griff in die Ecken genagelt, standen voll Seifenwasser nebeneinander. Meine Mutter lachte mit den anderen Frauen im Haus, deren Stimmen viel höher als ihre klangen. Alle in Arbeitskleidern, Kittel und Schürze, und es kam mir vor, als solle das ganze Haus abgeseift werden. Die Flure, Terrassen, ja, am besten noch die Straße dazu. Auch die Einfassung des Brunnens wurde gekalkt, daß sie wie ein weißer Kringel auf der steinigen Erde leuchtete. Irinis Arbeitskleid war ausgewaschen und an den Ärmeln geflickt, und um ihr Lachen war ein schwarzes Kopftuch geschlungen, die Stirn bis zu den Augen verdeckt. Wenn sie mich ansah, lachte sie und legte dann die Hand vor den Mund.

Mitzos hatte zwei Lämmer gekauft, die wir am langen Strick auf das ummauerte Grundstück führten, das unserem Haus einen Steinwurf entfernt gegenüber lag. In der Mitte, auf freiem Platz, stand eine Olive mit gewundenem Stamm und drehte die Äste in das siberblättrige Dach, in dessen Schatten nur Steine lagen. Darum Wiesenblumen, als habe sich besonders guter Boden in dem Geviert gefangen, mehr lang als breit. Die Erde war nicht zu sehen vor Blatt, Klatschmohn und Oleander, der sich einmal, wie angelehnt, um die gestapelten Felssteine zog.

Als wir vom Weg durch das Tor der gestapelten Steine traten, zog ich ein bißchen, da den Lämmern der Mauerschatten Angst machte, und sie stemmten sich schief, mit gebogenen Hälsen, die dünnen Läufe wie Stöcke in den Sand gesteckt, und Irini stieß den Fuß an die Hinterbeine des Lammes. Als das eine ging, folgte das andere nach, und sie senkten die kleinen silberglatten Köpfe in den Klee, der bis über ihre Schultern reichte und an der Schwelle zum Grundstück besonders tief stand. Sie beruhigten sich im Fressen, so daß ihr klagendes Rufen weniger wurde.

Ich setzte mich auf einen Stein, die albern dicken Stricke in der Hand und sah ihr zu, wie sie die Beine seitlich schwang, als sie sich setzte, den Saum unter die Knie klemmte. Die Schulbücher und mein Schreibheft legte sie auf einen Stein. Immer wenn die Lämmer an das Ende des Strickes kamen, der sich braun verkraust und zersplissen vom Boden hob und kurz spannte, gingen sie ein Stück zurück, um nach einer Weile wieder den Schritt gegen den Zug zu tun.

Zikadengezeter. Überall kam es von den Bäumen, hielt sich als gleichmäßige Melodie, stand über allem, als käme es aus der Erde selber, und der Vogelruf fremd dazwischen. Mitzos hatte erzählt, daß Flügel und Hinterbein dieses Geräusch rieben. Die Zikade ist klein, und es hörte sich an, als wären es unzählige, laut, als würde eine neben der anderen hocken. Aber ich sah keine. Die Steine lagen, als habe sie einer mit riesigem Rechen aus dem Boden gekratzt, rund und dicht beieinander, und die klumpige fahle Erde dazwischen. Ein kleiner dunkler Skorpion turnte aus einem Steinschatten, lief ein Stück zielstrebig auf mich zu, und ich hatte schon ein blättrig mürbes Felsstück erhoben, das lose in der Mauer lag, aber dann ließ ich ihn, sah ihm zu, wie er die Erdstücke umging, um schließlich an einer Thymiansode zu verschwinden.

Irini sprang auf und stampfte mit einem Stein in die Sode, und ich dachte an Mitzos, der einen mit seinem Stiefel von der Decke geworfen hatte, daß er breit am rauhen Putz klebte und meine Großmutter den Kopf schüttelte und schalt, mit dem Besen hätte man ihn an die Erde bringen können.

Wenn wir alleine waren, wußten wir nicht miteinander zu reden. Nur über Vokabeln und Grammatik, und wenn wir uns dann ansahen, lachten wir. Einmal zeigte sie mir in einem Buch einen Brief, den Epikur an Herodot geschrieben hatte. Ich kannte beide nicht, konnte alles lesen, verstand aber fast kein Wort, auch als sie mich ins Wörterbuch sehen ließ, und sie sagte: »Hast du von einen auf den anderen Tag alles vergessen?« Aber dann stieß sie mich an, die Hand vor dem Mund, und sagte lachend: »Das ist doch die alte Sprache.«

Ich zog die Lämmer am Strick heran, nahm die lose Schlinge über die weichen Köpfe, ihre dünnen Körper stemmten sich gegen den Zug, dann liefen sie ein Stück, sprangen stockbeinig über die Steine, zeterten schütter, legten sich, die Vorderbeine seitlich geknickt, die Hinterläufe in dieselbe Richtung gestreckt, in das Gras der Mauerkante, bissen mit gerecktem Kopf in die erreichbaren Blumen, daß ich lachen mußte. Ein kleiner runder Muskel hüpfte hinter dem Auge bei jedem Biß.

Irini sah auch zu, und ich rutschte auf den Knien auf sie zu, und fragte, wie man das Kopftuch schlinge, und sie sagte: »Ich zeig's«, und nahm es mit einem Griff von den Haaren, und als sie es mir in die Stirn zog, an den Seiten oben nach innen kniffte, lachte sie: »Du siehst aus wie eine junge Frau«, und als sie die Enden hinten um meinen Hals legte, kam ihr Gesicht mir nah, und ohne daß ich es mir vorgenommen hatte, küßte ich sie, mehr, daß ich ihren Mund mit den Lippen eben berührte, und ihr Gesicht wurde dunkel.

Das Buch fiel, als sie aufstand, und sie wandte schnell den Kopf und sah sich um, sagte aber nichts, auch als ich die Schultern zuckte und ihr das Tuch reichte. Ihre Haut war weiß, als sie die Arme streckte, die Schulbücher aufnahm, und die Ärmel sich nach hinten zogen. Sie ging und ich sah ihr nach, bis sie im Haus verschwand, und ich sah auf mein Schreibheft, daß sie liegen gelassen hatte.

»Was guckst du ihr hinterher«, sagte Mitzos und kam über den Platz. Als er in das umsteinte Rechteck trat, warf er die Arme ärgerlich nach hinten und sah in den Himmel. »Willst du auf die Jagd gehen? Sag mir, warum du sie losbindest? Willst du Schäferhund spielen?« Und er trieb sie im Mauerschatten vor sich her, bis eines in der Ecke stand, und bevor es sich noch umdrehte, hatte er es mit einem Griff, das dünne Bein, packte seitlich in das kurze Fell, zog es sich unter den Arm und kam auf mich zu, wobei er das andere vor sich her in meine Richtung trieb.

»Warum ist Irini gegangen?« fragte Mitzos und sah hoch.

»Weiß ich nicht«, sagte ich.

»Paß auf«, rief er und ging in Schleifen, wann immer das Lamm an ihm vorbei wollte, und ich stellte mich in die

Maueröffnung und bewegte die Arme, und Mitzos rief: »So treibst du es zurück. O Gott noch mal. Das ist doch kein Stier!«

Das Lamm lief ein Stück auf mich zu, machte einen ungelenken Schlenker, und als ich zugriff, war es vorbei, lief über den sandigen Weg, und verschwand zwischen Steinen.

»Verdammt!« sagte Mitzos, lief ein Stück, kehrte um und warf den Strick um den Hals des Lammes, das er gehalten hatte, stellte es auf den Boden und schlang das Seil um einen Stein. Wind fuhr auf im Stoß, und dann blies es, daß die Haare nach hinten flogen, und ich sagte: »So plötzlich«, und zeigte nach oben.

»Es drückt den ganzen Tag«, sagte Mitzos. »Die Wolken sind von da«, er beugte den Kopf dahin. »Wenn du dich nicht umdrehst, kannst du es nicht sehen. In diese Richtung steht die Sonne! Da über den Bergen.« Er schüttelte den Kopf.

»Das Lamm«, sagte ich und dann nichts mehr. Und er nach einer Pause: »Daß du's nicht gehalten hast.«

Und der Regen kam. Ein Schlag, als wäre eine Schleuse geöffnet. Der Regen rauschte in alter Rinne, schoß voran, die Büsche zerren, Stein bewegen. Wir liefen ein Stück. Erde zerwusch an den grünen Rändern, unterspülte, bis die dünne Sode brach, und der wilde Majoran sich mit den großen roten Brocken ins Wasser mischte. Mitzos' Haare waren in Streifen angeklatscht, und seine Ohren standen aus den Haaren. Das Lamm stand fast verdeckt hinter einem Stein. Er sah es, griff in Wut zu, als es floh, daß es schrie, und ich rief: »Nicht!«

Und er warf lachend den Arm zurück, das Lamm im gewinkelten anderen. Zog die Schultern nach hinten, zeigte mit gespreizten Fingern nach oben und fluchte in den zornigen Himmel. Mein Schreibheft ließ ich liegen.

*

Ostersonntag war der Frühstückstisch festlich gedeckt. Meine Mutter, ihre Schwestern und Irini trugen immer neue Teller und Schüsseln herein, deckten die freien Stellen auf dem Tischtuch mit Brot und Früchten, und Irini stellte einen Korb mit rotgefärbten Eiern in die Mitte.

Am Tisch war es laut, eine Frau aus der Nachbarschaft, zu der ich Tante sagen sollte, obwohl sie nicht mit uns verwandt war, warf den Kopf zurück und sang ein Lied, wie sich die Liebe verliert, wenn man nicht für einander bestimmt ist, und Irini sah zu mir, und für einen Augenblick trafen sich unsere Blicke, und sie stand hastig auf, holte neues Brot und runde Kekse, die auch fast wie Brot schmeckten. Mein Großvater gab mir ein Stück Apfel, und während er mir die Scheibe herüberreichte, schnitt er sie ein, und ich strich nur einmal mit dem Messer an der Schale entlang, und die süßen Stücke fielen auf auf meinen Teller.

Man stieß rotgefärbte Hühnereier aneinander und sagte: »Christos anesti, Christus ist auferstanden!« Ich wünschte mir, die Schale meines Eies würde nicht brechen, ich hatte es schon ein paarmal ausprobiert und gegen alle gewonnen, und als ich neben Irini stand, stießen wir die Schalen aneinander, ihre knickte, und ihr Gesicht wurde dunkler.

»Laß uns mal«, sagte mein Großvater. Mitzos nickte mir zu, und ich stand auf, ging zu den Lämmern, und führte sie vors Haus.

»Halt höher!« sagte mein Großvater und sah mich an, und es klang, als schabe es nur, und das Blut ging in den Sand. Er riß das Tier an den zusammengebundenen Hinterläufen hoch, hängte es an einen Haken, und Mitzos schob ein kurzes Metallrohr in die Schnitte an den dünnen Fesseln, blies hinein, und man sah, wie das Fell von den Muskeln blähte, und mit einem Ruck fiel das dünne Tier aus der Decke, und Mitzos nagelte den Balg auf eine Holztür.

Den Magen hängte mein Großvater an einen Ast, und er sah aus wie eine blaugräulich schimmernde Tasche, und die Därme drehten sich im Kräusel. Ich versuchte, nicht das Gesicht zu verziehen. Einer der Männer stieß den vierkantigen Spieß in die Erde, und ich hörte die Frauen im Hause lachen. Mitzos blies, wedelte mit einem Fächer, daß sich die Holzkohlen unter der mattgrauen Aschenhaut röteten, und sie nahmen das Lamm und durchbohrten es. Zwei fingerlange Dornen stießen in die Keulen, um das Tier zu halten, wenn man es über dem Feuer bewegte.

Wie ein weißes Netz sah die dünne Haut aus Fettgewebe aus, die um die Innereien faßte. Sie zogen sie über den Rücken des Lammes und steckten sie fest, und das Lamm sah aus, als trüge es eine festliche Stola.

Als das zweite Lamm starb, sah mein Großvater mir wieder ins Gesicht, hielt das Lamm zwischen die Waden geklemmt, und als ich den Kopf faßte, legte er seine Hand unter meine, riß den Hals nach oben, und die Schneide fuhr, als ginge es durchs Brot, und ich hörte ein Geräusch, als wenn ein Messer auf dem Holzbrett bremst. Das Rot schoß an unsere Hände, als der Kopf zur Seite fiel.

Irini saß auf den Fersen, drehte auf den Fußballen und hatte die Arme um die Knie gelegt, starrte ins Feuer und auf das Lamm, das Mitzos über der Hitze drehte. Und wenn das Fett in die Holzkohlen leckte, stiegen kleine Flammen auf, und der Widerschein flackerte über ihr Gesicht.

Meine Großmutter fastete immer noch. Für sie war Ostern erst ein paar Tage später, weil ihre Zeitrechnung sich nach dem alten Kalender richtete, dem Julianischen. Sie hatte das

Essen mit vorbereitet, aß aber nicht. Alle bedauerten sie, und sie sagte: »Mein Gott, wenn es nun einmal so ist!«

Sie stand auf, hob den Deckel des großen Topfes, der auf dem Tisch stand, faßte mit der Schaumkelle, und legte die beiden Köpfe nebeneinander, und mein Großvater hantierte mit dem Löffel und reichte mir eines der Augen. »Iß nur«, sagte meine Mutter und Mitzos nickte, aber ich wollte nicht.

Mein Großvater schüttelte den Kopf. »Es ist das Beste«, sagte er.

Magen, Milz, Niere, Hoden, Herz und Lunge wurden in gesäuberte Därme gestopft und enggewunden auf einen Spieß gesteckt. »Kokoretsi« hieß das, aber ich mochte es nicht probieren.

»Deutscher! Iß das!« sagte mein Großvater, und meine Mutter nickte mir zu.

»Ich will gar nichts von den Lämmern!« sagte ich.

Da lachte mein Großvater, schnitt ein Stück aus der Keule, und Irini reichte es mir auf der Gabel, und ich aß, dachte an die Lämmer vor zwei Tagen und aß noch ein Stück und sah auf Irini. Die saß, die Ellenbogen eng am Körper. Wenn sie sich vorbeugte, ahnte ich dem weichen Schatten nach, der in den Kragen reichte und zwischen ihre Brüste führte. Nahm sie etwas auf, war es, als besönne sich die Hand, ehe sie zugriff, Brot nahm, es brach, zwischen Daumen und Zeigefinger hielt, die übrigen Finger, als ruhten sie auf der Handfläche, wenn sie in die Tomatensoße tunkte und mit dem Mund danach faßte. Mit dem kleinen Finger strich sie über das Augenlid, und ich sah ihrer Hand hinterher, wie sie mit der Papierserviette die Mundwinkel tupfte, und als ich den Kopf drehte, bemerkte ich Mitzos, der mich beobachtete, und ich blickte auf meinen Teller.

Am Abend war die Luft stickig und die Umgebung, als

habe sie sich an irgend etwas beruhigt, nur die Hunde bellten. Das Essen hatte müde gemacht, und ich hörte die Frauen in der Küche lachen, und jemand sang als leises Lied:

Meine Mutter
schlägt mich
sie schlägt mich
tut mir weh
sie schlägt mich
und sie schimpft mit mir
weil ich nur zu dir steh.

Weil die Tür geschlossen war, ging ich näher heran und hörte, daß es die Stimme von Irini war. Ich sah sie vor mir, wie sie den Kopf von mir abwandte, nach oben sah, merkte, daß ich sie heimlich beobachtete, wenn sie ihr Lächeln zurückhielt.

Onkel Basilly, ihr Bruder, hob das Glas und sagte: »Gesundheit!«

Früchte blieben auf dem Tisch, und Irini brachte noch mehr Äpfel und stellte neuen Wein auf, und Basilly tat eine Apfelscheibe in seinen Wein und goß auch für Irini ein und faßte an seinen Bart, der wie ein Dach über die Oberlippe fiel.

»Was sagst du zu deinem deutschen Neffen«, stieß er an ihren Arm, »kein Jahr ist er hier, und jetzt spricht er wie wir! Und Irini hat es ihm beigebracht! Ich sag, sie soll Lehrerin werden!« Und er faßte an ihren Arm und sah sich am Tisch um.

»Stimmt«, sagte Sofia, die älteste Schwester meiner Mutter, »guck, wie schnell er gelernt hat!« Und sie fügte hinzu: »Lehrerin ist gut!« Und machte eine Bewegung, als zähle sie Geld.

Meine Großmutter erzählte von einem Tag, lange her, in der Zeit der Alten, da sei die Erde aufgegangen und das Feuer sei bis an den Himmel geweht, Bimsbrocken bis in die Wolken, und das Meer sei aufgestanden wie ein Mann, Wellen wie Berge, und habe am Land gerüttelt. Da habe sich die Welt so erschrocken, daß es vorübergehend keine Jahreszeiten mehr gab, der Erdkreis fast wieder ins Dunkle verschwand. Und das Unten habe sich nach oben gekehrt, darum auch würde man beim Graben die alten Steine und Figuren finden. Sie wisse es, ihre Mutter habe es ihr erzählt, und die habe es wieder von ihrer Mutter.

»Noch schlimmer ist Krieg«, sagte Basilly und griff mit der Linken die zusammengestellten Gläser, daß es klickte, als er sie hob und den neuen Wein aufstellte. Und er fragte: »Na Deutscher, wie geht's?« Und ich sagte: »Mir geht es gut.«

*

Am Morgen hörte ich, wie mein Großvater das Pferd anschirrte, ich sah ihm zu und lehnte am Baum. Der Stamm bog sich nach oben, und die schuppige Borke ließ an Verletzungen denken. Die braunen Zweige mit ihren rundtrockenen Nadelbüscheln hingen zapfenschwer, kaum als Kiefer zu erkennen, so fremd war mir die Farbe. Mein Großvater hatte gesagt: »Sie wird sterben. Einmal gibt sie noch alles, trägt soviel wie nie, weil sie weiß, daß sie geht«, und ich hörte die Zapfen, wie sie sich in der Sonne knackend spreizten und überlegte, ob der Baum wohl sein Ende ahnte, und wenn, wie Bäume dachten.

Das Jahr ging ich zur deutschen Schule in der Hauptstadt. Zu Fuß erst zur Platia Iro und von dort mit dem Bus ein großes Stück die Bucht von Skaramangas entlang, dann scharf links, in der Innenstadt zum Omonia-Platz, wo man amerikanisch »hot dogs« essen und sich nebenan am Softeisautomaten noch den Magen verderben konnte. Das letzte Wegstück schlenderte ich und war immer noch pünktlich da.

»Es tagt der Sonne Morgenstrahl«, sangen wir am Montag morgens zum Wochenbeginn auf dem Schulhof, und es fühlte sich etwas merkwürdig an, wegen der Palmen und der hohen Sonne. Unser Sportlehrer hieß Hilbrecht, und in der Klasse erzählte man, er sei einmal Studentenweltmeister im Diskuswerfen gewesen.

»Wenn du im Deutschunterricht nicht aufpaßt, kann aus dir nichts werden«, sagte Frau Gerken und klappte mein Heft zu. »Gezeichnet wird im Kunstunterricht! Verwandle mal den Satz: Ich zeichne ein Bild, in den Plusquamperfekt!«

»Ich darf nicht zeichnen«, sagte ich, und Frau Gerken lachte.

Manchmal zeigte ich Frau Gerken Zeichnungen, und sie sagte: »Bis zum Abitur ist noch einige Zeit. Alle Fächer sind wichtig. Man darf sich nicht zu früh festlegen. Wenn du zwanzig bist, dann kannst du Kunst studieren.«

Sie blätterte in meinem Zeichenblock. »Ist das jemand Bestimmtes?« fragte sie.

Ich hatte meinen Großvater einmal gezeichnet, wie er morgens von seinem Feldbett aufstand, in seiner rosafarbenen Unterwäsche, und ich sagte: »Ach nee, nur so'n Mann.«

Der Schulhof war auf dem Dach, und durch die Fenster der Ballettschule fielen französische Wörter, und wenn die für eine Zeit aufhörten, winkte mal ein Mädchen, und zwanzig Jungenhände flogen nach oben.

Vom höchsten Berg der Stadt, dem Likavitos überblickte man alles. Die weißen Tempeltrümmer lagen wie auf dem besten Platz, und auf der Plaka, träumte mir, waren noch die großen Männer aus der Zeit des Perikles unterwegs, wie im Geschichtsunterricht besprochen, und sagten uns, wie das Leben einzurichten sei und was man zu denken habe. In einen Felsen war eingeschlagen, daß der Apostel Paulus von da gesprochen habe, und ich sah mir die Stelle genau an, wo er vielleicht gestanden, wo er die Füße gesetzt hatte. Unzählige Regen dazwischen.

*

Eines Nachmittags im Spätsommer holte mein Onkel Basilly mich von der Schule ab. Wir fuhren ein Stück, stellten dann das Auto ab, und schlenderten erst ziellos. Dann gingen wir in die Odos Septembriou, die Eingänge der Häuser waren verschnörkelt, und an einem Schild draußen stand der Name Merlina, die Farbe an der Tür alt, nur der Messingknauf der Tür glänzte, als Basilly im Rhythmus klopfte, erst dreimal kurz, dann Pause, dann wieder dreimal. Wir kamen in einen langen Flur. Das Mädchen, das geöffnet hatte, schien Basilly zu kennen, was mich nicht wunderte, denn meinem Onkel gehörten drei Taxen, zwei Chevrolets und ein roter Dodge, und er war immer in der Stadt unterwegs. Onkel Basilly lachte, faßte ihren Arm und nannte sie »mein Mädelchen«.

Im Innenraum saß ein untersetzter Mann auf einem Barhocker. Sein schmalrasierter Bart zog sich noch länger als die Mundwinkel bis fast an den Kragen. Als er von einer Zeitung aufblickte, stand er schon und kam Basilly grinsend entgegen. Er hatte große Zähne, und als Basilly mich vorstellte, bewegten sich seine Lippen kaum, als er etwas zu mir sagte.

»Spiros ist in Ordnung«, sagte mein Onkel, als wir ins andere Zimmer gingen, in dem ein paar Frauen Basilly zuwinkten, und er setzte sich zu ihnen an den Tisch bei der Tür zum Garten, der von hohen Mauern umgrenzt war. Ein Liegestuhl lag auf der Seite, und weiter hinten an den Steinen war ein Beet mit verdorrten Blumen, und die Gardenie vor dem Eingang hatte gelbbraune Blätter.

Basilly klopfte mit seiner Zigarette auf den Daumennagel und sagte: »Das ist er«, und nickte mir aufmunternd zu, als er sie entzündete.

»Ich nehm ihn umsonst«, sagte eine, lachte tief in der Gurgel und kniff in mein Gesicht. Sie schien mir älter als meine Mutter, trug eine kurze Hose und als sie aufstand, schwangen ihre Schenkel. Die Bluse weit offen, legte sie die Hände in die Taille, knickste bei jedem Schritt in der Mitte, ging langsam um mich herum, faßte mir ans Kinn, warf den Kopf zurück und nickte mit einem Blick, als hätten wir uns lange verloren und nun wiedergetroffen. Ich tat, als verstünde ich nicht.

»Er ist Deutscher«, sagte Basilly, und sie sagte: »Wenn der Deutscher ist, bin ich Eskimo!« Und sah zu den anderen, die lachten, und ging wieder um mich herum, und erst an meiner Aussprache merkten sie es.

Merlina war nur wenig älter als ich. Die grüne Bluse war unter den Brüsten verknotet, und ihr dünner Rock schwang beim Gehen, als sie aus dem Garten kam. Ihrer Tante gehörte »to magazin« sagte Basilly leise, »der Laden«, und wir gingen die Treppe hoch in ihr Zimmer.

Ich war einen Schritt hinter Merlina, so daß ich an ihren Kniekehlen sah, wie sich die dicken Sehnen nach oben zogen. Oben hängte ich meine Jacke an einen Stuhl. Das große Bett mit gerüschtem Laken stand wie an die Wand gelehnt und daneben der Hausaltar. Fast alle Leute hatten hier so eine bunte Ecke.

Ich fragte: »Wohnst du hier?«

Sie zog die Brauen hoch und nickte.

»Das ist Agios Nikolaos«, sagte Merlina, »er konnte übers Wasser gehen«, und sie sah mich dabei aufmerksam an, als könnte sie mich sofort widerlegen, wenn ich es bezweifeln sollte.

»Und das?« Ich zeigte auf einen langen Mann, der sich von einem verwundenen Pferd beugte, einen langen Speer in ein abscheulich verfranstes Tier mit kurzen gestachelten Flügeln senkte, eine Art Drachen, einen Lindwurm wie bei Siegfried, mit Feuer vor den Zähnen, aber nicht viel größer als ein Bernhardiner, und sagte: »Agios Georgio. Er hilft auch.«

Sie zog ihre Sandalen aus, ließ sie mitten im Zimmer liegen und drehte sich auf den Fußballen, daß der Rocksaum die Knie umrundete, hielt die Linke steif und umklammerte mit der anderen Hand ihre Fingerspitzen.

»Die Panagia«, sagte sie, »die Mutter«, und ich sah eine Frau, wie eine Puppe gemalt, auf ihrem Schoß Jesus, mit dem Gesicht eines kleinen alten Mannes, die Rechte erhoben. Es sah sehr unbequem aus, wie er dasaß, und ich dachte, keine Mutter würde wohl ihr Kind so halten.

Merlina entzündete das »kandilli«, der Docht schwamm auf dem Öl, und die kleine Flamme funzelte zwischen den Bildern. Mit trippelnden Schritten ging sie an die Tür, beugte sich vor, horchte und schloß mit wichtigem Gesicht ab. So wie sie es machte, fiel alle Aufregung und Fremdheit von mir ab. Ich sah ihr zu wie einem Kind aus der Nachbarschaft. Sie zog mich zum Schrank, griff hinter den Stapel Bettwäsche, holte eine rosafarbene, verknautschte Pappschachtel hervor, und als sie sich auf ihr Bett räkelte, bedeutete sie mir mit den Augen, ich solle zu ihr kommen. Ich saß etwas steif, und sie machte ein Gesicht, zeigte mir, was ich machen sollte. Sie wollte, daß ich vor dem Bett kniete, die Arme untergeschlagen, das Kinn auf den Händen, und mich nicht rührte. Sie kniete vor mir auf dem Bett, die Schachtel aus dem Schrank zwischen uns. Als sie den Deckel hob, sah sie sich im Zimmer um und zur Tür und legte den Zeigefinger an die Lippen und machte »Pssst, psst!«

Die bunten Oblaten nahm sie ganz vorsichtig heraus.

»Rose«, sagte ich auf deutsch, als sie mir das bunte Glanzpapier unter die Augen hielt. Die Oblaten waren schön und sahen sehr alt aus, nicht nur weil sie so verknickt waren. Ich sagte noch einmal »Rose«. »To triandaphilo«, sagte sie, »das Dreißigblatt.«

Als ich den Kopf heben wollte, sagte sie: »Non, monsieur«, und ich blieb, wie ich war. Sie drehte sich, rutschte höher, kniete immer noch, legte den Kopf in den Nacken, schlug ihren Rocksaum über die Hüfte, und mit dem Daumen der Linken, hakte sie den dünnen, schwarzen Stoff ihres Schlüpfers herunter, ihre Beine waren so braun, daß es aussah als trüge sie Strümpfe. »Bleib so«, sagte sie, »faß mich nicht an«, und oben, kleiner als ihre braune Hand, war es wie ein Nest, und durch die dunklen Haare sah man wenig rosa, und wo die Sonne nicht hingekommen, war die Haut ganz weiß, bis über die eckigen Hüften, und ich sah ihren Mittelfinger sich durch die Haare bewegen und hörte, wie sie an ihrer Schulter atmete, und das Bett bewegte sich leicht schwankend.

Ich blieb knien, die geöffnete Schachtel mit den Oblaten immer noch zwischen meinem Gesicht und ihren Beinen, an denen sich die Sehnen abzeichneten, und aus den Augenwinkeln sah ich mich im Zimmer um, den Kopf auf den Händen, und als sie die Knie etwas auseinandernahm, sah ich ihren Arm über dem hellen Bauch und im Schatten der Bluse, daß sich die Brust bewegte, und wünschte mir, Irini wäre an ihrer Stelle, und schämte mich im gleichen Augenblick, daß ich so etwas denken konnte.

Als ich hinunterging, saß Onkel Basilly noch da, und die Karaffe mit Wein war fast leer. Er unterhielt sich mit Merlinas Tante, legte mir die dicke Hand auf die Schulter. Merlina kam etwas später, und in meiner Jackentasche schmolz die Schokolade, die sie mir geschenkt hatte. Als wir uns verabschiedeten, gab ich niemandem die Hand, weil sie klebte, und als wir draußen ein Stück gegangen waren, legte ich die Schokolade hinter eine Mauer, und wischte die Hand im Sand und an den Steinen ab. Die Oblate mit der Rose war von der geschmolzenen Schokolade halbverdeckt.

Basilly sagte: »Wie war's?« und ich sagte: »Gut.«

»Früher hieß es Dodo, aber jetzt hat sie den Laden nach Merlina genannt. Sie ist die Jüngste und Schönste in der Stadt«, und er schnalzte mit der Zunge.

»Mitzos hat gesagt, es wird Zeit«, sagte Basilly, »nimm ihn mit zu den Frauen.« Wir standen an dem roten Dodge, den ich von seinen Autos am liebsten mochte, und ich streichelte die Heckflosse.

»Wenn du es brauchst, das Geld kriegst du von mir. Wann immer du willst. Merlina kennst du, und auch die anderen Frauen sind sauber. Es ist das beste Bordell in der Stadt.«

Und ich sagte: »Das war ein Bordell?«

Er lachte und sagte: »So ist es da ...«

*

Ich sprach mit meiner Mutter nicht mehr Deutsch. Am Morgen hörte ich, Irini käme wieder, und in der Brust stieß es dumpf, denn wir hatten uns drei Wochen nicht gesehen, und alles woran ich dachte, hing an ihrem Namen. Ich stellte mir allerlei vor, was wir miteinander tun konnten, wie meine Lippen an ihrem Mund waren, sie aufstand, das breite Kinn nach vorne streckte, und wie ihre Augen dunkel wurden im Ärger.

An diesem Morgen ging ich die Bouboulinas hinunter, in Richtung Paralia, um zu angeln. Das Meer sah durch die Häuserlücken der Straße, und der Himmel war noch blaß und rötlich. Am Kiosk bog ich rechts ab. Mein Freund Achilles, der Sohn des Krämers, mußte jeden Tag im Geschäft helfen, dafür bezahlte sein Vater auch das Geld fürs Gymnasium. Er stellte ein paar Säcke vor die Tür und winkte zu mir rüber. Er sagte etwas, und ich antwortete ihm und blieb stehen, hielt meine Angelschnur hoch, die ich um eine Korkplatte gewickelt hatte, den Haken in den Kork gedrückt. Und das Bleistück tanzte an meiner Hand, als ich den Arm hob.

»Du wirst heute was fangen«, sagte Achilles noch, und ich ging. Der Staub quoll durch die Zehen, daß ich stehen blieb, mich auf einen Stein setzte, der aus der Mauer gefallen war, und meine Sandalen überstreifte, die ich an den Gürtel gebunden hatte.

Im »Kafenion« saß mein Großvater beim Kartenspiel. Als ihn jemand anstieß, drehte er sich um. Ich hob das Angelzeug, und er winkte mir zu. Zur Paralia, der Uferstraße ging es nach links, wo ein kleines Straßenstück aus Beton begann. Ein paar Kinder hockten am Rand, im Halbkreis. Eines der Kinder stand aus der Hocke auf, drehte den Kopf zu mir, und ich sah die Kätzchen auf den eisernen, heißen Streben des versandeten Gullys. Räudiges Fell oder staubig, über und über mit Insekten besetzt, verklebten Augen, verquollene, gesprungene Pfoten, voll mit winzigen Fliegen oder etwas, das aufstob, wenn sich die kleinen Tiere bewegten. Ein Junge, wohl etwas jünger als ich, bewegte ein graugestreiftes mit dem Stock, daß es sich drehte und sich überschlug. Es rührte sich kaum, nur piepsiges, abbrechendes Wimmern.

Mir wurde kalt, und ich wußte nicht, was ich tun sollte.

Aber dann machte ich einen schnellen Schritt nach vorn, als zöge mich etwas, und ein Kind, das in der Hocke gesessen hatte, fiel in den Staub, und ich stampfte über die kleinen Körper. Zwei-, drei-, viermal. Trat zurück. Die Kinder waren zurückgewichen, und eines schrie laut auf und heulte hoch und ausdauernd. Mir war immer noch kalt, der Nacken gespannt und steif wie aus Holz.

Aus dem Haus gegenüber lief ein alter Mann, zog ein Bein nach, und seine Frau neben ihm mit kleineren schnellen Schritten. Die Kinder erzählten, was geschehen war, und der Junge mit dem Stock zeigte auf mich: »Der war's!«

Und die Frau rief laut. Aus dem Haus kamen noch andere. Aus dem Nachbarhaus auch.

»Barbarus! Heil Hitler!« sagte der Mann, der zuerst gekommen war, und spuckte vor mir aus, und einer machte eine Bewegung, als wollte er mich schlagen. Mir war es egal, aber der Alte hielt ihn zurück. Die Frau rief noch immer Dinge, die ich nicht verstand, so hoch und schnell, wie sie schrie.

Ich ging zum Wasser, und ich streifte die Sandalen von den Füßen und warf sie, so weit ich konnte hinaus, daß man es kaum hörte, als sie ins Wasser schlugen. Und das Korkstück mit Sehne, Blei und Haken warf ich hinterher.

Den ganzen Tag dachte ich an die Katzen, die Lämmer, träumte von Hamburg, wie die Stadt war, das Trägerwerk der Brücken am Rödingsmarkt, die kreischenden Bremsen der Hochbahn, den Weg zu den Fleeten, Planten und Blomen. Nach Hamburg wollte ich, zu Herrn Schmidt, Frieda sehen, und was wohl mit Inge wär, aber dann schob sich Irinis Gesicht vor die Bilder. Ich ging am Wasser entlang, das in kleinen Wellen herantrieb. Die Steine, die ins Wasser führten, sahen aus wie hart gewordener Sand. Pinien und Kiefern hatten sich ausgepflanzt und gingen dicht an den Strand, als wollten sie irgendwann auch das Wasser gewinnen, und das Hellgrüne, das die Ränder der Felsen umspülte, fiel nach einigen Metern ins Indigoblaue und zeigte, wo der Grund steil abriß. Ich ging hinunter, zog mich aus, tauchte ein, dachte an Irini, bewegte unter Wasser die Arme, und es war mir, als ließe es sich umarmen, wenn man die Hände nach vorne riß und durch den Widerstand glitt. Ich schwamm zurück, saß im Schatten und ging dann wieder hinein.

Im Süden wurde das Wasser wie gehämmertes Kupfer, als würde es in die Stille führen, und die Berge verdämmerten rosa hintereinander, bis sie die Farbe des Himmels hatten. Das Meer war, als riefe etwas von ganz hinten, von der verdämmernden Kimm, und die Netzbojen dümpelten am Ende der Bucht wie kleine Segelschiffe, mit bunten Fahnen von den Fischern ausgeworfen, die Enden der Netze zu kennzeichnen. Die Sonne tief, seltsam davor gesetzt, und der kommende Abend, als wollte er die Menschen am Strand beruhigen.

Am Abend kam mein Großvater, blieb vor mir stehen und sagte: »Warum hast du das gemacht? Sag mir warum!« Und sah mich an.

»Sie haben sie gequält!« sagte ich und hob die Schultern und sah zu Mitzos, der hinausblickte.

»Er konnte es nicht mit ansehen!« sagte meine Großmutter leise.

»Es waren nicht deine Katzen!« sagte er und sah mich lange an, und mir schien, er zitterte, als er ging.

*

Die Motorhaube des Dodge stand offen, und Mitzos fluchte. »Es ist der Vergaser«, sagte er. Basilly bewegte zweifelnd den

Kopf, und Mitzos legte den Luftfilter in den Schatten des Vorderreifens.

Irini hatte den Korb mit dem Essen. Katina, ihre Freundin, sah immer wieder zu Achilles und saß maulig neben allen, die Korbflasche Wein an der Hand, und Achilles starrte ins Wasser. Katina stellte den Wein in den Steinschatten, um ihn vor der offenen Sonne zu schützen. Sie arbeitete im Geschäft ihres Vaters und ging mit Irini in eine Klasse.

»Kinder, geht schwimmen und nehmt das Essen mit«, sagte Basilly. Er kam mit dem Kopf unter der Motorhaube hervor. »Vorne beim Felsen, da ist mehr Sand.«

Mitzos richtete sich auf. »Ist nur 'ne Kleinigkeit. Fahren tut er ja. Wir kommen gleich«, und er hob die ölverschmierten Hände.

Achilles ging voran, und Katina folgte ihm. Wir kamen an den Felsen, den Basilly gemeint hatte. Irini stellte sich auf einen Stein und hielt ein beschriebenes Blatt hoch, daß es flatterte, bewegte die Hände ausholend und rief:

»Mauerturm der Körper,
Tor nicht sei.
Nicht Durchlaß ist.
Ephialtes,
tatest.
So Xerxes umging ...«

»Es holpert der Eselskarren«, sagte Achilles, und Irini lachte und klatschte in die Hände.

»Hast du verstanden?« sagte Irini. »Was ich gesagt habe? Wir müssen ein Gedicht schreiben, in Historia. Selbst ausdenken, über Leonidas! Hast du verstanden?«

»Ungefähr«, sagte ich. »Aber warum ist kein Durchlaß?«

»Ist ja«, sagte Irini. »Durch den Verrat. Leonidas ...«

Und sie sagte ein Wort dazu, und zeigte es mir im Wörterbuch. »Pflicht!« sagte ich. »Die Pflicht.« Sie sprach ihr Gedicht noch einmal leise, und auf ihren Unterarmen waren feine schwarze Haare, und über dem Mund der Anflug eines Schattens.

Achilles trug eine dünne Brille, und ein paar sagten auch »Ochia« zu ihm, was soviel bedeutete wie »Kreuzotter«, jedenfalls stand es so im Wörterbuch, und alle in der Straße, auch die älteren, trauten ihm zu, daß er eines Tages ein leibhaftiger Philosoph würde. Wenn ich ein Wort nicht richtig verstand, oder es falsch aussprach, ließ er es mich so lange wiederholen, bis es glatt und genau herauskam. Irini meinte, er würde ein großer Lehrer, und Achilles machte absichtlich ein bedeutendes Gesicht. Wir lachten, Irini, den Kopf in den Nacken geworfen.

Bleigrau schien das Wasser in der Ferne unter den aufziehenden Wolken, und wo der Grund abfiel, war die Farbe, als sei sie aus Nacht. Der Küstenstreifen brach und rutschte in lehmigen Klumpen, Thymiansoden waren ins Meer gestürzt, und das abgefallene Heidekraut mit den knotigen Wurzeln bewegte sich als zausiger Besenrest, wo das Wasser über den Kieseln spielte. Weißrotgrüne, rundgeschliffene, flache Marmorstücke, dazwischen graugeflammte, und ein schwarzes hob ich auf, das gleichmäßig durch eine weiße Ader getrennt war und wollte es ihr geben, aber sie hielt nur meinen Arm, und betrachtete es auf meiner Handfläche, als sei es lebendig.

Als sie kniete, um die Decke auszubreiten, sah ich ihren kräftigen Hals und wie sich das Haar ringelnd am Nacken hielt, und der Badeanzug strammte sich über jede Rundung, zog sich in die Vertiefungen. Die Wellen brachen erst kurz vor dem Strand, schoben sich als kleine gläserne Wände, bis das Weiße an den größeren Steinen überschäumte und sich im blasig platzenden Muster beruhigte, und als sie aufstand, ein Stück in das Wasser zu gehen, hielt sich der fahrige Schaum für einen Moment an ihren Fesseln.

Ich fiel neben ihr ins Wasser, und als ich aufstand, umfaßte ich ihre Hüften, hob sie an, daß sie sich auf meine Schultern stützte, und sie sagte: »Bitte nicht! Bitte!« und sie sah dahin, wo das Auto stand, aber von Mitzos und Basilly war nichts zu sehen. Ich ließ sie sofort los, und sie schwamm ein paar hastige Züge vor. Ich folgte ihr, und als ich untertauchte, sah ich ihre Beine, und ich griff unter Wasser nach ihrer Hand, hielt sie und hatte das Gefühl, sie drückte sie, und sie sagte: »Mitzos kommt, sieh mal«, und als ich mich umdrehte, riß sie sich los und schwamm aufs Land zu, und ich folgte ihr langsam.

»Delphine unter sich«, sagte Achilles, und Katina lächelte ihn an. Ich setzte mich und sah auf Irini, und als sie sich vorbeugte, stand ihr gekrümmter Rücken wie ein Stein vor dem leuchtenden Blau.

Wolken kamen auf. Eine ging über die Sonne, daß man hineinsehen konnte, ohne zu blinzeln, und als Katina Achilles etwas fragte, berührte ich Irinis Hand, und ihre Nasenflügel bewegten sich etwas. Dann kamen Mitzos und Basilly.

»Es ist der Motor«, sagte Basilly, »es wird der Motor sein.«

»Der Vergaser. Der Vergaser. Er kriegt falsche Luft, das ist es«, sagte Mitzos.

Irini goß Wein ein, Katina hatte sich neben Irini gesetzt, und Achilles sah wieder aufs Wasser.

»Ihr riecht nach Benzin«, sagte ich, und Mitzos warf die Hände in gespieltem Ärger nach hinten und sah nach oben. »Auto und Benzin gehören zusammen, was soll man machen?«

Die flachen Berge wurden, als sei einer mit dünner Farbe darübergegangen. Schräg langgezogen stieg ein weißer

Strich, der langsam vorankam, und der Streifen, den das Flugzeug gezogen hatte, löste sich in kleine Wellen.

*

Mitzos saß und sah in die Zeitung, verzog das Gesicht, hatte die Lippen vorgeschoben, und seine Zehen bewegten sich, daß die Sandale im Takt an seine hornige Hacke klackte. Mein Großvater blickte unbewegt an ihm vorbei auf das Wasser, das aussah, als bewege sich etwas Kleines stetig, daß es die Oberfläche rauhte unter dem Dunst, in dem auch die langflachen, fleckigen Berge Salamis lagen, und ich sagte: »In Daphni ist ein Weinfest. Nikos und Achilles gehen wohl auch.«

Daß Irini gesagt hatte, sie wolle Basilly fragen, um vielleicht mit Katina zu kommen, sagte ich nicht.

»Alle sagen, es ist wunderschön und freuen sich schon darauf«, und ich sah auch auf die Bucht. Mitzos legte die Zeitung in den Schoß und sah mich an.

»Wenn die Leute rufen, ich weiß einen Platz, da gibt es die meisten Kirschen«, sagte mein Großvater und lachte, »dann nimm den kleinsten Korb, den du hast, um sie nach Hause zu tragen.« Und Mitzos nickte, und ich sah wieder über das Wasser, wo die Berge wie ausgeschnitten standen, und davor ein schmaler heller Streifen, und die Sonne, als brenne sie als rotrunde Scheibe, daß ich an Winter und Hamburg dachte. Über den Kuppen hielt es sich nach oben abnehmend rosa. Ich sah der Sonne nach, bis sie hinter den hochstehenden Kiefern verschwand, deren Wipfel scharf in das Rothelle ragten.

»Ich würde es einfach nur gerne sehen, wie es da ist«, sagte ich.

»Es ist ein Fest der Betrunkenen«, sagte Mitzos. »Das ist etwas für Säufer, aber nichts für dich.«

Die Vögel lärmten, daß man die Stimmen nicht unterscheiden konnte, ich dachte an schimpfende Spatzen und hörte das Schnirren der Zykaden. Die Sonne fiel, und das Meer sah aus, als leuchtete es aus sich, und im Umriß der Berge, die wieder deutlicher wurden, flimmerten die Lichter eines Dorfes wie Glühkäfer auf dem Weg, und auf der hellen Fläche des Wassers standen die Boote wie Striche und schwojten an der Ankerlast. Und plötzlich war mir, als frage etwas aus mir. Der Stuhl auf dem ich saß, die Hand die ich bewegte, der Schatten in dem ich mein Gesicht aus den Augenwinkeln sah, das Meer. Ich hörte ferne Stimmen, das Wandern eines Motorengeräusches, spürte dem Klang nach, alles wie ausgedacht oder aus einem fernen Lied.

»Aber wenn die anderen alle dürfen. Ich bin alt genug!« sagte ich.

»Joker würde es Nikos nie erlauben, und Achilles' Vater«, er lachte auf, »der würde verrückt werden, wenn er seinen Sohn da wüßte. Irini hat Basilly gefragt, da hat er sie geschlagen. Huren und Säufer gehen dahin. Da kann man den Wein des ganzen Landes probieren. Umsonst.« Er sah mich an. »Du gehst nicht, dein Großvater will es nicht!«

»Es ist spät«, sagte mein Großvater, die Augen auf den fernen Bergen, »laßt uns ins Haus gehen! Kommt, laßt uns essen.«

*

Aus der nahen Kirche rief ein Lied, ließ eine Stimme auf und ab, mit kehligem Träller, und obwohl ich nicht verstand, was gesungen wurde, hörte es sich an, als klage jemand, und ich hörte »äonia«, was bei uns Äonen heißt und zum Schluß »Kirieleison.«

Als wir an der geöffneten Tür vorbeikamen, lief ich kurz vor und sah in den Raum. Eine Frau beugte sich immer wieder vor, küßte die kleinen goldgerahmten Bilder, und mit der Rechten schlug sie andauernd das Kreuz vor ihrer Brust, und es sah aus, als antwortete die Hand von selber auf etwas, was die Frau angestrengt vorgebeugt fragte, wenn sie kurz mit dem Oberkörper hochkam, um sich beim nächsten Bild wieder zu beugen. Der Saum ihres gelben Kleides nickte.

»Was war?« sagte Irini.

»Ich dachte, ich kenne die Frau«, sagte ich, obwohl es nicht stimmte, und wir gingen die Straße Bouboulinas herunter, an der unser Haus lag. Links drei hohe Palmen und das Amt für den Hafen. Ein Schritt blieb zwischen uns, und wenn wir uns ansahen, lächelten wir beide.

Ein Lastwagen stand, wohl schon länger beladen. Als der Mann aus dem Hafenamt kam, stieg er ins Fahrerhaus, ließ die Tür geöffnet, bis noch einer aus dem Gebäude dazukam, einen Augenblick mit ihm sprach, Papiere ins Fahrerhaus reichte. Die Tür klappte, und als er den Motor anließ, lief der eine Weile im Leerlauf, und der Diesel hörte sich an, als schlüge einer mit feinem Hammer an Eisen.

Die Paralia, die Uferstraße, führte in die Stadt. Der Küstenstreifen war von den Deutschen befestigt worden, wittriger Beton in großen Quadern. Aus dieser Zeit stammte auch eine Betonplattform im Meer, die auf meterhohe runde Säulen gesetzt war. Am Grundriß war noch erkennbar, wo die einzelnen Räume einmal hinkommen sollten, und das rostige Eisen war nach oben gebogen, für Säulen, die Geschoß und das Dach halten sollten, und die Fischer sagten: »Das haben die Deutschen gebaut. Ein General wollte das haben. Von der

SS. Frag Panajotis Zekulis, den Maurer. Er war selbst mit dabei. Hat den Beton mit geschüttet. Der Quader am Ufer.« Wir gingen dort manchmal tauchen.

Holz war in großen Blöcken parallel zur Küste gestapelt, die hohen Bretterlagen durch eiserne Bänder gehalten, daß sie nicht verrutschten, wenn der Kran sie absetzte.

Irini ging langsam und sah sich immer wieder um. »Komm«, sagte ich und blieb stehen, als wir auf gleicher Höhe waren.

»Komm«, sagte ich noch einmal, und meine Stimme war, als gehörte sie einem anderen, und ich schluckte.

Zwischen den Stapeln war ein Platz im Geviert, wie ein enges Zimmer, daß man nur den Himmel sah, und ich setzte mich auf das Querholz, auf das die Bretterlagen gestapelt waren, damit sie von unten nicht feucht wurden. Es war breit wie eine Bank, und sie setzte sich auch, und schlug den Rock unter die Beine.

»Irini . . .«, sagte ich und wußte nicht weiter, fühlte wie das Holz stach und hörte sie atmen.

Nicht endender Singsang vom Heer der Zikaden, als wisperte etwas aus der Ferne, und oben waren dünne Wolken im Wirbel, wie loser Rauch. Ich sah ihr seitlich ins Gesicht. Sie hatte den Mund zusammengepreßt, blickte auf ihre Schuhe hinunter, und die Perlmuttknöpfe ihrer Bluse schimmerten. Ich lehnte mit dem Rücken an dem Stapel, fühlte Splitter und legte meinen Arm um sie, zog ihren Kopf an meine Schulter, hielt sie so. Als ich meine Hand nach einer Zeit wegnahm, ließ sie ihren Kopf an meinem Arm, und ich dachte, so müßte es immer sein.

Als sie sich vorbeugte, legte ich ihr vorne die Hand in den Kragen und spürte wie es in ihrem Hals pochte, und an meinem Handgelenk öffneten sich die oberen Knöpfe der Bluse und meine Hand fiel hinunter auf das weiße Fleisch, im Schwung die Linie, bis zu der die Sonne gekommen war, und in der Mitte nach außen weisend die rosabraunen Spitzen. Und es war mir, als nähme ewas meinen Mund, machte die Lippen weich und feucht, daß man es auf der blanken Haut sah, fühlte Nähe und roch sie an ihr. Ich sah den weißen Bogen der Zähne von unten, wie sie die Lippe klemmte, und ihr Gesicht war, als weinte sie in irgendeinem Schmerz. Und meine Hand glitt über ihren Körper, schien aus sich selbst zu wissen, wohin sie wollte.

Es zog in den Abständen zwischen den Brettern und Balken, den Stapeln, zog kühlend ins enge Zimmer, und das stumpfe Hirnholz war mit rotem Stempel gebrannt, die Krone von Schweden, daher kam es, nordische Kiefer im breiten Schnitt.

Und die suchende Hand entdeckte für sich selber, und was ich auch tat, es war mir, als dächte ich es nur, träumte. Und der Rock wehte hoch, verdeckte ihr Gesicht. Zug zwischen den endlosen Stapeln, und ihr Arm warf ihn zurück, daß der Saum meinen Hals berührte. Die Schenkel dicht aneinander, die Knie gepreßt. Und das Gummi rollte mit dem dünnen Stoff, und das helle Blau rutschte als Streifen hinunter zum Knie. Der Bauch warmer Schwung, und das dunkle Haar kraus und weich ineinander geschlagen, und darunter ein Aufwurf wie Mund, Lippen, und alles zeigte nach innen, nach innen fassen, Taumel, nach innen zu sein. Mit dem Gesicht kam ich näher.

»O nicht! Bitte nicht!« Sie stützte sich auf, und ich schrak zurück, der Rocksaum fegte mein Haar, und was wirklich war, kam wieder. Nichts sagen, nichts flüstern, die Augen noch Schlaf, ihr Mund. Ich faßte nach ihr, und sie hielt mich mit gestreckten Armen von sich und weinte. Ich hätte fliehen mögen, dachte an irgendwohin, sah meine Hand, und faßte wie von selber den gebogenen Nacken, zog sie ganz nah, und sie ließ es zu.

Als sie aufsah, wischte sie über die Augen, steckte die Bluse unter den Rockbund, zog an den Seiten des Rocks, um die Falten zu richten. Und als wir gingen, war es anders mit uns, wir hielten uns bei den Händen, bis die Holzstapel zu Ende waren, und sie sah auf den Boden, wo unsere Füße Abdrücke in die weiche Teerdecke machten.

*

Hinter dem Boot verlor sich ein riesiges Dreieck im Dunst, und das Eintauchen der Riemen ließ strudelnde Löcher in der unbewegten See.

»Wir werden verfolgt. Ich rudere um unser Leben«, sagte Nikos keuchend und sah gehetzt ins Diesige, das sich in treibende Nebelschwaden löste, daß man die kommende Hitze schon ahnte, obwohl die Nacht gerade erst vorbei war. »Überall Türken! Kanonier triff gut, es gilt unser Leben!« und er warf den Kopf nach hinten, und legte sich in die Riemen, daß die Vertiefungen im Wasser immer weiter auseinandergingen, und ich hielt den Bootshaken wie eine Flinte im Arm.

»Ich bin getroffen!« rief er und ließ die Riemen fahren, daß sie an die Bootswand schlugen, und die Blätter tauchten kantig und zogen bremsend zwei schaumige Linien, als er sich aufbäumte, seitlich über die Bordwand kippte und im dunklen Wasser verschwand.

»Hör auf, Nikos«, rief ich und und suchte ihn im Wasser. »Nikos?« Ich konnte ihn nicht entdecken, und ärgerte mich: »Nikos?«

Er fuhr aus dem Wasser, daß man seinen Gürtel sah.

»Hast du ’nen Schreck gekriegt? Komm rein«, rief er, und als ich nicht wollte, schlug er mit dem Arm über das Wasser, und als ich mich schnell umdrehte, klatschte es durchs Hemd kalt auf den Rücken.

»Hör auf, Mann«, sagte ich.

»Komm doch!«

Und als ich nicht wollte, kam er wieder ins Boot.

»Wenn du nach unten guckst, sieht es aus wie Nacht. Tausend Meter ist es hier bestimmt«, und er zeigte seitlich aufs Wasser.

Wir warfen die Netze aus. Ich ruderte, und Nikos ließ sie aus der Hand. Als der Dunst verflogen war, kam Wind auf aus der Richtung, die wir brauchten, und es sah aus, als ginge er in der ganzen Breite über das Wasser, rauhe es auf und trieb uns mit den Wellen bis vor Ägina, in die Bucht, die Nikos kannte.

»Mehr da«, sagte er und zeigte mit dem Arm, und ich nahm ein Ruderblatt aus dem Wasser, machte zwei Schläge mit dem anderen, und der Bug schwang leicht herum.

»Hier an der Kante bleiben«, sagte er, »nicht ins Tiefe«, und ich sah seitlich voraus, ruderte die Linie, wo der Grund abfiel und versuchte nicht zu schnell zu werden, daß er mit seinen Händen nachkam, eine Hand vor die andere, unter das Netz gefaßt, es gegriffen, und es schien, als schütte er es ins Meer.

»Manchmal steigen vor Ägina
die Seelen der Toten auf
die sich nie lösen
von dem was hier ist . . ., so ungefähr«, sagte Nikos und reichte mir eine Tomate, und ich hielt sie außenbords und spülte den Staub ab. »Mein Großvater hat es gesungen. Wenn der rausfuhr, sind die Delphine über sein Kaiki gesprungen.

Glatt über das Boot weg. Der konnte mit den Fischen reden, sag ich dir.«

»Und das Lied, kannst du es richtig?« fragte ich und nahm ein Stück Brot.

». . .von dem was hier ist«, wiederholte Nikos.

»So tanzten sie vor dem Bug,
die Stimme der Arbeit versank
und Wellen Andachtsgeläut.
Von Salamis grüßte der Morgen
und Delphine brachen zur Luft
als der Tag noch barg.«

Er räusperte sich: »Gehalt des Lebens, so suchen wir das Ereignis, und nennen es Brot.« Er überlegte. »So ungefähr.« Er hob die Schultern.

Das Wasser spiegelte in blaurosa Schlieren, und an der Insel vorbei lagen die Wolken in Streifen, wie ein gefallener Zaun. Nikos erzählte, daß sein Vater bald ein anderes Boot bekäme und ihm dann dieses gehören würde, und er auch bald das Geld hätte für einen Motor.

»Fiat Italien«, sagte er, und ich ließ mich außenbords fallen, hörte, wie er nachsprang, hielt die Luft an, und schwebte einen Augenblick, Mund und Nase unter Wasser, und als ich auftauchte, sah es aus, als finge jeder Tropfen das restliche Licht, daß es glänzend sprühte, und Nikos sagte: »Das macht nicht das Wasser, das sind kleine Algen, die leuchten, Achilles hat's gesagt. Der hat es gelesen.« Und über dem allen der Gedanke an Irini.

*

Mitzos stand auf der Veranda, alle Wände weiß, und als hätte ihn jeder Spritzer erwischt, am Hemd und der blauen Arbeitshose. Auf dem Kopf hatte er ein Taschentuch verknotet wie ein Schiffchen und nur die Hände vom Kalkweiß befreit. Das Messer hielt er am Fisch, schnitt in den Nacken, daß der große Kopf zur Seite fiel, und sagte: »Für die Suppe. Hierhinter«, und er zeigte mit der Messerspitze auf die Wangen, »sitzt das Beste. So viel«, und er zeigte den Abstand mit Fingern, »so dick«, und er schwang die gestreckte Hand, als Zeichen für viel. »Wenn du das ißt, wirst du verrückt«, sagte er und nickte lächelnd, »ich hab oft davon gegessen.« Er nickte wieder. »Und die Augen. Die Augen sind vielleicht noch besser. Viele sagen, die Augen seien das Beste. Aber ich nehm das!« Und er zeigte wieder mit der Messerspitze und klopfte dagegen.

»Dahinter ist es hart«, sagte ich.

»Ja, das Fleisch ist dahinter.« Er stand auf, das Messer, die rote Klinge, nach unten und sah mich an.

»Laß sie. Ich sage dir, laß sie. Sie ist deine Kusine, an sich sogar deine Tante, meine Kusine, und dein Onkel Basilly ihr Bruder. Er ist mein Vetter und Freund. Ihre Eltern sind tot. Als sie starben, konnte sie noch nicht laufen. Basilly hat sie großgezogen. Er ist wie ihr Vater.« Er blickte zu Boden. Ich sagte nichts und sah auf den Fisch.

»Tbc. Im Krieg, die ganze Familie. Nur die beiden nicht. Basilly und sie.« Er nickte. »Er ist nur mein Vetter! Aber wir sind auch wie Brüder. Wenn du etwas willst«, und er bewegte das Messer, »dann such woanders, hörst du? Nicht bei ihr!« Und er machte den Mund schmal. »Nicht Irini!«

Ich überlegte, woher er es wissen könnte und ob man es uns ansah.

»Ich seh euch, wie ihr seid«, sagte Mitzos und beugte sich wieder über den Fisch. »Guck sie nicht so an. Ich will nicht, daß du sie so ansiehst. Sie ist eine Frau, aber nicht für dich.«

Er kniete neben dem Fisch, hielt den Schwanz mit der Sohle seiner Sandale. Ein Schnitt die helle Unterseite entlang, und dann riß er die Innereien mit krummem Zeigefinger heraus, daß die Schwimmblase aufschlug auf dem glatten Stein.

»Da oben«, sagte er und zeigte mehr gegen den Himmel, aber auch nach Norden, lachte kurz auf, ohne das Gesicht zu verziehen, »ist es vielleicht anders. Ich weiß es von den Schiffen, wie die Frauen da sind. Aber hier bist du hier. Hierher gehört deine Mutter. Darum will ich auch, daß du mich verstehst. Das ist ihr Haus hier.« Und er zeigte zu Boden. »Hier ist deine Mutter geboren. Hinter dem Fenster«, und er steckte das Messer ins Fensterkreuz, daß man den Einstich ein bißchen sah. »Da auf dem Bett, das an der Wand steht. Da war ihr erster Tag. Wenn die da oben anders sind«, er lächelte wieder, »dann sind sie's. Aber die leben da, und wir leben hier. So ist das nämlich. Und hier machst du, was ich dir sage oder dein Großvater. Und der sagt: Er soll die Augen von ihr nehmen, das sagt er.«

Er sah mich an.

»Wenn du was willst, such woanders. Am besten in der Stadt, geh zu Merlina und den Frauen.« Und er nickte mir zu. »Was guckst du so ängstlich, wir haben darüber geredet, du brauchst nicht so ein Gesicht zu machen.«

»Ich hab keine Angst«, sagte ich, »vor keinem«, und ich sah ihn an, die Hand mit dem Messer auf die Hüfte gestützt.

»Das hast du gut gesagt«, nickte er, »gut hast du das gesagt«, und er ging wieder an den Fisch.

Er filierte den Fisch an der großen Gräte entlang. »Sie hat keine Eltern. Christos, ihr ältester Bruder hatte Tbc und kam damit nach Hause. Aus Alexandropolis. Er war so krank. Er ist nur noch bis zu seinem Bett gekommen und darin gestorben.«

Ich lehnte an der Wand, und er hockte auf den Fersen.

»Thiza Katarini, Irinis Mutter hat ihn gepflegt. Sie war die Schwester deiner Großmutter. Aber sie hustete bald auch. Dann starb das zweite Kind, ein Junge, ich weiß seinen Namen nicht mehr. Dann Barbar Janis, Irinis Vater. Dann Panajotis. Er hatte mein Alter!« Er bewegte die Hand. »Ganz Elefsina hat geweint. Dann noch Eleni, die Schwester, sie hatte blonde Locken, ich seh sie noch. Und zum Schluß Katarini, die Mutter. Sie haben alles verbrannt, aus Angst. Und wir durften nicht mehr ins Haus. Deine Großmutter hatte Angst um uns. Um ihre Kinder. Sie hat ihre Schwester im Stich gelassen. Das kann sie sich nicht verzeihen. Basilly Furikis und Irini Furikis, sie haben überlebt. Basilly hat sie aufgezogen. Sie war auch krank, aber dann gab's Medikamente. Sie kam in ein Heim und erst zurück, als sie vier Jahre alt war. Verdammt«, sagte er, »und du siehst sie an, als wär sie zu haben, sitzt am Tisch und starrst sie an. Wo soll sie hinsehn, ich frag dich, wohin? Guckt ihr so eure Frauen an, wenn ihr sie haben wollt?«

»Aber ich ...«, sagte ich, und er unterbrach mich sofort: »Laß mich in Frieden mit dem, was du fühlst!« sagte Mitzos, »worüber hast du mit deinem Vater geredet, wenn du das nicht mal weißt. Bring die Kasserolle«, sagte er, »die lange schwarze. Der Fisch wird gebacken. Sie steht rechts über den Schüsseln.« Ich holte sie. Er legte den Fisch hinein und sagte: »Nimm und stell auf den Tisch.«

*

Das Land streckte sich unter der riesigen Helle. Der Hügel lang und flach, alles gerundet, vulkanischer Fels, wie gelaufen, geronnen, erstarrt im Fluß runden Quellens, lange Strekken glatter Stein. Ich nahm den Kasten mit den Wasserfarben. Alles verlichtete der Tag, so weiß, daß die Augen schmerzten und hinten die flachen Linien verschwammen, als wäre in der Ferne Dunst und Dämmer dazwischen gebracht, obwohl die Sonne hoch stand auf dem Blatt. Die Luft warmes Wehen, und die Farbe auf dem Papier trocknete schnell, hellte auf, daß das als Wasser Gemeinte so licht wurde, als wäre flaches Land durch die Farbe nur trübe. Und ich nahm Indigo und eine Spur Preußischblau und zog einen Strich, wo Wasser und Himmel sich trennten, ging vom Innenhof ins Haus und dachte an Irini. Alles wollte ich zurückfühlen, aber es wurde wieder so, als wäre es nur ausgedacht. Aller Umriß verlor sich gleich, und ich sah ihr Gesicht, und schloß ich die Augen, blieb die Kontur weißer Häuser und Mauern, Grenzen um Gärten, und wirkten als Linie, sah man ins Dunkle.

Am Abend sollte der Fisch gegessen werden.

Wir setzten uns an den Tisch, meine Großmutter hantierte, und ich hörte meinen Großvater das Pferd ausschirren und seine Schritte den Gang durch den Innenhof kommen. Als er eintrat, hatte er große gelbe Melonen im Arm und legte sie in die Mitte des Tisches, und als eine rollte, beruhigte er sie mit der Hand. »Ist sie schon da?« Und meine Großmutter sagte: »Nein«, und ich verstand nicht.

»Die sind Honig«, sagte mein Großvater und zeigte auf die Melonen, »Honig, sage ich. Als wären sie nicht gewachsen, sondern von Bienen gesponnen.« Und er drückte neben dem Stiel, roch daran und legte sie wieder auf den Tisch. Er sah zu meiner Großmutter. »Ich komm nach Hause, und der Fisch schwimmt noch«, sagte er schmunzelnd, sah zu mir und zwinkerte mit dem Auge, »ich denk, die Teller dampfen«, und Irini kam herein. Gab allen die Hand, mir zuletzt, und ich vergaß, was Mitzos gesagt hatte, und sah auf ihren Mund.

Sie setzte sich auf den Stuhl an der Seite, und Mitzos sah zu uns. Sie trug noch den Rock von heute morgen. Die Bluse jetzt großgeblümt. Als sie mich kurz ansah, zog etwas vor ihr Auge, und sie sah auf den Tisch. Mein Großvater fragte sie etwas, und als sie antwortete, leckte sie sich erst mit der hellen Zunge über die Oberlippe.

Meine Großmutter trug den Fisch auf, verteilte Stücke auf die Teller, Irini schenkte Wasser ein. Ich nahm ein Stück Fisch, er schmeckte nach nichts, war zäh.

»Der Fisch ist alt und trocken«, sagte mein Großvater und nahm das Stück wieder aus dem Mund, als habe er auf einen Stein gebissen. Meine Großmutter schürzte die Lippen, zog die Mundwinkel nach unten und stemmte die Hände ein.

»Alt ist er nicht«, sagte Mitzos, »er ist aus der Nacht. Er hat ihn gefangen«, und er zeigte auf mich. »Ich hab ihn in die Küche gegeben, weil deine Frau es so wollte.«

»Ah ja? Deine Frau, sagst du?« sagte meine Großmutter. »Bravo. Bravo. Gut hast du das gesagt, mein Sohn.« Sie blickte ihn lange an, und Mitzos sah an die Wand, sie schüttelte langsam den Kopf und schob die Finger zusammen, daß die Spitzen fast einen Kreis bildeten, hielt sie vors Gesicht und sagte: »Dieser Fisch ist immer trocken. Es ist ein Fisch für die Suppe. Es ist ein Suppenfisch!« Sie wandte sich an meinen Großvater: »Aber du wolltest den Fisch gebacken haben. Bitte sehr, hier ist er! Gebacken!«

An Mitzos gewandt, sagte mein Großvater: »Genauso einen Fisch habe ich in der Hauptstadt gegessen. Zwei Hände lang das Stück.« Er zeigte die Größe zwischen den Zeigefingern: »Pralinen. Das war ein Fisch. Die reinste Praline.«

Er sah sich um, jedem von uns ins Gesicht: »Wie ich nie in meinem Leben einen gebackenen Fisch gegessen habe! Er war so saftig, daß man den Kopf über den Teller halten mußte, damit Hemd und Jacke nicht naß wurden. Er war saftiger...«, und er wandte den Kopf, »als die Melonen«, und er legte die Hand darauf, daß sie sich leicht bewegten, die eine durch die andere, »er war so saftig«, mein Großvater sah sich wieder um, »wie – wie Irini! Na, vielleicht nicht ganz.«

Und er sah sie ernst an, und ihr Gesicht wurde dunkel unter der Bräune, und auch mir stieg es heiß ins Gesicht, und meine Großmutter ging hinter Irini, legte eine Hand unter ihr Kinn und streichelte ihr Haar und ihre Wange.

»Der Fisch kam wohl aus dem Paradies. So saftig wird er gewesen sein«, sagte meine Großmutter und schüttelte den Kopf. »Ach, Mann! Du! Wir haben alles richtig gemacht. Was sagst du über den Fisch, der nur ein einfacher Kochfisch ist. Den niemand in der Welt backen würde. In Elefsina hat ihn mal einer gebacken, und er hat allen erzählt: Das ist ein Kochfisch. Alle haben es behalten, nur du nicht.« Sie öffnete die Handflächen und sagte noch einmal: »Alle haben es behalten. Jeder in Attika weiß es. Aber einer will diesen alten Fisch, bitte sehr, gebacken.«

Mein Großvater bekreuzigte sich, obwohl er an nichts glaubte: »Christus und Maria, Streit ist im Haus, und es liegt nur an dieser Frau«, und er zeigte auf Irini oder auch auf meine Großmutter, die hinter ihr stand, immer noch die Hand an ihren Haaren, und Irini wurde noch dunkler.

»Begeh nicht die Sünde, leichthin über das Heiligste zu sprechen, wegen eines kopflosen Fisches. Ach!« sagte sie, sah ihn an und bewegte den Kopf. »Ach du, denkst du an dein Leben, du?«

»Ist der Fisch kopflos, dann blutet er aus«, sagte mein Großvater langsam und nickte dabei, »da kann man noch so viele Kräuter in seinen Bauch legen.« Und er sah auf Irini.

»Irini! Probier du den Fisch! Wie schmeckt er?« Und er sah

ihr ins Gesicht, daß sie den Kopf bewegte, nur um ihn nicht anzusehen.

»Sie will den Fisch nicht probieren«, sagte ich heiser.

»Geh nicht dazwischen«, sagte Mitzos ärgerlich.

»Aber wenn er selbst sagt, daß der Fisch trocken ist, warum soll sie ihn probieren?«

»Wer ist er?« sagte Mitzos und stand halb auf. »Ich sag dir, misch dich nicht ein!«

»Du bist Irinis Mund? Sehr gut!« sagte mein Großvater und drehte sich etwas auf seinem Stuhl. »Sie spricht nicht mehr selber, aber du sprichst für sie. Du sagst mir: Ich bin ihre Stimme. Hier, höre auf mich!«

»Der Kopf ist in der Suppe«, sagte ich, »und wenn du zartes Fleisch willst, brich die Backe auf, da sitzt es, Mitzos hat es mir selber gesagt.«

Einen Augenblick dachte ich, mein Großvater würde zornig werden. Er sah erst Irini eine Weile an, dann mich. Ich sah in seine gleichmäßig dunkelblauen Augen und nahm den Blick nicht weg im Trotz, und er sagte: »Das hast du gut gesagt, Deutscher«, und lachte, »du verstehst etwas von diesem Fisch.« Er stand auf. »Ich bring dich nach Hause, Irini«, sagte er, und die sprang auf, sagte: »Eine gute Nacht« und ging, ohne noch einmal aufzusehen.

*

Manchmal lag ich wach, und der Gedanke an Irini stieg mir auf, und ich stellte mir vor, wie sie mich ansah, als kennte sie mich, lächelte, daß ich wußte, sie würde mich immer verstehen, und vor dem Einschlafen wünschte ich mir, daß sie sich über mich beugte, sich ihre Brüste auf mir bewegten und sich an mich preßten, und wie sie aus der Umarmung über mich fiel, und wie es sein würde, faßte man nicht mehr nach sich selber, rieb im Krampf einer Vorstellung, sondern das Gefühl, daß die eigene Hand gab, das Eintauchen in ihre warme Enge, und daß ich mich in ihr bewegte, in ihren Armen endete, so einzuschlafen, sich in den Traum wiegen. Und einmal überraschte meine Mutter mich, obwohl ich ständig auf die Tür und das Fenster sah, und ich wurde rot. Sie zögerte, als sie eintrat, und ich versuchte meinen lauten Atem zu unterdrücken, und sie setzte sich an mein Bett, ich hatte die Hände unter der Bettdecke neben mich gelegt, und sie sagte: »Warte doch, du bist jung. Mal. Du mußt malen.«

Und sie fuhr in die Hauptstadt, und kaufte mir heimlich eine Rolle mit grundierter Leinwand und füllte in einen alten großen Kasten aus Mahagoni die vielen Einteilungen mit zwei verschiedenen Weiß, Zink und Kremser, Schwarz: Elfenbein- und Lampenschwarz, alles zusammen achtunddreißig neue Tuben und Terpentinersatz. Und der Mahagonikasten war von einem englischen Maler, der nach dem Krieg in Eleusis gelebt hatte.

Mitzos entrümpelte den Raum neben der Küche und sagte: »Das wird ein neues Gästezimmer«, trug den auseinandergebauten Webrahmen in den Stall, setzte mit einem Freund ein großes Fenster ins Dach, zwischen die gewachsenen Sparren, kalkte die Wände.

Als ich an einem Tag aus der Schule kam, hatte meine Mutter alles eingerichtet. Sie und ihr Vater hatten, ohne daß ich es merkte, die Sachen geholt, die der Engländer zurückgelassen hatte. Seine Staffelei, Paletten und Pinsel, Krüge und Flaschen mit Malmittel und Firnissen. In einigen Flaschen war der Inhalt so eingetrocknet, daß er sich als ein Stück hinter dem Glas bewegte. Die Ölfarben, die in Zigarrenkisten nach Farben getrennt lagen, klebten aneinander, und die mürben Tuben ließen sich nur mit der Zange öffnen, selbst wenn man den Schraubverschluß vorher in kochendes Wasser hielt, und einige rissen dabei ein. Sogar die Kappe, die er beim Malen getragen hatte, war dabei, rote Seide, die Motten waren darangegangen, und kleine Werkzeuge, viele Stifte. Aus immer neuen Kästchen fielen kleine Schätze, und ein Buch war von T. S. Eliot, und auf den Rändern der Seiten standen in kleiner Schrift Notizen, und vorne auf der ersten Seite Betty Miller, 1939.

Auf der Staffelei lehnte ein Keilrahmen, und meine Mutter sagte: »Sie waren die Vermieter. Wir wollten alles kaufen. Aber als sie hörten, daß du Maler werden willst, da wollten sie kein Geld.«

»Das ist eine gute Familie«, sagte mein Großvater, »mal ihnen ein Bild, dann bist du nicht in ihrer Schuld.«

Ich schlug die schmalen Holzkeile nach, mit der sich die Leinwand spannen ließ und malte den kleinen Fischerhafen von Eleusis, das kantige »Limarchion«, das Hafenamt, davor die Palmen und oben ein Stück Himmel, daß ich an Herbst und Hamburg dachte und glaubte, den Herbst zu riechen. Und als ich mit meiner Mutter und Mitzos die Familie besuchte, bei der der Engländer gewohnt hatte, mich bedankte, und das Bild brachte, freuten sie sich, und der Mann hing es gleich an die Wand. Sie gaben mir Kompott aus süßen Trauben, Wasser, Mandeln und grünen Likör, und die Hausfrau kam mit einem Stock und fragte: »Ist das etwas?«

Es war ein Malstock, und ich erklärte, wofür man ihn brauchte. Der englische Maler hieß Kirie Samuel mit Vornamen, und die Frau erinnerte sich, daß er Zigarren geraucht hatte, freundlich zu den Kindern gewesen und von einem Tag zum anderen verschwunden war. »Keiner hat mehr von ihm gehört.«

Wir tranken Kaffee, und die Frau holte ein altes Bild aus dem Stall und sagte, es sei wohl von ihm. Ich fragte, ob ich es säubern dürfe, und sie zerriß ein Stück Stoff und gab mir in einer Konservendose etwas Wasser, und ich ging über die Terrasse zum Sandweg und klopfte gegen den Keilrahmen, und als ich mit Wasser daranging, sah ich, daß es ein Seestück war, und auf dem Holz hinten stand: ›Neue Welt am Cape Byron. Blick nach Osten‹, der Vorname Samuel und der Nachname nicht zu lesen.

Als wir aus dem Haus gingen, hatte der Wind aufgefrischt und trieb den Staub. Mitzos wollte nach seinem Boot sehen, und ich ging mit meiner Mutter am Friedhof vorbei den Weg über das Gelände mit den alten Tempeln, und der Wind bog an den Zweigen, und meine Mutter zeigte mir, wo Demeters Haus stand, und die Reste des Mysterientempels, und dunkler Rauch trat aus den Schloten dahinter und fuhr nach oben, wie die Zinken einer rostigen Gabel, bis er aus dem Windschatten des Berges stieg und verwehte. Ich sah eine Schildkröte und hob sie an, daß sie Kopf und Beine anzog, und an einem Säulenrest mit geborstenem Kapitell, über den der Oleander faßte, blieb sie stehen, und der Wind warf an ihren Haaren, und als ich sie so versunken sah, sagte ich: »Was ist?«

Sie lächelte und schüttelte den Kopf und sagte: »Hier, glaub ich, war es«, und ich sagte: »Was?«

Sie sah hin und her, als könnten es andere hören. »Dein Vater und ich. Damals mit dir.« Und ihr Gesicht rötete sich.

Am Abend ging ich ans Wasser und dachte an Irini, die bei einer Verwandten von uns in Megara war. Und ich sah, wie die Wellen kamen, als holten sie die Kraft von weither, Aufschwung machten zum Kamm, um sich wieder einzurollen, weißzauselig an den Spitzen zu brechen, und sich gegen die Betonkante zu werfen. Brecher an Brecher, und die Gischt sprühte bis an die Holzstapel und färbte sie dunkel, und ich glaubte sie zu riechen, als wäre sie neben mir, und ging zurück zum Haus.

⋆

Die Leute, die uns nicht kannten, hielten uns oft für Geschwister, obwohl meine Mutter achtzehn Jahre älter war als ich, und ich sah, daß sie sich sehr darüber freute. Ich fühlte mich manchmal auch, als wäre sie gar nicht meine Mutter, eher eine Schwester, mit der ich älter geworden war.

Sie bat mich oft, die alten Tempel mit ihr anzusehen. Durch die Propyläen sahen wir auf den Parthenon, und was an Säulen und Giebeln noch stand, sah so leicht aus, wie es sich gegen das Blau oben reckte, daß ich für einen Moment nicht daran dachte, daß alles aus Stein war. Und meine Mutter zeigte mir ihren Lieblingsblick von hier oben, von der Kimonischen Mauer hinunter über die Stadt. Wir gingen von da zur Korenhalle des Erechtion. Sechs armlose Frauen, die das Dach mit den Köpfen stützten. Wir setzten uns, und ich kritzelte in meinem Block, aber als sie es sehen wollte, sagte ich: »Es ist nichts«, und klappte den Block wieder zu.

Wir aßen, was meine Großmutter uns mitgegeben hatte, und als wir über meinen Vater sprachen, kam das Bild von Hamburg in uns auf, und sie sprach von Frieda und wie wenig Zeit ihr oft geblieben war, mit mir zusammen zu sein, und wie wenig mein Vater sie verstehen konnte, und ich sagte ohne zu überlegen: »Dann hättest du dich nicht mit ihm einlassen dürfen. Du hättest einen von hier heiraten können.«

Sie sprang auf und lief ein Stück vor und lehnte sich an einen Baum, und als sie nach einer Zeit zurückkam, sah ich, daß sie geweint hatte.

»Es tut mir leid«, sagte ich. »Wirklich.«

»Ich weiß nicht«, sagte sie, »vielleicht hast du recht«, und wir gingen den Weg zum Thession, und ich zeichnete eine Inschrift nach, die man auf einem Stein noch lesen konnte.

Auf der Plaka setzten wir uns in ein kleines Restaurant und bestellten Rotbarben, und der, dem das Restaurant gehörte, bediente uns, und ich merkte, daß er sich für meine Mutter interessierte, und als sie ihn einmal unauffällig musterte, wurde ich ärgerlich, und als er zum dritten Mal nachfragte, ob er nicht noch etwas für uns tun könne, sagte ich wütend: »Wir haben alles, Gott sei Dank. Die Rechnung bitte.«

Meine Mutter gab mir unter dem Tisch ihr Portemonnaie, und als ich gezahlt hatte, lachte sie etwas, schüttelte den Kopf und sagte: »Wie kommt es nur, du bist so erwachsen, auch schon als du Kind warst.« Und ich sah, wie sie zurückdachte. »Mein Vater sagt es auch, und ob du nie gespielt hättest«, und ich sagte wie von selber: »Alles kommt mir wie gespielt vor, auch daß wir hier sitzen.« Und sie nickte.

Sie stützte den Kopf auf, und die Hände spielten auf dem Tisch.

»Ich geh nicht mehr«, sagte sie, »ich kann nicht mehr zurück. Die Deutschen, wie sie waren, dein Vater.« Sie schüttelte den Kopf. »Ich hab niemanden dort. Nur dich.«

Ich sah in ihr Gesicht, und alles, was mit uns gewesen war, schien mir plötzlich in diesen Augenblick zu fallen, und sie sagte: »Laß uns aufhören. Du mußt mich nicht mehr Mutter nennen«, sie bewegte den Kopf, »nur jetzt zu Hause, vor meinen Eltern und Mitzos.«

Und ich nannte sie bei ihrem Vornamen, aber es war ein Gefühl, als hätte ich etwas verloren.

*

Irini war wieder in Megara, endlose Tage ohne sie. Schwäne flogen über die Bucht. Ich sah das langsame Auf und Ab der Schwingen dicht über dem metallenen Wasser. In der Ferne schlich ein Eselskarren den dünnen Weg durch die flachalten Hügel. Der Wind wirbelte Staub auf, wilder Majoran krallte sich zwischen die Steine, und in allem der Ruf nach dem Wasser.

Mit Irini leben, dachte ich. Die Gegend gefiel mir, selbst der Staub roch nach Berg und Meer, und ich wünschte mir das einsame Haus dort am Hang. Da müßte ich mit ihr sein. Sah ein dünnwehendes Kleid an ihre Beine geschmiegt, uns zum Wasser hinuntergehen.

»Wo bist du?« sagte Nikos und stieß mich an. »Träumst du? Mitzos hat einen gefunden, der uns fährt!« Seine Hand wies zur Bucht. Wir wollten zur Insel, zum Kloster, in dem ein Mönch lebte, der Heiligenbilder malte, berühmt war für seine Ikonen.

Athanasius, Bruder einer Freundin meiner Mutter, lebte auch in dem Kloster. »Er wird ihm helfen, wo er nur kann«, sagte Martha, als meine Mutter mit ihr sprach. »Geh hin!« hatte sie seitdem immer wieder gesagt, »es ist wichtig für dich, glaub mir!« Mitzos hatte auch von Marthas Bruder gesprochen, mit dem er zusammen zur Schule gegangen war. »Vielleicht komm ich mit«, hatte er gesagt, aber dann ging es nicht, und er schrieb statt dessen umständlich einen Brief an Athanasius. Meine Großmutter hatte zwei Tage gebettelt: »Mitzos, fahr mit, denk an deine Seele!«

»Die Seele kann an sich selber denken,« brummte mein Großvater, und als die Gespräche über das Kloster nicht enden, sagte er: »Du fährst!«

Ich war gleich zu Achilles gegangen. »Komm mit!« hatte ich ihn gebeten, aber er wollte nicht. »Was willst du bei den Banditen!« hatte er gesagt, und er schimpfte noch eine Zeit über die Klöster und dann über die Kirche, und als ich zu Nikos ging und ihn fragte, hörte es zufällig seine Mutter und rief aus: »Du fährst mit. Mir zuliebe. Athanasius ist aus unserem Dorf, er ist einer von uns. Du fährst mit!«

Und Nikos zischte mir auf dem Flur zu: »Deutscher, und wenn ich tausend Jahre alt werde, das wirst du mir büßen!« Kaum waren wir auf der Terrasse, hatte er mich im Schwitzkasten, wir fielen auf den Boden, und ich versuchte mich aus seiner Umklammerung zu winden. »Hier wird dein Blut über die Steine spritzen«, keuchte er, und ich preßte heraus: »Nikos, Sohn des Jokers, dieses ist dein letzter Tag!« Und als wir wieder auf den Füßen standen und uns umkreisten, kam seine Mutter und sagte: »Was sollen die Kindereien!« Nikos ging noch ein Stück mit und sagte: »Laß uns nach Hamburg! Aber nicht dahin. Du bist verrückt.«

*

Die Insel lag vor uns, und das Land drüben wirkte, als sei es unbewohnt. Das Boot schnitt einen weiten Keil durch die Helle, und als ich zurücksah, verschwand das Dorf hinter der Bergseite. Panagiotis hieß der Fischer, der uns fuhr, und sein Boot Archangelos, mit roter Wasserlinie.

»Ja, ja, Leben«, sagte er und zog das Segel herum. Als wir aus der Bucht waren, kam der Wind noch einmal, als leichte Brise, holte das Segel rund, und es hörte sich an, als schlüge jemand mit der nassen Hand einen Stein, und am Bugholz unten warf sich das Wasser wie kleine Hände nach oben.

»Aus welchem Dorf kommst du?« Als ich mich umdrehte, nickte er mir zu.

»Aus Hamburg«, sagte ich, sah wieder nach vorne und setzte mich auf das schmale Süllbord, stützte die Arme auf den Wulst der Bordkante und sah zu dem Alten, dessen Augen unter den hellen Brauen über das Wasser vor uns starrten, und als er die Lippen schürzte, wurden sie so faltig, als hätte einer ein feines Netz darüber gespannt, und an seinen Händen standen die Adern dick.

Wieder patschte es ins Segel, fuhr nach oben bis in das schmale Horn. Aber das Boot nahm nicht vor.

»Der Wind«, sagte er und sah sich um. »Jetzt wird er nicht mehr kommen.«

Das Segel fiel. Ich sah nach vorne, und das Haus mit dem kurzen Turm und der flachen Kuppel schmiegte sich an den Berg wie ein Fetzen Papier, der sich in einem Busch fängt.

Der Fischer ging mittschiffs, und als ich ihm folgen wollte, sagte er: »Laß nur, es ist gut, es ist gut.« Er legte die Riemen ein, und bald schlug er gegen das Wasser, daß es das Boot leicht stieß. Immer im gleichen Takt, und der Keil hinter uns breitete sich aus und verlor sich im Glatten. Unsere Schatten und der Schatten des Mastes fielen voraus und zeigten zur Insel. Dann wurde der Grund heller. Gezackte Stellen fielen aus dem schwärzlichen Blau des Tiefwassers, bis es grünlich wurde und man Pflanzen und Steine sah. Eine Zipura stand neben uns, blieb eine Weile dicht am Boot, um dann im rechten Winkel abzuknicken, ins tiefere Wasser zu stoßen, wo sie verschwand.

»Hast du den Fisch gesehen?« Nikos nickte mir zu. »Hier ist viel Fisch, richtig viel.«

»War! War! Vor den Kriegen«, sagte der Alte rudernd.

Wir schienen kaum Fahrt zu machen, aber als ich ein Muschelstück, das auf dem Süllbord lag, ins Wasser warf, war das Boot schon vorbei, als es versank, und ich sah den Schatten des Bootes über die Steine schweben, dann über Sand.

Der eckige Riemenholm war eingebuchtet und die Belederung mehrfach geflickt. Das blanke Band, um ein Eisenstück geschlungen, das aus dem eingesägten Dollbord ragte, ächzte an der Spannung. Der eckige Riemenhals tauchte, und das Wasser, das vom Blatt leckte, perlte als Schnur neben dem Boot. Innen hellblau, und wo die Klinknägel saßen, rostige Markierung und die Farbe voll kleiner Risse.

Steuerbords im Bogen kamen wir um die Betonquader in den kleinen Hafen. Nikos sprang an Land, schlang die Leine durch den Eisenring und zurrte sie. »Wir müssen schnell machen«, sagte er und nickte nach oben zum Berg. Und ich sah hohe Außenmauern, dahinter alte Bäume und die Kuppeln.

»Gott mit euch, Gott mit euch, Kinder«, nickte der Alte, als wir gingen, und fügte hinzu: »Habt Glück, Glück sollt ihr haben«, ohne aufzusehen.

Nikos nahm den Korb und ich den Seesack, legte mir den breiten Lederstreifen über die Schulter, und Nikos drehte sich, als müsse er etwas wiederfinden. »Ich glaub, vorne an den Häusern vorbei die Straße«, und er stellte den Korb ab und zeigte zum Hang, an den sich die weißen Häuser drückten.

»Kommt ihr von da?« sagte ein Kind und zeigte aufs Wasser.

»Ja«, sagte ich, »von da«, und zeigte zurück.

»Und was habt ihr da gemacht?« fragte das Kind.

»Wir wollen nach da«, sagte ich und zeigte zum Berg.

»Und was wollt ihr da?« fragte es.

»Komm jetzt, komm«, sagte Nikos, und der Mann, der, die Beine untergeschlagen, an den Netzen flickte, rief den

Namen des Kindes und nickte uns zu. »Cherete, cherete«, rief er. »Freut euch, freut euch!«

Nikos war ein paar Schritte voraus. »Wir müssen uns beeilen«, sagte er, »bevor sie das Tor schließen!«

Auf dem Hof stand ein zweirädriger Karren mit knorrigkurzen Olivenholzstücken beladen. Der Kutscher ließ uns aufsteigen, das Maultier zog an. Die langen Ohren spielten nach vorne, der Wagen schwankte leicht, und die Achse ächzte am Spund. Die Räder schwankten, daß ich dachte, sie würden brechen, uns mit Tier, Holz und Wagen vom Weg hinabstürzen, den der Hang begrenzte.

Das Tor war geschlossen, genagelte Flügel, splittriges Holz, durch wetteralte Beschläge gehalten. Nikos klopfte an, ging auf und ab, sah die Mauern hoch und schlug wieder an, daß der Holzklopfer sprang.

»Verdammt! Zu spät!« sagte er, stellte den Korb ab, und ich hörte Metall gegen Glas. Sand ging bis an die Mauer, und ich sah die Spuren einer Harke.

Eine kleine Tür, die ein Stück weiter oben in der dicken Mauer steckte, öffnete sich und ein Mann trat heraus.

»Was wollt ihr?« sagte er mürrisch, hielt am langen Arm einen Eisenring mit mächtigen Schlüsseln.

»Wir kommen von Demitrios aus Elefsina«, sagte Nikos, »seinem Onkel«, und er zeigte auf mich. »Wir möchten zu Athanasius, dem Jüngeren, dem Maler.«

Der Mürrische kam zu uns vor das große Tor. Der Schlüsselbund erinnerte mich an Frieda. Die Rauten waren zum Teil handtellergroß, der Halm fingerdick, die rostigen Bärte trugen eingesägt ein Kreuz oder ein Herz. Er nahm einen Schlüssel, ich hörte, daß er an die Grundplatte schlug, wie sich die Falle schob, die Zuhaltungen lüfteten, die Riegel zurückschlurften. Und dann schwang der große Flügel auf, und wir folgten dem Verlauf der Treppen. Links, an der Innenmauer stand ein Haus mit eingefallenem Dach. Alles sah nach viel Arbeit und wenig Händen aus, und von irgendwoher sang beschwörend ein Chor. Man spürte den Marmorboden kalt unter den Füßen, die Stiegen waren uralt ausgetreten, und wo gestanden wurde, war der Stein verscharrt, gemuldet, und wo alles ging, sah man Riefen als Längsspur durch die Mitte.

»Setzt euch!« Er hielt die Schlüssel in der Hand, ging zu einer Karaffe, nahm sie und zwei schmale Gläser mit der anderen, goß ein und stellte Wasser dazu.

»Gott mit euch«, brummelte er, und als er ging, hörte man die Schlüssel noch eine Weile klingeln.

Nikos zuckte die Schultern. »Jetzt sitzen wir hier fest, Deutscher!« sagte er und zog schmatzend Luft durch die Zähne. Ich sah mich in dem Raum um. Das Holz an den Wänden war gesprungen, die dünnen Tafeln gebeult, das Bild der Panagia zwischen den Fenstern. Klein, rund, nach unten zum Kinn gespitzt, den Mund gekerbt, das Tuch blau über der Stirn und den rund fallenden Schultern. Alles war alt und lange benutzt, rund vom Greifen und Tritt. Wir saßen in dem kleinen, hohen Raum, und die Sonne trat hinter die mächtige Platane, die an der Mauer stand. Stille im Haus, von draußen das Lied eines Vogels. Langer Gesang. Pause. Und von weitem hörte ich die Antwort, und der Vogel vor dem hohen Fenster begann von neuem, und als er wieder aufhörte, das Antwortlied aus der Nachbarschaft. Ich nippte am Glas. Der Stiel war klebrig, der Likör schmeckte süß und nach Minze. Schritte auf dem Gang, die Tür wurde geöffnet und ein Mann kam herein und gab uns die dicke Hand, nickte freundlich, immer wieder. »Ich bin Athanasius der Jüngere«, stellte er sich vor.

»Wer ist es?« Seine Brauen standen oben, und seine Augen gingen zwischen uns hin und her und blieben bei Nikos. Der zeigte auf mich und sagte: »Mitzos sagt einen Gruß«, und ich sah auf den Tisch.

»Ach so was auch«, sagte er, »du bist also Mitzos' Neffe, bravo«, und lächelte uns an, und wir sagten unsere Namen, und er sagte, es sei schade, daß Mitzos nicht mitgekommen sei. Er danke ihm aber für den Brief.

»Mitzos fischt«, sagte ich.

»Und du bist also Jokers Sohn«, er wandte sich Nikos zu und zeigte so hoch, wie der Tisch war. »So groß warst du, damals, als deine Tante Urania Plutarche den Russen geheiratet hat. Er ist mein Vetter, weißt du?« Er nickte. »So klein warst du damals.« Er schüttelte den Kopf, sah mich dann aufmerksam an.

»Deine Mutter und meine Schwester waren immer befreundet. Wo ist sie?«

»Sie ist im Dorf«, sagte ich.

»Sie wird zu Magda gehen. Frag deine Mutter, ich war jünger als sie. Sie kennt mich.« Er sah zum Fenster. »Deinen Vater hab ich auch gesehen. Damals. Im Haus deiner Großeltern. Er hat uns Schokolade gegeben«, er lachte, »Christus und Panagia! Angst haben wir gehabt. Nicht direkt vor deinem Vater, aber vor den Deutschen damals. Wir dachten, sie würden Kinder fressen.«

Er legte die Hand auf den schwarzkrausen Bart, der ihm bis fast an den Gürtel ging. »Die Leute hatten Hunger und bettelten«, sagte er wie zu sich selber, »die Deutschen haben sie mit Eiern beworfen und gelacht. Dann kam ein Offizier!« Er sprach noch eine Weile über meine Großeltern und mit Nikos, wie sie miteinander verwandt seien, über Streiche aus der Schule und über meinen Onkel, und ich sagte ihm, daß ich Maler werden wollte nach der Schule, und er sagte: »Ich verstehe«, und zu Nikos: »Und was willst du hier?«

»Meine Mutter. Sie lebt für die Kirche. Und mein Vater hat gesagt: Geh hin und mach dich nützlich! Na ja . . . und er«, er zeigte auf mich.

»Geht mal jetzt in eure Zimmer«, sagte Athanasius, »und dann zur Küche«, und er beschrieb uns den Weg, als der Pförtner kam und uns mit seinem dunklen Blick streifte, die Schlüssel am Ring. »Geht nur, wir sprechen morgen«, und er machte eine Bewegung mit den Händen, die sagte, daß wir dem Pförtner folgen sollten, und wir gingen auf den Flur.

Der Pförtner war schon ein Stück voraus, er öffnete eine Tür und zeigte auf mich. »Du!« sagte er.

Der Raum war nicht viel länger als das Bett. Tisch, Stuhl und ein Bild an der Wand. Er ging weiter, ich hörte die Schlüssel noch, dann klappte hallend eine Tür, und wieder war Stille. Ich setzte mich auf den Stuhl. Das Lied des Vogels hörte ich wieder, leiser nur, und die Antwort fern, kaum vernehmbar.

In der Küche fragte der alte Mönch: »Was kann ich für euch tun, Kinder?« Wir sagten unsere Namen, und Nikos zeigte auf mich: »Er ist Deutscher!«

»Das sieht man einem nicht so leicht an«, nickte der Alte, »nur bei Chinesen vielleicht«, und er lachte.

Das Restlicht legte schräge Schatten in den Raum, und der Alte sagte: »Was hat Bruder Athanasius denn hier?« Und als er den Schrank öffnete, standen da zwei Teller, und er stellte sie vor uns auf das Brett der breiten Durchreiche, die den Blick in die Küche zuließ. Die Rotbarben waren nicht nur gleichgroß, sondern hatten auch die gleiche Farbe und Form, und ich wies auf unsere Teller und sagte: »Sie sehen aus wie Zwillinge«, und der Alte nickte und brach vom Brot ab, goß roten Wein in drei Gläser und setzte sich zu uns. »Guten Appetit«, sagte er und daß er Athanasius heiße.

»Athanasius der Jüngere kommt aus Eleusis,« sagte ich, »den besuchen wir.«

»Athanasius«, seine Mundwinkel bewegten sich, »das halbe Land heißt so. Ihr müßt länger kauen«, sagte er und stand auf, »dann braucht man nicht so viel zu essen, und der Magen freut sich.«

Ich lag noch lange wach. Das enge Bett stand eine Handbreit über dem Boden. Bewegte ich mich, stöhnte es unter mir. Es war tiefdunkel, als klebte die Nacht an der Scheibe. Ich hatte das Gefühl, als käme kein Morgen mehr, und ich für immer gefangen in diesem Raum. Ein Kauz rief vorm Haus, und ich dachte daran, daß die Leute erzählten, wenn der Kauz dreimal riefe, es den Tod in der Nachbarschaft bedeutete, und die Geräusche im Haus waren so, daß ich mich etwas weiter zusammenrollte.

Herr Schmidt fiel mir ein, und daß er einmal gesagt hatte: Frauen oder Kunst, und ich mußte daran denken, daß ich meine Mutter beim Vornamen nennen sollte. Hamburg, Frieda, Inge Engels und was ich mit Deutschland verband, war weit entfernt, als läge es lange, lange zurück, und das Gesicht von Irini drängte sich vor alles, woran ich dachte. Sie wollte ich, die Namen der Vergangenheit waren blaß vor ihrem Namen. Und ich sah uns zusammenleben, ich Fischer wie Nikos, und wenn ich am Abend zurückkäme, würden wir zusammensinken, und wie wir zusammensanken, beschäftigte mich bis in den Schlaf.

*

Athanasius der Ältere war der Maler. »Ich selbst bin sein Schüler. Ich weiß noch nichts. Nichts«, sagte Athanasius der Jüngere, und auf seinem Gesicht lag faltiges Bedauern, und er hob ein paarmal die Fingerspitzen.

Ich zeigte ihm eine Zeichnung, die ich von Mitzos gemacht hatte, und er hielt die Hände über den Bauch, daß sie hüpften. »Ja, das ist er. Der Schelm trägt jetzt einen Bart. Ich habe ihn nicht mehr gesehen ... sagen wir, drei Jahre bestimmt.«

»Ich bring dich in die Werkstatt des Meisters, zu seinem Raum, der ist da oben«, und er zeigte zur Decke. »Wenn irgend etwas ist, fragst du mich! Ich sag dir dann alles!« Er wandte sich um und ging voraus.

»Dein Onkel ist ein guter Mann. Ja! Er regt sich schnell auf, das war schon immer so. Aber hier«, er klopfte sich auf die Brust, »sehr gut. Sehr, sehr gut sogar.« Er ging mit kleinen trippelnden Schritten, und ich folgte ihm.

Das Licht kam von Norden und oben, und der Raum war kalt, daß mich fröstelte. Eine zierliche Staffelei hielt das Bild von einem, der kommen will, eines Tages, und ich mußte wieder an Frieda denken. Einer, der kommen will mit der Heerschaar von oben, umgeben von Himmelsfliegern. »Alfa und Omega« schwebte über den Seiten. Der Platz, an dem Athanasius, der Maler, saß, sah aus, als hätte er ihn gerade verlassen. Auf dem Pult stand ein Gefäß mit Wasser, ein gemuldeter Streifen Stein war die Palette, die Kanten vom Gebrauch gerundet, und die Pigmente in winzigen Häufchen, die Pinsel krumm und in der Schale das Ei für das Kleben der Farbe. An der Wand hing der Kasten mit dem Poliment und welligen Heftchen mit Blattgold, verschieden geformte Achate und Hundezähne für das Glätten des Goldes.

Der Wand gegenüber, auf fingerdickem Holz, das Bild der Panagia. Ihr Mantel leuchtete ultramarinblau aus dem vergoldeten Umraum des Hintergrundes. Von Herrn Schmidt wußte ich, daß die Farbe aus einem Stein gerieben wurde, der Lapislazuli hieß.

»Nicht anfassen«, sagte Athanasius, und ich zog die Hand zurück.

Ich hatte schon viele Ikonen gesehen, auch in Büchern. Byzantinisch hieß die Art der Malerei, aber ich konnte mich an diese Form der Gesichter nicht gewöhnen. Nur wie sie gemalt waren, das interessierte mich.

»Ist es das einzige Bild hier in der Werkstatt?« fragte ich.

Athanasius legte den Zeigefinger auf den Mund, und ich ging rückwärts zur Tür, und das blaue Kleid leuchtete aus dem goldenen Himmel.

»Nach dem Abendessen ist heute die große Liturgie«, und ehe ich antwortete, sagte er: »Ich hol dich.«

»Langweilig ist das, Mann! Lieber Netze flicken und Farbe ans Boot«, sagte Nikos leise, wenn wir uns beim Essen trafen, und ich antwortete: »Nur ein paar Tage!«

»Setzt euch dazu«, hatte der alte Koch gesagt, der auch meine Sandalen reparieren wollte, und an den Tisch gezeigt. »Das ist gute Arbeit. Glaubt es nur. Der Teller schreit jeden Tag. Will gefüllt sein«, und er zwinkerte uns zu. »Sprechen könnt ihr auch da.«

Auf dem langen Tisch lagen Brechbohnen, ein riesiger Berg über die ganze Länge, und ich setzte mich dazu. Die Mönche brachen die Bohnen in der Mitte, zogen den Stengel ab, wenn er noch dran war, und warfen sie in einen Eimer. Waren die Bohnen gebrochen, hingen sie noch in der Mitte zusammen, am zähen Faden, und ich spürte schon die harten Längen im Mund. Eine ganze Zeit saßen wir und mochten nicht sprechen, denn die Mönche schwiegen bei der Arbeit. Nur ab und zu fiel einer ins Lied, wie ein Vorsänger, und die anderen stimmten mit ein. Und der Pförtner stand mit seinem Schlüsselring neben dem Tisch wie ein Wächter, die Mundwinkel unten.

»Da ist wieder der mit dem wütenden Gesicht«, stieß ich Nikos flüsternd an.

»Besser nichts sagen«, entgegnete er ebenso leise. Und schweigend saßen wir bis zum Mittagessen unter dem Vordach und brachen die Bohnen.

Ich legte die Hand auf den Zeichenblock, als der Wind in die Seiten fuhr. Das niedrige Unterholz griff in Wellen bis an die Eichenstämme, die den Hang herauf wuchsen. Eine Bö fuhr in die engen Kronen, die zum Licht gierten, und von einem Baum, der braun dazwischen stand, taumelten Blätter.

Ich zeichnete, wie das Grüne am Hang hochzuklettern versuchte. Wo die Bäume in die Erde gingen, sah man die Mühe der Wurzeln, sich zu halten. Ich versuchte es zu zeichnen, aber es gelang mir nicht. Daß sie sich krallten, sah man meinen Stämmen nicht an. Sie waren, sosehr ich mich auch mühte, nur hingestellt, die Wurzeln wie Füße. Ich versuchte es immer wieder, dann nur das Stück kurz über dem Boden, und bei der letzten Zeichnung waren die Wurzeln wie der Fang eines Greifvogels, keine Baumwurzel, aber die Mühe, sich mit ganzer Kraft in der Erde zu halten, war darin, und ich legte die Malsachen zusammen, steckte sie in die bunte Webtasche, die eigentlich Nikos gehörte, und dachte: Morgen noch mal.

Dünnes Wasser stürzte an den Steinen, kam aus einem Loch zwischen den Felsen, teilte sich an den runden Vorsprüngen, und floß an der hohen Mauer des Gartens in einer gemauerten Rinne entlang. Die Hitze kroch selbst aus dem Steinschatten, und wo die Sonne auf den glattgegangenen Marmor fiel, leuchtete er aus der falbenen Erde, und einige Stellen glänzten.

Der Koch kroch durch das Kräuterbeet, und ein Mönch, nicht viel älter als ich, stand neben ihm, und er schnitt einen Strauß aus verschiedenen Kräutern. Oregano neben den Blöcken der Mauer, er rutschte dahin, schnitt, fügte zu den anderen Kräutern des Straußes und gab dem jungen Mönch die Kräuter. Als er aufstand, klopfte er die Knie ab und entdeckte mich.

»Je älter man wird, desto schwerer kommen die Knie noch von der Erde hoch«, und er zog die Mundwinkel nach unten und hielt sie da einen Augenblick. »Was ist das nur alles.« Er schüttelte den Kopf, wie für sich selber. »Gib mir meinen Stock«, und er machte einige steifbeinige Schritte.

Ich gab ihm den Stock. Der war größer als er selbst, ein grade gewachsener Ast, zum Ende gebogen, und wo er ihn faßte, war das Holz poliert. Er ging und stützte sich, und ich folgte ihm, als hätte er mich aufgefordert, und als er sich setzte, setzte ich mich neben ihn, und das Wasser der Quelle hörte sich an, als spräche einer unablässig.

»Das Wasser ist unter dem Berg«, nickte er an mir vorbei, und als ich den Kopf wandte, sagte er: »Ein richtiger See. Hier kommt das Wasser heraus«, er zeigte auf den Felsen, »und unterhalb des Hanges, noch unter den Bäumen, geht es in den Bach.« Und er erzählte, daß einmal, vor vierhundert Jahren, das Wasser durch die Täler geeilt sei, bei rauschendem Regen. Einen Eremiten hätte es aus der Höhle gerissen, in den Chroniken des Klosters sei es zu lesen. Und der Stock, den er an die Wand gelehnt hatte, fiel, ohne daß ich es sah, und das knorrige Ende strich durch meine Haare, daß ich den Windzug merkte, und ich erschrak, als ich den fallenden Schatten hinter mir sah. Er lachte: »Sieh dir das an, nicht mal das tote Holz gehorcht!« Ich lächelte mit ihm und strich über mein Haar.

»Überall Marmor«, sagte ich und zeigte auf den Weg.

»Was erwartest du«, sagte er, »die Berge sind daraus.«

Und ohne, daß er mich gefragt hatte, fing ich an von Hamburg zu erzählen. Immer mehr. Und er saß, die Ellenbogen auf den Knien, die Hände vom Bart verdeckt, stützte den Kopf, und ich sprach über die Stadt, die meine Heimat war, wie die Elbe ins Meer drängte, die Schiffe groß, für die See gemacht, und von Frieda und Waltershof, von Tante Hanna, meinem Vater, und wie der Krieg die Stadt gelassen hatte, und von Herrn Schmidt, seiner Figur aus Eisen, und wie er mit Gießharz die Luft sichtbar machte, und wie ich zum Schluß die Astgabel schnitzte, das Holz aus dem Sumpf, und führe ich zurück, würde ich die Saiten in die Astgabel heften. Ich erzählte von meiner Mutter und Mitzos, den Netzen vor Ägina und dem Lied von den Seelen der Toten, die vor dem Bug aufstiegen, die sich nicht lösen konnten von dem, was hier ist, und daß ich mit Nikos gekommen war, und daß ich immer malen wollte. Und während ich redete, war es das erste Mal, daß ich es als gewesen erkannte, und er sagte: »Um Gottes Willen. Das Essen für den Abend will gemacht sein«, und als er aufstand, legte er die Hand auf meinen Kopf, als wollte er sich aufstützen, und dann ließ er die Hand auf meinem Haar, und ich blieb so sitzen, bis die hölzerne Stundentrommel zu hören war, auf der der Pförtner einen Rhythmus schlug, kurz vor dem Essen.

*

Der ganze Raum war bemalt. Auch die Säulen und Deckenbögen. Der Ruß von Kerzen und Weihrauch hatte sich als Schatten über die Malerei gelegt und zog wie eine Lasur die Farben zusammen. Christus mit dem Buch und den Buchstaben, am Scheitelpunkt des Gewölbes, und in der Ecke rechts stieg es von Dunkelblau ins Schwarz, riß in buntgewundenes Feuer und Hölle.

Der Baß des Vorsängers machte mich schläfrig. Auch der Koch saß seitlich auf einem Stuhl und schlief. Der Pförtner bewegte den Weihrauchschwenker, daß die langen Messingketten rasselten, und als er an mir vorbeiging, mußte ich husten und mir wurde etwas übel. Athanasius der Jüngere hatte die Hände gefaltet und bewegte tonlos die Lippen, und nur manchmal wurde er lauter, fiel mit in den Gesang ein und ließ die Hände nur los, um sich zu bekreuzigen.

Ich saß, und die Zeit verging nicht, und ich wurde so müde, daß ich dachte, ich würde jeden Moment von der Bank rutschen, wagte aber nicht aufzustehen und hinauszugehen. Am Ende des Ganges zwischen den Bänken hing ein Christusbild in halber Höhe. Jeder Mönch schlug das Kreuz davor, kniete, küßte das Bild, stand auf, bekreuzigte sich wieder und ging aus dem Raum. Als der Mönch neben mir aufstand, folgte ich ihm, und im Widerschein der Kerzen sah ich auf dem Firnis den Abdruck der Lippen. Als ich vor dem Bild stand, beugte ich mich etwas herunter. Die Augen waren gemalt, als sähen sie aus der Ikone, als folgten sie meinem Blick. Ich küßte es nicht, und das Kreuz zu schlagen, wollte ich auch nicht lernen. Als ich hinausging, kam ich dicht an Athanasius, dem Koch, vorbei, und als ich ihn ansah, öffnete er die Augen. Sein Stock lehnte an der Wand, neben dem Leuchter, auf dem sich die dünnen Kerzen in der Hitze bogen.

Am Abend saß ich auf dem Bett, und das Bild, das an meiner Wand hing, lag neben mir, und eine Sperrholzplatte, sauber grundiert und geschliffen, Athanasius der Jüngere hatte sie mir gegeben. Er sprach wenig mit mir, zeigte immer wieder auf die Ikone auf dem alten runden Brett, das verwunden und mit einem Krakelee durch alle Farbschichten auf meinem Tisch lag, die Risse um die Figur feiner, wo der goldene Hintergrund anfing, sich von der Farbe absetzte. Die Ikone sei schon über fünfhundert Jahre alt, und als das Osmanische Reich den Balkan stürmte, habe man sie in einem Kasten vergraben, draußen im Garten in der Nähe der Mauer, als die Platane noch jung war. »Sieh sie dir ganz genau an! Ganz genau!« sagte er.

»Wann werd ich den Meister treffen?« fragte ich vorsichtig, und Athanasius sagte streng: «Was du wissen mußt, kann ich dir sagen«, und ich mochte nicht mehr fragen. Ich versuchte das Bild auf die Sperrholzplatte zu übertragen, die die gleiche Größe hatte. Ich machte mir eine Einteilung auf einem fast durchsichtigen Stück Papier, wie Athanasius es mir gezeigt hatte, hielt es abwechselnd über das alte Bild und meine angefangene Arbeit. Versuchte jede Linie zu treffen, alle Abstände einzuhalten, die Richtung, das Nebeneinander am Haar, und wo der Hals ansetzte, den Schwung der gebreiteten Arme, die Kanten des Buches, den Abstand zur erhobenen Hand, und sah man genau hin, den Aufwurf vom Pinsel, wo die Farbe sich trennte.

Weißes Glanzlicht, ein Punkt, die Farbe des Lichts, und das Gesicht hält in ewiger Linie die Schatten, wohin sich Falten graben. Hungert der Maler für die Sicht, hatte ich in einem Buch über Ikonenmalerei gelesen, wird ihm das Wesen der Linie geläufig, fällt über ihn. Nicht wie man lacht oder spricht, die Kerben, die vom Leben kommen, wären schon beim Kinde vorbestimmt, wie das Wasser das Bett kennt des Flusses.

Das Haar strenge Teilung, der Bart in Linien geordnet, der Schädel schmal und die Nase, der Mund zwischen Trauer und Reden. Eine Hand hält das Buch, mit den Zeichen für Anfang und Ende. Verklärte Hand, drei Finger gehoben, sticht nach oben, schwört auf den Weg, mahnt zur Treue. Alle, die die Seele verletzen, lieben den Tod.

Das Malmittel ist zäh, trägt man auf, verläuft es nicht, und Athanasius der Jüngere, der Schulfreund von Mitzos, der unsere Familie kannte, sagte, ich sollte noch genauer sein, zeigte auf das schlurige Brett, sagte: »Genauso wie hier!«

Alle nebeneinander am bohligen Tisch, leises Scharren und keiner sprach beim Essen. Ich saß neben Nikos, und als ich mich umsah, nickte mir der Koch zu, daß der große weiße Bart wippte, den Kopf im Schwung, daß die beulige Kappe kreiste. Der mürrische Pförtner aß auch, nur der Koch nicht, und ich sah sein kleingeschrumpftes Gesicht, wie er mit den dünnen Armen hantierte, das blaue Arbeitsgewand, ganz fleckig die Haut schon vom Alter. Nach dem Essen winkte er mich heran, beugte sich vor und sagte: »Du bleibst doch jetzt bei uns!« Und ich sah ihn erschrocken an und sagte: »Ich bin doch nur Gast.«

»Ach so, nur Gast«, dehnte er und lachte: »Bleib hier bei uns!« Und als ich es Nikos erzähle, zuckte er die Achsel, sagte: »Na ja, der Koch.« Dann sah er mich an und fragte: »Wann fahren wir endlich?« Und ich sagte: »Nur das Bild noch. Nur noch einen Tag.«

Am Abend war meine Sperrholzplatte weg und auch das alte Brett mit der Ikone, das dünne Papier mit der Teilung, und kaum, daß ich es bemerkte, kam Athanasius ohne zu klopfen und brachte es zurück, legte es vor mich auf den Tisch, und ich stand vom Stuhl auf, aber er wollte sich nicht setzen.

»Ich hab es dem Meister gezeigt«, er nickte, »der sagt: Gut wär's, du würdest nicht so viel essen, das macht die Striche geruhsam und schwer«, und er nickte wieder.

»Warum kann ich nicht mit ihm sprechen?« fing ich wieder an.

»Bei der Arbeit kann man nicht reden«, sagte er. »Geduld. Zum Malen braucht man Geduld. Ohne Geduld vermag man gar nichts.«

Als ich auf das Bild sah, war es weitergemalt, es fiel richtig heraus, das kleine neue Stück an den Haaren, das Licht auf den welligen Locken am Kinn, und ich fragte: »Wer hat das gemacht?«

»Es ist gar nicht schwer, hier siehst du doch alles«, und er stützte seinen dicken kurzen Zeigefinger vor das Bild auf den Tisch und antwortete nicht.

Am nächsten Tag zeigte mir Athanasius ein Bild des Meisters, voll fliegender Engel. Ganz neu sei es, und er glaubte, bisher auch sein bestes. Der Meister aber sei nicht zufrieden. Loben würde er nicht, wenn, dann nur Gott. Und er fing wieder von Eleusis an, und wie es war, als die Deutschen kamen.

»Bruder Athanasius«, sagte ich, »es gibt ein Bild von Vincent van Gogh, er hat sich selbst gemalt. Es ist so«, ich bewegte die Hände, »das ist wie im Kampf!«

Athanasius schüttelte den Kopf. »Ich kann schlecht was sagen, ich kenne den Herrn nicht, aber geh in die Bibliothek. Lies selber, was da steht. Ich bin nur fünf Jahre zur Schule gegangen, es war Krieg, danach die schlechte Zeit, Hunger, du kannst dir nicht vorstellen, wie!« Er sah auf seine Hände, dann auf den Boden. »In unseren alten Büchern, da steht es!«

Nach einer Weile sagte er: »Die Musik hören wir. Jetzt fängt sie an, nachher hört sie auf.« Er zeigte mit dem Finger im Zimmer herum, als wäre der Anfang und das Ende ein Gegenstand. »Ein Buch! Du fängst an zu lesen und nachher, was sag ich, in einer Woche«, er hielt die geöffneten Hände wie einen Fächer, »bist du fertig, hast du es gelesen. Aber es hat gedauert. Die Malerei«, er hielt den Mittelfinger in den Augenwinkel und machte die Lider schmal, »die Malerei hat keine Dauer.« Er schüttelte den Kopf und lächelte. »Der Maler malt, das ist die Zeit des Malers. Ist die Ikone fertig? Dann ist sie fertig! Und hör was ich dir jetzt sage: Wenn du die Ikone ansiehst, dann siehst du sie mit einem Augenblick. Alles auf einmal. Die Arbeit war vorher. Nicht blättern oder hinterherhören. Ein Augenblick.« Er senkte den Kopf. »In der Malerei ist die Zeit überwunden. So steht es in den alten Büchern. Die Meister vor uns haben es gesagt.«

Ich saß und hörte ihn noch. Die Sonne war schon hinter die Gartenmauer gesackt, und ich mußte die ganze Zeit an das hohe Zimmer denken, die Palette aus Stein, und das Fenster oben nach Norden.

Ich ging in den Garten und von dort zum Hang mit den Bäumen. Als ich um die Gartenmauer bog, sah ich Athanasius, den Koch, wie er den Hang hinunter spähte, auf seinen Stock gestützt. Ich stellte mich neben ihn, und er sah nicht auf. »Da unten ist der andere Ausgang der Quelle. Sie geht in den Bach, und der Bach fließt ins Meer. Das ist der einzige Bach auf der Insel, der im Sommer nicht austrocknet. Sie werden eine Wasserleitung bauen für die Häuser. Irgendwann.« Er sah mich an.

»Wir fahren morgen«, erklärte ich und hatte das Gefühl, ihm noch etwas sagen zu müssen.

»Mit Gott«, sagte er und nickte, und als ich eine Zeit neben ihm stand und er den Hang nur weiter hinuntersah, als wäre ich nicht da, ging ich, und als ich mich an der Gartenmauer noch einmal umdrehte, stand er immer noch so da, ohne sich gerührt zu haben. Als ich Nikos sagte, daß wir am nächsten Tag fahren könnten, freute er sich und zischte: »Deutscher, diesen Urlaub werd ich dir nie vergessen, dafür wirst du bezahlen.«

Am Abend ging ich noch einmal in den Raum des Meisters. Mein Herz schlug, als ich klopfte. Ich hörte nichts und öffnete vorsichtig. Der Raum war leer, auch die Staffelei fehlte, und das Pult sah aus, als sei es lange nicht mehr benutzt. Keine Farben und Pinsel, und als ich das kleine Schränkchen mit dem Blattgold öffnete, war es leer. Ich ging zu dem Bild an der Wand, und das Kleid der Panagia leuchtete, als sei es eben gemalt, und ich faßte mit der Hand über die Farbe und fühlte sie glatt und kühl. Ich hörte Schritte auf dem Gang und das leise Klirren der Schlüssel, und ich trat schnell hinaus und lief auf mein Zimmer.

Am nächsten Morgen kam Athanasius mit uns hinunter zu den Häusern am Wasser. Mein Bild blieb zurück. Zum Abschied sagte ich Athanasius, wie leid es mir tue, den Meister nicht kennengelernt zu haben, und das Lachen brach aus ihm heraus. Er hatte die dicken Hände am Bauch und konnte sich nicht beruhigen. »Aber du hast ihn doch kennengelernt, es ist der Koch, Athanasius der Ältere ist der Koch.« Und er lachte noch immer, als wir ihm vom Boot aus zuwinkten.

⋆

Rosiklair hieß das Kino. Liebespaare gingen oft hinein, weil es manchmal drei Filme hintereinander gab. Im Rosiklair liefen »Die Wikinger«. Der Eintritt war für die Mitglieder der Deutschen Schule umsonst. Vorne an der Kasse saß ein dünner Mann, der immer weiße Hemden trug. Wenn wir sagten: »Deutsche Schule«, erhob er sich langsam, humpelte nah an die verschmierte Scheibe, fingerte umständlich an seinem Manschettenknopf, krempelte seinen Ärmel auf, daß man die bläuliche Nummer sah, die unter den hellen Haaren auf seinem Arm stand, wie mit dünner Tinte geschrieben, und wir warteten dann immer so lange, bis er den Ärmel wieder heruntergerollt, sich auf den alten Stuhl zurückgesetzt hatte und uns durchwinkte.

Durch den engen Flur ging es dann die Treppe nach oben, in den Vorführraum, und wir sahen, wie das Licht in den Raum fingerte. Neben der großen schwarzen Vorführmaschine hörte es sich an, als zerfetzte sie den Film, wenn er durchlief.

Einmal kam ich etwas später, die anderen waren schon oben. Da war mir, als wartete er an der Scheibe gerade auf mich. Als ich zurücktrat und etwas ratlos war, nickte er mir mit fernen hellen Augen zu und blieb stehen, bis er den Arm gezeigt hatte, und ich sah die ganze Zeit in sein Gesicht. Seine Haare waren wohl einmal blond gewesen, die Wimpern fast weiß, und ich sah nur einmal kurz auf seinen Arm, da war eine zweiundvierzig und in der Mitte, glaube ich, eine acht, und dann sagte er: »Bitte sehr mein Herr, seien Sie doch so liebenswürdig. Gehen Sie ruhig«, und winkte mich durch, bevor er den Ärmel wieder heruntergekrempelt hatte.

»Was ist mit dem«, fragte ich Markowski, der in der Klasse neben mir saß, und der zeigte an die Stirn und sagte: »Plemm, plemm.«

»Aber er spricht deutsch«, sagte ich.

»Er war in der Gefangenschaft«, sagte Markowski und hob die Schultern.

*

»Du warst bei einer Hure«, sagte Irini, »und du hast es nie gesagt!«

Ich hielt ihre Handgelenke fest, daß es ihr weh tat, und ließ sie los, als ich es merkte.

»War ich nicht«, sagte ich, »sie heißt Merlina, und dein Bruder Basilly kennt ihre Tante.«

»So bist du?« sagte Irini und musterte mich und hatte die Mundwinkel rund nach unten gezogen.

»Warum lügst du?« sagte sie. »Basilly hat es mir erzählt, und gelacht. Mitzos hat dich geschickt, damals, als du kamst. Du solltest zu den Frauen, weil du ein Mann bist, und weil du mit einer Frau sein mußt.«

»Aber es war gar nicht«, sagte ich, und sie verbesserte mich: »Es war gar nichts«, und schüttelte dann den Kopf. »Was du nicht sagst«, sagte sie etwas lauter, sah sich um und flüsterte: »Was hast du denn gemacht?«

»Nichts«, sagte ich, »sie hat mir nur Bilder gezeigt, Oblaten.«

»Du hast mit ihr geschlafen?«

»Nein!«

»Schwör's bei den Heiligen«, sagte Irini.

»Ich schwör's.«

Und ihre Stirn hatte keine Falten mehr, und sie stieß mich an und sagte: »Aber andauernd geküßt?«

Und sie wandte mir den Rücken zu: »Du kannst es sagen, es macht mir nichts.«

»Auch nicht«, sagte ich.

»Schwör es beim Leben deiner Mutter!« Und sie sah mich gespannt an, und ich sagte: »Bei meiner Mutter!«

Sie flog mir an den Hals, und mein Gesicht wurde etwas naß, und ich sagte: »Wein nicht«, und spürte ihre Nägel an meinen Oberarmen, und hielt sie fest, bis wir Schritte hörten.

*

Es war Abend, und ich hörte einen Rolladen, der fiel. Entfernt auf der Straße, die in die Berge führte, die Lichter einiger Autos, dicht hintereinander, als würden sie zusammengehören.

Das Haus lag nur einen Steinwurf vom Wasser entfernt, und man hörte die Wellen leicht anschlagen. Eine Lampe auf einem Boot zog eine helle Linie schräg über das Wasser, die sich nur wenig bewegte. Weiter im Westen, über dem Horn der Bucht, der hohe Mond, und dahinter, im blaublassen Übergang, der Golf von Korinth.

Ich sah mich um, und in allem war das Gefühl, als verfolgte mich etwas. Ich dachte an Mitzos, Basilly, an meinen Großvater.

Das Fenster auf der rechten Seite war erleuchtet, das Zeichen, das wir verabredet hatten. Ich sah einen Schatten durch das Licht gleiten und an die gegenüberliegende Seite der Wand fallen. Leise ging ich ans Haus, und wo der Beton der Terrasse begann, zog ich die Schuhe aus und sah sie am Tisch sitzen.

»Ella«, sagte sie, »komm«, nahm meine Hand und zog mich in den Flur.

Ein Kelim lag auf dem fleckigen Marmor, mit rotblauem Muster, wie Treppen, das Licht aus der Küche reichte aus, um die Farben zu sehen. Ein Schrank stand links an der Wand, daneben hing ein großer Spiegel in hölzernem Rahmen. Sie lief in die Küche, dann ins Nebenzimmer, und ich hörte am Klappern, wie sie die Fensterläden schloß und wieder auf den Flur eilte.

Ich stand an der Wand neben dem Spiegel, und als sie kam, legte sie die Stirn an meine Brust und die Hände daneben, daß ich ihren scharfen bleichen Scheitel sah, und wie von selber ihren Kopf faßte.

Dies war das Sommerhaus Basillys, ihres Bruders, und er würde es ihr schenken, wenn sie heiratete. Und ich dachte an uns.

Das Zimmer war dunkel, weil die Glühbirne durchgebrannt war. »Ich wechsle sie schnell aus«, sagte sie, »Hilfst du? Faß mit an«, und wir hoben den Tisch nach hinten, wo das Zimmer schmal war, und sie stellte den Stuhl davor, legte eine Zeitung auf den Tisch, ging in die Küche, kam wieder, und als sie auf den Stuhl stieg, hielt sie sich mit den Fingerspitzen an meiner Schulter, sah auf, lachte mich an: »Ist der Schalter unten?« Nickte zur Wand.

Ich ging zur Tür, sagte »ja«, und sie drehte die fleckige Glühbirne aus der Fassung, und als es aussah, als wartete sie, machte ich ein paar schnelle Schritte zurück, ging an den Tisch, und sie reichte mir die Birne, und als ich sie neben ihre Füße legte, schwang der Glaskörper im Bogen. Als sie die neue Birne in die Lampe drehte, reckte sie sich, stellte sich auf die Zehenspitzen, und ich sah an ihr hoch. Im Ärmelausschnitt dunkles Haar, als sei es hineingelegt, und ich berührte mit der Hand ihre Wade, ganz leicht, die Fingerspitzen legte ich in die lange Mulde, die ich als Schatten sah, wie sie so auf den Fußballen stand. Und die Haut fühlte sich rauh an. Einen Moment blieb sie ganz still, den Kopf hielt sie abgewandt, die Hände eng an die Beine gelegt.

Neben dem Bett stand ein flacher Tisch, darauf war das Kandili, an drei Korkstückchen befestigtes dünnes Blech, nicht mal groschengroß, und in den Blechschnitt eingeklemmt, der schwimmende Docht auf dem Öl. Das funzelige Licht machte das Öl in dem flachen Glas dunkelgelb.

Sie sah in meinem Gesicht herum, als wäre es ein Zimmer oder eine Wiese. Den einen Arm hinter den Kopf geschlagen, lag sie, die Knöpfe der Bluse stramm und verdreht, die linke

Schulter nach vorne gelegt, und am gewinkelten Arm die Hand eingeknickt, als stütze sie sich auf Handrücken und Gelenk.

Das Laken war neu und ganz steif und fühlte sich an, als klebte es an der Haut. Die weiße Bluse knöpfte sich selbst auf von der Spannung. Sie rollte sich aus den kurzen Ärmeln, das flackernde, springlige Licht auf der Schulter, und ihre Haut war blank. Sie roch wie geschnittenes Gras, und sie hielt mich, daß ich die Fingernägel spürte, und zusammengedrückt drehten wir uns auf dem Bett. Das alte Holz ächzte, der Docht flackerte und hellte auf, und sie zog das Laken über uns, der Stoff dünn, daß man alles gerade noch als Schemen sah.

Die Taille am Bund, der weite Rock kleine Falten, und ich denk, wo ich hin muß, denk, was ich will. Küssen, voll und fest sind die Lippen, und sie nahm mein Gesicht zwischen die Hände und sah mich an, als wollte sie reden, sagte aber nichts. Die Umarmung war, als griffe man etwas mit aller Hand, griff nach Fülle und Schwere. Sie nahm wieder meine Wangen in die Hände.

»Wir können und dürfen nicht! Bitte. Versprich es.«

Sie bewegte den Kopf, und ihre Augen wanderten von einem meiner Augen zum andern, als läse sie etwas.

»Alles«, sagte sie, »aber das nicht.«

Das Bett war laut, und ich hörte die Uhr in dem Zimmer. Der Gedanke an Mitzos machte mir Angst, ihr Bruder, meine Mutter, und auch das Gesicht meines Großvaters kam mir auf.

»Vorsichtig sein«, sagte sie, und der Haken öffnete sich leicht, und was die Brust bedeckte, hatte kantige Nähte. Sie nahm die Arme hoch und rutschte aus den dünnen Trägern, und die Sonne hatte den Badeanzug mit braunen Bögen gezeichnet, wie ein Schatten über den weißen Brüsten, und ich nahm jede vorsichtig zwischen die Hände, und küßte sie immer wieder, abwechselnd, sog, und unsere Münder fielen wieder aufeinander, und sie bog sich unter mir, immer noch aneinandergedrückt hob sie mich an, die Knie gepreßt, und ich küßte ihren Hals. Als sie sich drehte, berührte ich mit meiner Zunge ihren Rücken, küßte über ihre Hüften, und sie hielt sich mit beiden Händen an meinem Arm, bewegte sich wie in einem Traum, und mein Gesicht war heiß, und ich drehte sie wieder um, küßte ihre Brust, die Hände auf ihren Hüften.

Sie lag wie gefallen, und die Beine gingen etwas auseinander, und das Licht bog sich als wellig gelbweißer Streifen auf allen Erhöhungen. Als ich sie ansah, merkte sie es gleich, und hob den Bauch etwas an, daß Luft unter ihrem Rücken war. Den Arm angewinkelt am Gesicht, die Hand, daß ich an ein Kind denken mußte. Alles so, als wäre es nur für mich.

Den Mund hielt sie geöffnet und ganz still, und ich küßte sie wieder, und unsere Zungen berührten sich, und als ich meine bewegte, hielt sie ihre still, daß ich die Augen öffnete und ihre Wimpern im Bogen auf ihrem Jochbein sah, und ihr Gesicht so unbewegt, als sammelte sie sich für etwas Großes, Wildes. Ich kniete vor ihr, küßte ein Knie, meine Hand legte ich auf das andere, und sie machte, als wären sie ihr zu schwer, bog sie langsam nach außen, und zwischen den Schenkeln lag es, von dunklen Haaren gesäumt, als schmale rote Linie, und ich sah hoch in ihr Gesicht. Sie hatte den Handrücken der Rechten vor die Augen gelegt, als wäre sie irgendwo am Strand.

Sie hielt meinen Kopf, hob die Hüften, und ich hielt ihren Rücken mit den Händen, und als ich meine Lippen dagegen drückte, spürte ich die krausdunklen Haare am Gaumen, und es war, als antwortete etwas von innen, und mit der Zunge suchte ich, und sie roch nach Meer.

Etwas machte mich erschrocken, vielleicht, daß ich so sein konnte, und ich fuhr mit dem Kopf hoch, und sie nahm im gleichen Augenblick die Schenkel zusammen, und es war wie eine Bewegung. Ich legte die Hand auf ihren bleichen Bauch, sie hielt die Beine zusammengepreßt, auch als ich wieder mit dem Gesicht dahin wollte. Und unter dem dunklen Haar lag es, als müsse es verborgen bleiben.

III

Ich gab Mitzos die Hand und dachte daran, wie meine Mutter gewesen war, als sie sagte: »Komm bald zurück.« Und ich hatte sie umarmt, und sie hatte mich lange festgehalten. Sie hatte mir gesagt, sie sei zu traurig, um mich zum Flughafen zu bringen.

»Paß auf, Deutscher, und vergiß uns nicht!« sagte Mitzos, zog mich an sich und stieß mich dann lachend zurück.

Die Propeller liefen schon, und ich sah den Windsack am Mast erst stramm, dann schlaffer und pendelnd.

Das Rollfeld, Betonvierecke nebeneinander, reichte bis vor das hellgestrichene Flughafengebäude und weiter hinter die Hangars. Die Kabinentüren wurden geschlossen, und die Stewardeß sprach über Schwimmwesten und Sauerstoffmasken. Ich schnallte mich an. Dann drehten die Motoren noch einmal höher.

Ich spürte meinen Magen, noch bevor das Flugzeug sich langsam in Bewegung setzte und über das Bugrad schwenkte. Ein paar Vögel kreuzten die Startbahn, und als wir über die Fugen des Betons fuhren, schwangen die Flügel, als wären sie leicht und frei, und ich reckte den Hals und sah zu dem Gebäude, auf dem sich der Radarschirm drehte.

Wir fuhren im Bogen auf die Rollbahn, standen da, als müsse sich das Flugzeug besinnen, dann wurden die Motoren noch lauter, und schließlich ruckten wir an, wurden schneller, immer schneller, es drückte mich in den Sitz, und dann ging es hinauf, als zöge uns etwas.

In der Luft. Das Land verlassen. Ich spürte etwas wie Freude und hätte singen mögen. Aus der Luft sah alles aus wie hingestellt: Straßen und Hügel, gelbbraun gefleckte Felder, der Einschnitt eines trockenen Flusses, der Verlauf der Küste als weiche Welle, und das Meer ein Abgrund. Straßen und Wege wurden im schimmernden Licht zu Linien. Immer feiner wurde das Muster, je höher wir kamen. Autos waren als langsam bewegte Punkte zu sehen, die Begrenzungen zerfuhren, die Stadt blieb hinter uns. Die Küste jetzt wie ausgesägt, überall kleine Brüche als winzige Buchten. Eine Landzunge fingerte ins Wasser und versandete, und wo es flach war, leuchtete es smaragden. Keine Kimm sah ich, als würde es vom Wasser einfach so in den Himmel steigen.

Die Sonne schien durch die weitgefächerten Wolken, mein Ohr schmerzte, irgend etwas knackte, und dann sah ich ein Schiff weit unten – an einem weißen Strich geführt. Das Gleißen verschob sich in die Wolken, und ich sah dunkle Flecken, Schatten der Wolken als lange Linien weit über das Wasser verteilt. Dann nur noch Meer und Himmel, keine Aussicht, kein Anhalt, dann kleine Inseln, und wieder ging es über Land, wo ein größerer See wie Messing blinkte. Die Berge wie Blumenkohl, mit tiefen Einschnitten, Gletscher und Schlucht, oder auch nur wie der Schnee liegt, schiebt man ihn an die Straße. Überall blitzte es von der Sonne, auch die Straßenbänder waren manchmal, als hätte einer Lamettafäden durch das Land gelegt. Und ein Fluß schlängelte da unten, verging nach hinten, bis die Windungen schwanden. Ich schlief ein, und als ich erwachte, waren die Wälder von oben wie räudiges Fell. Die Einzäunungen deutlicher, die Verteilung der Bäume und Hecken, der Zäune und Stangen, die

Form kleiner Plätze, die von den Zufahrtsstraßen ausgingen. Wir waren schon über Deutschland.

*

»Junge!« sagte mein Vater, und ich hatte ihn etwas anders in Erinnerung. Als ich ihn umarmte, schreckte er ein bißchen zurück und machte sich steif.

»Du bist ein Mann geworden, Filius.« Und ich lächelte.

Wir fuhren eine Zeitlang schweigend, und ich hörte, daß die Reifen das Wasser aufwarfen, und die Fahrspuren der Autos kreuzten sich auf dem Asphalt, naß und blank.

»Und deine Mutter?« fragte er.

»Auch gut«, sagte ich.

»Und die anderen? Hast du da Freunde gefunden?«

Ich nickte, und als ich sah, daß er es nicht bemerkte, sagte ich »ja«, und zwei Namen. Dann noch den von Irini.

»Die Sitten sind anders«, sagte mein Vater. »Ich will nicht einmal sagen, daß sie rückständiger sind. Aber andere Musik und Tänze. Es ist schon der Osten, es ist eben Balkan. Na ja, du hast es ja kennengelernt.«

»Aber sie lachen sehr viel«, sagte ich.

»Kein Wunder«, sagte mein Vater und sah geradeaus.

Die Leute auf der Straße gingen, als habe jeder etwas vor, und ein altes Bauernhaus war abgebrannt, der Dachstuhl nur Streben, und aus den Fensterlöchern atmete es schwarz.

»Und deine Pläne?« Er lächelte vom Steuer zu mir herüber, und der Wagen machte einen kleinen Schlenker.

»Ich fahr zurück nach den Ferien. Wenn sie zu Ende sind«, sagte ich nach einer Pause.

In einer Rechtskurve berührte ich meinen Vater, und er sagte »Hoppla« und lachte.

Dann sagte er, als habe er es auswendig gelernt, es kam schwer heraus: »Ich hab darüber nachgedacht. Ich hätte dich gerne bei mir. Ich bin doch dein Vater, und für einen Vater ist es kein schönes Gefühl, wenn der Sohn so weit weg ist. Erst gehst du mal in die alte Wohnung, dann können wir weitersehen.«

»Wo liegt sie?« fragte ich, und der Wagen machte wieder einen Schlenker, als mein Vater zu mir herübersah.

»Ach so, in Jennfeld. Sie hat zum Schluß nur von dir gesprochen. Paßt auf den Jungen auf, hat sie immer gesagt.«

Mein Vater seufzte. »Das war ein schwerer Schlag für sie, als du nicht wiederkamst.«

Ich wandte den Kopf ab. Die Bäume sahen aus, als mühte sich das Blatt in der Knospe, und als wäre die Sonne, die hinter dem Tagesdunst stand, nicht warm genug, sie aufzubrechen.

Ich versuchte mir Frieda vorzustellen und sah sie sitzen mit ihrem Buch und der Brille, und etwas schnürte den Hals.

»War es schlimm?« fragte ich.

»Sie war zum Schluß so fromm, das war nicht mehr feierlich«, sagte mein Vater.

Nach einer Weile fing er wieder an zu sprechen, und es kam mir vor, als seien alle Pausen gleich lang.

»Du solltest hier bleiben und was Vernünftiges anfangen. Die Schule zu Ende machen oder eine Lehre, vielleicht zu Onkel Arthur, und danach in sein Kontor nach London. Er kennt deine Mutter auch. Da kannst du was werden. Du wirst sehn. Wir werden uns schon einig.«

★

»Liebe auf den ersten Blick« hatte ich auf meinen Block geschrieben und es dann so oft durchgestrichen, daß ein schwarzer Balken oben über dem Blatt stand. Und darunter das Gesicht von Anke aus dem Kopf, aber es gelang mir nur in Teilen. Die starken Kinnbacken und der feste Hals, und auf den Ohren und der Nase sah ich gegen das Neonlicht feine weiße Härchen, alle gleich lang, und im Nacken, unter der Badekappe, die dünne Strähne im Wirbel, und der Schwung der Oberlippe zeigte nach oben, als staunte sie die ganze Zeit hinter etwas her.

Heino, der immer noch mit Hannelore Stützner ging, kannte ihren Bruder Wolf-Rüdiger. Der machte eine Lehre und schwänzte die Berufsschule, und wir hatten die beiden im Hallenbad getroffen.

»An die kommst du nie ran«, hatte Heino mir mit schiefem Mund zugeflüstert.

Ich dachte an das Meer. Das Schwimmen hier schien mir so schwer, und wäre es im Meer auch so, glaubte ich, würde sich jeder Schiffbrüchige wohl schnell ergeben.

Erst war ich nur so in ihrer Nähe herumgeschwommen, und sie hatte auch mal zu mir herübergesehen, aber dann tauchte ich unter, sah ihre Beine durch das Wasser gehen, und war vor ihr hochgekommen, ganz langsam nach oben, die Augen im letzten Moment vor dem Auftauchen geschlossen, und als ich so starr vor ihr erschien, die Lider erst hob, als sich das Wasser von Gesicht und den Haaren verlief, machte sie ein erschrockenes Gesicht, die Oberlippe noch höher, aber dann rutschte sie mit ihrer runden Hand über das Wasser, daß es mir in die Augen ging, und ich schloß sie und sackte wieder unters Wasser, als müßte ich nun versinken, und als ich wieder auftauchte und nach ihr griff, schwamm sie schnell voraus und ich in Rückenlage hinterher, und als ich auf ihrer

Höhe war, schob ihre Hand mit dem Handballen wieder einen Wasserschwall zu mir herüber.

Wolf-Rüdiger, ihr Bruder, lud zu einer Party ein. »Er kann auch kommen«, sagte er und zeigte auf mich. »Am Sonnabend«, und als wir uns verabschiedeten, stieß sie mit den Fingerspitzen gegen meine, statt mir die Hand zu geben, und sie zog in ihrem blauen Dufflecoat die Schultern hoch, als sei ihr kalt, und ihr Gesicht war hell vor der Kapuze. Ich versuchte ihren Mund zu zeichnen, der sich im Schwung nach oben warf. Liebe auf den ersten Blick stand unter dem schwarzen Balken, und ich strich auch das Gesicht durch, daß es ganz unkenntlich wurde, und klappte den Block zu.

*

»Du mußt an deine Zukunft denken! Du mußt daran denken«, sagte mein Vater. »Aber mach ruhig erst mal Ferien!« Und: »Man lebt nur einmal.«

Die Tage hielt sich der Regen und zog alles in seine Farbe, daß mir schien, er würde auch über alle Gesichter streifen, und ich dachte an das Meer, den hohen Himmel und daß mir die Hitze manchmal zu viel gewesen war.

Wolf-Rüdiger stand am Eingang zum Keller und Heino neben ihm.

»Mensch«, sagte Heino und schien sich zu freuen und auch Wolf-Rüdiger gab mir die Hand.

Im Partyraum standen ein paar Fässer, die waren als Tische gedacht, und ich lehnte mich an die mit Filmplakaten beklebte Wand. »Die Caine war ihr Schicksal« und »Reitet für Deutschland« las ich, und an einem Faß saß ein großes, dunkelhaariges Mädchen, mit engen Hosen, so kurz, daß man die

Strümpfe bis an die Waden sah und hielt das Häkelzeug unter das Gesicht, im krausen Schatten der Haare, die Bewegungen abgehackt, die rechte halb drehend, halb stechend, und machte ein Gesicht dabei, als grübe sie einen Acker um.

Anke kam herein und stellte sich zu dem Mädchen mit der Häkelnadel, und als sie zu mir herübersah, nickte ich, und sie nickte zurück, und ich verwünschte mich, nicht zu ihr hinübergegangen zu sein, um ihr die Hand zu geben. Aber dann kam Heino, zog mich mit an den Tisch, und ich gab Anke die Hand, ohne daß wir uns ansahen. Das Mädchen mit der Handarbeit war Greta, ihre Freundin. Wir tranken Martini, und Anke holte Eis aus dem Kühlschrank.

»Hast du da unten wirklich so lange gelebt?« fragte sie, Heino habe es ihr erzählt. »Über zwei Jahre«, sagte ich, und als ich anfing darüber zu sprechen, sah ich, daß sie gar nicht zuhörte, denn ihre Augen gingen überall hin, und immer verzog sich ihr Gesicht zum Lächeln, wenn ihr einer etwas zurief oder auch nur zunickte.

Ich suchte ihre Augen, aber ihr Blick ging hin und her, und ich nahm einen großen Schluck Martini und behielt ihn einen Augenblick im Mund, und als ich ihr mein Glas hinhielt, stieß sie ihres dagegen, daß es hell klang, und Greta drehte sich um, als sei es für sie bestimmt, hielt ihr Glas am gestreckten Arm und rief: »Prost Leute«, daß Wolf-Rüdiger und Heino sich umdrehten.

Ich hielt mein Glas wieder vor sie, und als wir jetzt anstießen, klang es, als lehnten die Gläser nur kurz aneinander. Sie nahm einen Schluck, und das Eis bewegte sich in ihrem Glas.

*

Das Café war direkt am Fluß, und ich hängte ihren blauen Dufflecoat an den Haken, und den Schal steckte sie in den Ärmel. Der Schottenrock schwang um ihre Beine und ihre Taille war, als könnte ich sie mit den Händen umfassen, und die Sehnsucht sprang mich an, nach ihr zu greifen, sie zu küssen, immer bei ihr zu sein. Wir bestellten Kakao. Als sie trank, legte sich der Schaum als dünner Strich über ihre Oberlippe und sie zog mit der Zunge hinterher. Ihre Augen hatten die Farbe früher Blätter. Als ich sie lange ansah, blickte sie kurz auf, lächelte und sah auf den Tisch.

Weit hinten Kräne, und ich sah wie sich die Ausleger langsam drehten. Einige Schlepper hielten einen Stückgutfrachter in der Fahrrinne, der Fluß wie Asphalt, und das rote Ladegeschirr an Deck sah aus wie eine verlassene Fabrik. Eine Barkasse drehte am Ufer, nickte in die Heckwelle und nahm querab Kurs auf das andere Ufer, und ich dachte an das Meer, wie das Wasser Anlauf nahm von fernen Küsten, der Himmel das Wasser blau färbte, hohe Sonne stand, roch plötzlich Teer und nasse Netze und sah mich mit Nikos vor Ägina.

Und ich erzählte Anke von Eleusis, wie ich da gelebt hatte, wie der Meltemi das Meer aufriß, wenn er über die Berge stieg, vom Haus meiner Großeltern in der Odos Boubouli-nas, die Tempelreste wie gebleichte Knochen, die Eselskarren der Händler, und wie ich mit meinem Großvater manchmal zum Brunnen nach Aspropirgos fuhr, daß man in Eleusis das Wasser kaufen mußte, daß mein Großvater davon lebte, daß die Brunnen durch die Nähe zum Meer salzig waren, und daß ich nicht mehr zurückwollte, und ich dachte an den Streit, den es gegeben hatte, als Basilly in unser Haus gestürmt war wegen Irini, und daß Mitzos ihn zurückhalten und ich vor der Familie schwören mußte, nicht mit ihr geschlafen zu haben. Irini mußte mit Sofia und meiner Großmutter ins Nebenzimmer, und als sie wiederkamen, sagte meine Großmutter, es ist nicht passiert, und Mitzos ließ Basilly los. Irini wohnte von da ab nur noch in Megara, und mein Großvater und Basilly verabschiedeten sich nicht von mir, als ich zurückfuhr, und Mitzos hatte auf dem Weg zum Flughafen gesagt: »Laß Zeit dazwischen. Es kommt schon wieder in Ordnung.«

Ich legte den Arm um Ankes Schultern, und sie hatte die Hände in den Manteltaschen. Über die Kimm zog ein heller, kaum unterschiedener Wolkenstreifen mit runden Rändern, dahinter der Himmel nur wenig dunkler. Die Wiesen streckten sich, Gräben und Knicks wie Muster darin, und das ablaufende Wasser zog so schnell, wie ein Spaziergänger geht. Der Wind kam in Böen, und sie lehnte an mir. Ein Vogelruf, und ich wußte nicht, war's in der Nähe oder entfernt.

»Mensch guck mal, ist die Elbe dreckig!« sagte Anke.

»Als Kind hab ich hier gebadet«, sagte ich, »aber sauber war's da auch nicht.« Ich küßte sie und sie zog an meinem Arm. Ich konnte mir nicht vorstellen, ohne sie zu sein.

Eine Motorschute hieß Elvira, und es sah aus, als säge sie durch die Wiese. Die Wellen folgten einander, jagten am kleinen Anleger entlang, falteten sich ins Unzählige, gischten tausend Tropfen über die Ufersteine, füllten die Vertiefungen und der braunflockige Schaum verblies, machte wolkige Gestalten und Landschaften in die Pfützen, und faßte der Wind, hing der Schaum für Augenblicke am Buschzweig und Gras, bis die Bläschen platzten.

»Oh, der Bus«, sagte sie, und wir küßten uns, und liefen zu dem Café zurück, neben dem die Haltestelle war. Ihr Mund zuckte und ihr Kinn bewegte sich, als sie lächelte. Und wir küßten uns.

*

»Was will er denn werden?« Der Mann von der Berufsberatung beugte sich etwas vor und bewegte die Schultern in der Jacke, und mein Vater zögerte etwas und sagte: »Steinmetz.« Und so wie er es sagte, war es, als würde er leicht den Kopf dabei schütteln, obwohl er ihn steif hielt.

»Er ist künstlerisch begabt«, sagte mein Vater und atmete dabei aus.

»Mein lieber Junge, ich bitte dich«, sagte der vom Arbeitsamt, »da ist nix künstlerisch! Da haut man den ganzen Tag auf Steinen rum, um Namen einzuschlagen von Leuten, die tot sind. Das ist fast wie«, und er suchte ein Wort, »Schriftsetzer«, sagte er dann.

»Aber die Nikolaikirche«, sagte ich, »alles verbrannt. Die Figuren. Das muß doch alles neu gemacht werden!« Und ich legte meinen Finger in den Kragen.

»Also erst mal ist das eine Arbeit für einen Bildhauer.« Er sah meinen Vater an. »Das ist etwas völlig anderes. Und ob die Nikolaikirche jemals wieder aufgebaut wird, das steht noch auf einem anderen Blatt.« Er beugte sich vor. »Weißt du überhaupt, wie hart Granit ist?« Er sah mich zweifelnd an. »Das ist wie Eisen«, und er klappte seine Handfläche auf den Schreibtisch, ohne den Arm zu bewegen.

»Die Figuren in der Nikolaikirche sind aus Sandstein«, sagte ich und sah, ohne den Kopf zu bewegen, wie mein Vater mich anblickte.

»Also«, sagte er und hob die Hand.

»Dekorateur«, sagte ich matt.

»Dekorateur, Dekorateur«, sagte er, »das ist auch wieder so was«, und er schüttelte den Kopf. »Da lernt man erst vernünftig drei Jahre Verkäufer! Ja, und wenn man dann rauskriegt, er ist geeignet, ja bitte schön, warum denn nicht«, und er bewegte beide Hände zu mir, als schiebe er einen Stapel

Geschenke auf mich zu, »ja dann auch Dekorateur«, sagte er etwas lauter.

»Wir müssen realistisch sein«, und er blätterte mit vorgeschobenen Lippen, die Mundwinkel heruntergezogen, in meinen Papieren. »Wieso machst du die Schule nicht zu Ende? Du hast ja überhaupt keinen Abschluß. Ohne Abschluß kann er Matrose werden, wenn er gesund ist, da kommt er ja nicht mal als Schutzmann unter!«

»Ich geh nicht mehr zur Schule«, sagte ich.

Er blickte auf meinen Vater, der schwieg. »Na ja, mal sehen«, sagte er dann, sah mich eindringlich an und griff nach unten, hinter sich, zog ein Heft aus dem holzhellen flachen Regal, das auf dem Boden stand. Als er es aufschlug, sah ich, daß alles handschriftlich war.

»Der Junge ist zwar kräftig«, sagte er mehr wie zu sich selbst und sah an mir hoch und dann wieder herunter. »Was haben wir denn da?« Und er blätterte weiter.

»Schuster!« sagte er dann lauter, und seine Hand stand auf dem Zeigefinger, als wäre der aufs Papier geleimt. »Die Leute werden gesucht. Die Arbeit ist nicht schwer und hat Zukunft!« Er wog den Kopf, und sein Mund sah sehr zufrieden aus.

»Daß Handwerk goldenen Boden hat«, nickte er in die Mitte, zwischen meinen Vater und mich, als säße da noch jemand, »stimmt bis in unsere Tage. Und Schuhe braucht der Mensch immer.«

Er nickte nun unaufhörlich, und ich sah von der Seite, wie mein Vater nach oben starrte, an den bleichgrünen Gardinen vorbei zum Reklameflieger. Trumpf, die feine Schokolade, stand da auf dem Tuch, welches das kleine Flugzeug an langen Seilen hinter sich herzog, und der Mann von der Berufsberatung drehte sich um und sah auch hin.

»Ohne Abschluß«, sagte er zweifelnd, und mein Vater sah ihn an. »Ich kenne einen Schuster in der Burgstraße, wenn ich mich für den Jungen verwenden würde«, er wandte den Kopf und sah wieder knapp an mir vorbei.

Mein Vater stand auf und sagte: »Danke.« Und nickte dem Mann zu.

»Schuster, überlegen Sie mal. Barfuß geht keiner«, lachte er. »Auf Wiedersehen.«

Mein Vater sagte nichts, und seine Schuhe machten gleichmäßige Geräusche in der hohen Halle des Treppenhauses.

»Das hast du nun davon!« sagte er dann. »Schuster, Schutzmann, Schneider, Schlachter! Aber ich will deiner Mutter keine Vorwürfe machen. Sie hat ihr Bestes getan.«

»Was hat das damit zu tun?« sagte ich.

»Eine kaufmännische Lehre ließe ich mir gerade noch gefallen«, sagte mein Vater und sah geradeaus, »aber Müllerbursche und Zimmermann, soweit kommt es noch«, und er schüttelte den Kopf. »Warum nicht gleich Bürstenbinder. Und dann noch dieser Idiot. Aber recht hat er, wohin ohne Abschluß.«

»Du wärst doch sowieso nie zufrieden«, sagte ich und sah mich um, als würde es irgendwo an der Wand stehen. Und ich nahm drei Stufen auf einmal, und dann noch mal drei.

»Verdammt, Junge, sei vernünftig«, rief mein Vater hinter mir her, und dann noch mal: »Filius! Hörst du!«

Aber ich hörte nicht mehr und war schon draußen. Auf der Straße fing ich an zu laufen, und hinter der Hecke, die an einen Parkplatz grenzte, lehnte ich atemlos an der dünnen Kastanie, die zwischen Holunderbüschen stand, und sah meinen Vater auf der Treppe stehen, wie er sich umdrehte und zum Eingang zurück sah, über dem Arbeitsamt am Besenbinderhof stand. Für einen Augenblick blieb mir der Atem weg, daß ich nachjappte, als bisse ich der Luft hinterher. Und ich sah ein Schiff, das alle Brücken zerfuhr, wie ein Hobel die Flußläufe begradigte, um leckgeschlagen, schäumend im Ozean zu versinken.

*

Wir fuhren nach oben. Mein Vater hielt in der Linken seinen Handschuh im rechten Winkel, musterte mich, und sah an sich herunter auf makellose Schuhe, denen man das Alter nicht ansah, und der Homburger schwebte über mir.

Er nickte zum Etagenschild, als unsere Köpfe über den Fußboden stiegen und ging dann, und ich machte einen großen Schritt nach unten und sah mich nach den Paternosterschächten um. Eine Hand nach oben. Die andere nach unten.

»Zieh dir was Vernünftiges an«, hatte mein Vater gesagt, »daß du da nicht wie ein Zirkuspferd auftrittst«, aber dann kaufte er mir zwei gleichfarbene Harristweedjacken, drei dunkle Flanellhosen und hellblaue Hemden in den Alsterarkaden, und der Verkäufer, der mir in die Jacke half, sagte: »Die hält ein Leben. Nichts geht über englischen Stoff!« Und ich behielt Jacke und Hose gleich an.

Der lange Korridor war mit dunklem Holz getäfelt, und auf dem narbigen braunroten Linoleum glänzte das schwache Deckenlicht, und die wenigen Trittspuren, die sich abzeichneten, sahen aus, als wäre jemand nur kurz und leise darübergehuscht.

Die hohen Milchglasscheiben der Seitenwände und Türen machten das Nordlicht noch fahler, und der Name der Firma stand verschlungen, weißscheinend in Kopfhöhe in die Scheiben geschliffen, daß es mich an Weihnachten erinnerte, und das Glas wie gefrorenes Wasser, und die Schatten der Leute dahinter, als bewege sich das Dunkle.

»Hier entlang«, sagte Frau Osterholz, die Sekretärin von Onkel Arthur und faßte leicht an meinen Arm und machte den Mund klein beim Lächeln.

Onkel Arthur saß hinter zwei gepolsterten Türen. Ich erkannte ihn kaum wieder, hatte ihn auch erst ein paarmal gesehen, aber ich erinnerte mich, daß er eine Zeit bei uns gewohnt hatte, als er aus der Kriegsgefangenschaft zurückgekommen war. Später hatte er mir den Tuschkasten geschenkt und uns dann noch einmal mit seiner Frau und einem kleinen Kind besucht. Die Frau hatte damals immer wieder zu mir gesagt: »Sag Tante Hilde«, und ein graues Kleid mit lila Brosche getragen.

Mein Vater und Onkel Arthur lachten miteinander und sprachen von früher. Das Kontor sah aus wie der Flur, die Möbel auch dunkel und eine schwarze Reihe von Ledersesseln mit dem Rücken zu uns, die Lehnen so hoch, daß man nicht sehen konnte, ob jemand in ihnen saß.

»Seit wann willst du Kaufmann werden?« fragte Onkel Arthur, und ich merkte plötzlich, daß er es mich schon zum zweiten Mal fragte. Und ich sah meinen Vater an und sagte: »Schon immer«, und erschrak, weil es, ohne daß ich es wollte, aus meinem Mund gekommen war.

»Ganz so schlimm wird es nicht sein«, lachte Onkel Arthur, »dein Vater hat mir schon erzählt, daß dich die schönen Künste interessieren«, und er nickte mir zu.

»Also! Ich bin ab heute Herr Wenzel für dich. Willkommen.« Und er sagte auch Herr zu mir und nannte mich bei meinem Nachnamen.

*

Nachmittags saß ich und machte die Ablage des Vormonats. Die Rechnungen waren aus aller Welt, und kamen die Namen mir seltsam vor, wie Uppsala oder Okinawa, schrieb ich sie in meinen Zeichenblock, auch Puntas Arena und Merseburg.

Rudi saß an der Schreibmaschine. »Hab ich nicht verstanden«, sagte Frau Osterholz, die Sekretärin, und beugte sich vor, die Hand am Ohr.

»Das schlimmste für das Kind ist eine rostige Mutter!« wiederholte er, und sie kicherte und winkte ab, als nähme sie Abschied von ihm.

»Schmidtschmidt,« sagte sie laut, »wo soll das nur mal enden.«

Schmidt erzählte in der Kaffeepause, daß er morgens im Freihafen gewesen war. »Die Uddels haben ein paar Schmuggler gefaßt.« Überall auch Zollbeamte und die Peterwagen hätten alles abgesperrt. Herr König, der Abteilungsleiter, wollte es erst nicht glauben.

Und Rudi sagte: »Schmuggler und Pirat? Zweimal besser als Bürohengst!«

Herr König schmunzelte gutmütig: »Dann werden wir ja in der Morgenpost lesen, ob Herr Rudolf Schmidt uns nicht wieder einen Bären aufgebunden hat!«

Und ich wurde plötzlich ganz müde, mir war so, daß ich mich hätte hinlegen mögen, einfach auf den Fußboden, zwischen alle.

Ich mochte, wie Rudi war. Wenn man keine Lust mehr hatte, munterte er einen auf: »Mensch, hör doch auf!« Und ich dachte, daß es vielleicht gut wäre, wie Rudi zu sein. Er konnte über alles reden – sehr schnell reden – und die anderen zum Lachen bringen. Immer kam er mit Dingen heraus wie: »Die größte Schweinerei ist bisher, die Sache mit Adam und

Eber!« Und der Bauch von Herrn König wippte, und Frau Osterholz mit ihrem guten, dicken Gesicht riß den Mund auf, den Kopf im Nacken, schrie, klatschte beide Handflächen gleichzeitig auf das grüne Linoleum des Schreibtisches, daß sich das Papier plusternd bewegte, und als Rudi noch erzählte: »In Altona, im Zimmertheater bei Schmidts, spielt zum Erntedank ein Lesbenschwank: Christa und Isolde, vor ausverkauftem Haus«, sprang Frau Osterholz auf, daß ein paar Blätter vom Tisch rutschten, griff sich mit einer Hand zwischen die Schenkel und stürzte raus, Tränen um die Augen, den Handrücken vor der Stirn.

»Schmidt«, sagte Herr König, »Sie können einen Saal unterhalten; Sie haben Ihren Beruf verfehlt. Sie sind was fürs Hansa-Theater oder Haus Vaterland. Da sollten Sie Ihr Geld verdienen. Lassen Sie sich's von mir gesagt sein.«

Und Rudi ratschte das Blatt mit den vielen Durchschlägen aus der Schreibmaschine.

»Akkreditiv fertig, ohne Schreibfehler«, und weiter mit der Stimme von Frau Osterholz: »Mein Gott, mir gelingt nur noch Gutes!« Und der Bauch von Herrn König bewegte sich wieder.

Rudi reichte mir die Papiere. »Bring das zur Unterschrift und dann zur Barclays Bank. Kann ziemlich voll sein. Geh man gleich los«, und er zwinkerte mir zu, Herr König sah auf die Taschenuhr, und Rudi ging mit auf den Flur. »Vor der Osterholz mußt du dich in acht nehmen, die erzählt alles weiter. Das ist ein echtes Miststück.«

»Die ist immer sehr nett zu mir«, sagte ich.

»Sie qualmt aus der Möse«, sagte Rudi, »und zwar bedeutend, damit kannst du mich jagen! Sie hört zu und sagt alles der Geschäftsleitung weiter! Verstehst du? Komm mit in die Deutsche Angestellten Gewerkschaft! Hörst du?« Er legte den Arm um meine Schulter, und ich war froh, daß ich schon gehen durfte.

Am Abend sah ich unter Lesbenschwank nach, aber in dem alten Lexikon stand das Wort nicht, nur Lesbos und Sappho und unter lesbisch, daß Frauen auch Frauen liebten.

*

»Dahin«, sagte Anke und zeigte auf die gegenüberliegende Wand, an der die Garderobe befestigt war. Der Spiegel in der Mitte. Von einem Mantel halbverdeckt.

»Der Bügel«, und sie hob die Hand.

Ich stieg aus meinem Trenchcoat. Sie folgte mit den Augen, wie ich den einen Arm steif nach oben hielt, um mir mit der anderen Hand den Ärmel darüber zu ziehen, und es kam mir auf einmal albern vor, aber der Mantel saß ziemlich eng. Ich schloß den mittleren Knopf und zog an der Jacke, bevor ich ins Wohnzimmer ging.

Frau Preußer gab mir die Hand, legte sie dann in die geöffnete Linke wie in ein Etui zurück. Sie hielt den Kopf ein wenig zurückgelegt, als sie mich ansah. Ich machte eine Verbeugung und sagte laut: »Guten Tag, Herr Professor.« Der sagte »Guten Abend«, und seine Frau zog das Gesicht so zusammen, daß man das Lächeln kaum entdeckte.

Er nickte freundlich: »Setz dich doch neben Anke«, und zeigte auf den Stuhl.

»Ein Stück Kuchen?« sagte Frau Preußer und reichte mir den Silberteller, auf dem der Gugelhupf halbaufgeschnitten als Fächer lag, und ich blickte auf mein Besteck, griff dann aber zu, und als ich das Stück auf meinen Teller zog, ging Anke sofort mit dem Teller in die Küche, und als sie wiederkam, war noch ein gleichmäßig gekerbter, gewundener

Klacks Schlagsahne neben dem Kuchen, und als ich die Kuchengabel faßte, legte ich die Linke geballt neben den Teller, denn Frau Preußer war eine geborene Gräfin und achtete, wie Anke mir gesagt hatte, auf Umgangsformen, und als ich daran dachte, hielt ich die Gabel plötzlich in der Hand, als wäre sie riesenhaft.

»Du wirst doch Kaufmann«, nickte sie mir aufmunternd zu, als hätte ich schon »nein« gesagt. »Ich darf doch du sagen?«

Und weil ich gerade ein Stück Kuchen im Mund hatte, nickte ich erst, und drückte dann das Kuchenstück mit der Zunge am Gaumen platt, daß ich es in einem herunterschlukken konnte, und es machte ein Geräusch, daß ich spürte, wie es mir ins Gesicht stieg, und als ich dann ja gesagt hatte, fragte sie nach meinen Eltern.

Als ich vom Land meiner Mutter erzählte, sah sie ihren Mann an, und sagte, sie sei selber nie dagewesen, kenne es nur aus den Götter- und Heldensagen, und ihr Mann nickte, und als ich sagte, ich wollte Maler werden eines Tages, lächelte sie gutmütig. Dann sagten die beiden sich die Namen der Musen vor, und als sie zwei nicht wußten, ging er zur Bücherwand, blätterte einen Augenblick und sagte dann: »Eutherpe und Urania.«

Sie schlug die flache Hand vor die Stirn, ließ sie einen Augenblick oben und sagte dann: »Natürlich Ferdinand. Immer kommen mir die dummen römischen dazwischen«, und Professor Preußer lachte. Ich überlegte, dachte an die römischen Musen, wußte aber keine einzige.

Dann bemerkte ich, daß Frau Preußer mit mir sprach, und ich nickte wie von selber, und Anke nahm meinen verschmierten Teller, eilte wieder in die Küche, hatte die verwundene Schlagsahne auf den Tellerrand gedreht, und legte mir ein neues Stückchen auf den Teller, das ich mühsam aß, weil ich eigentlich gar nicht mehr mochte.

»Das ist ein Rezept aus Oberösterreich«, sagte Frau Preußer und erzählte von einer Sandtorte, die in ihrer Heimat gebacken wurde und in deren Teig zehn Gänse- oder dreißig Hühnereidotter kamen, und ich fragte ungläubig: »Dreißig?«

Sie nickte freudig und begann über Bücher zu sprechen. Ich sah an die Wand, Rücken an Rücken, alle alt, nur rechts am Fenster etwas in hellen und bunteren Einbänden, und sie fragte auch nach einigen Büchern, und wann ich sie gelesen hätte, ja, und ob ich denn überhaupt lesen würde, und als sie immer mehr Titel aufzählte, sagte ich: »Das, das glaub ich, ja!« Und meine Ohren wurden heiß.

»Ja und was liest du denn im Moment?« Und sie beugte sich vor, und Herr Preußer schlug mit dem Pfeifenkopf an einen Aschenbecher, und mir fiel nur Henry Miller ein, und das konnte ich nicht sagen.

Anke rutschte auf ihrem Stuhl. »Er schreibt Gedichte, Mama«, sagte sie, und als die nicht zu verstehen schien, wiederholte sie noch einmal: »Er schreibt Gedichte.«

»Ach ja?« sagte Frau Preußer, »willst du auch Dichter werden?« Sie sah zu ihrem Mann, aber der hatte die Hände im Tabak. »Willst du uns nicht eine kleine Kostprobe davon geben?« Und sie sah wieder zu ihrem Mann.

Anke nickte mir ein paarmal zu, und ich spürte wie etwas durch meine Haare rann und in den Kragen lief, griff in die Brusttasche, fühlte den Block und sagte krächzend: »Es ist erst in Kladde geschrieben«, und sie zog die Augenbrauen hoch und nickte, lächelte wie jemand, der einen Edelstein im Sand findet.

»Für dich«, sagte ich, und spürte meine Kehle, »das ist der Titel.«

Als ich aufblickte, nickte sie wieder und sagte: »Steh doch auf, das ist doch nun wirklich viel schöner.« Und ich stand hinter dem Tisch auf.

»Den Zweig, der blütenschwer,
den trägt mein Jahr
der Wiederkehr,
ich nahm ihn mit
und küßte weich
der Blüte Blatt
und wünschte mehr
mir noch, daß es
dein Mund gewesen wär.«

»Na, das ist ja fabelhaft!« sagte Frau Preußer und sah ihren Mann erschrocken an, und ihr Mund war so groß wie ein Daumennagel.

Anke hatte die Zähne auf der Unterlippe, und ich nahm meinen Mantel vom Haken und klemmte ihn unter den Arm. Als sie die Haustür unten aufschloß, umarmte sie mich fest, und ich hörte, wie sie ganz leise sagte: »Ich hasse diese Frau.«

*

Es war naß, ohne zu regnen, und der Himmel einfarbig düster, daß ich an Schnee dachte. Ankes Mutter war in die Stadt gefahren, um etwas für sich einzukaufen. Erst zu Horn, am Neuen Wall, da kaufte sie am liebsten, dann Jungfernstieg, Jäger & Koch, die Schuhe schräg gegenüber bei Prange.

»Sie geht immer dieselben Wege«, sagte Anke. »Um vier will sie zurücksein. Ihr Bruder ist krank, der in Lurup.«

Wir waren allein zu Hause, und der Gedanke allein genügte, mich schwindelig zu machen, mir die Hände zittern zu lassen.

Zuerst hatte ich sie nur geküßt, und sie hatte die Lippen aufeinandergepreßt, und als ich einmal ihre Brüste berührte, hatte sie meine Hände fast gequält weggeschoben. Aber dann war es weiter gegangen, immer etwas mehr. Im Kino faßte ich einmal in ihren Ausschnitt, unter die Brust, und sie ließ es zu, hörte nicht auf, mich zu küssen. Am Abend im Park, und einmal, bei mir in der Wohnung, hatte ich sie halb ausgezogen, und sie hatte Angst bekommen . Ich sah in die Kerze, die ich angezündet hatte, obwohl lichter Tag war, sie hielt meine Hände, und wir küßten uns, und sie griff an meinen Nacken.

Als sie die Tür öffnete, sah ich ihr Bettzeug auf dem großen Sofa mit den dicken blauen Samtrollen, und sie zog mich an der Hand ins Zimmer, und ich hörte als erstes die Uhr auf dem Schrank.

»Wie seh ich aus?« sagte sie, und ich merkte, daß sie die Wimpern schwarz gemacht und mit der Zange nach oben gebogen hatte.

»Setz dich doch«, sagte Anke und lachte. Ich wußte plötzlich nichts zu sagen.

»Was ist denn?« fragte sie und warf eine bunte Decke über das Sofa und klemmte sie unter den Samtrollen fest, und ich zuckte die Schultern und setzte mich. Sie drehte ihren Kopf unter meinem Arm durch, und wir hielten uns fest, ohne uns zu rühren.

Ich nahm ihre Hände zusammen und legte meine hinein, kniete dann vor ihr, unterschlang ihre Knie, und sie faßte mit der Linken meine Stirn, und mit der anderen griff sie mein Nackenhaar, daß es ziepte, und öffnete ich die Augen, sah ich auf das blanke blaue Tuch, und wie die Schenkel den Stoff des Rockes strafften, und hörte sie leise dabei sprechen, meine Haare bald fester packen und lassen.

Ich nahm ihre Beine noch enger, mein Mund zwischen

ihren Knien, legte meine Hände auf ihre Waden, drückte sie, daß sich ihre Füße nach vorne schoben. Und als ich meinen Kopf noch weiter in ihre Linke gab, ließ sie meinen Schopf und drehte die Rechte schnell unter mein Gesicht, daß ihre Finger wie ein warmes Gitter über meinem Mund lagen und bog die Schenkel nach außen, daß ihre Hände und mein Kopf so weit fielen, bis die Knie meine Ohren preßten, die Falte verschwand und sich der glatte Rockstoff spannte.

Ihr enger Rock war hinaufgerutscht. Von der Seite sahen ihre Oberschenkel aus, daß ich an den Hals eines Pferdes dachte, das ich in einem Buch mit alten englischen Jagdszenen gesehen hatte, und der Stoff von der Hose war Flieder, hatte blaue Blumen, grüne gewundene Stiele, und als der Gummizug über der blanken Haut verrutschte, schwang sie die Beine aufs Sofa, stützte sich, daß nur der Nacken und die Füße die Decke berührten, und ich zog sie aus, als decke sich etwas Großes auf, heiß im Gesicht, kratzige Lider.

Die Brustspitzen waren wie in die bleichen Hügel gesunken, berührte man sie, traten sie hervor und reckten sich rosa, und ich küßte sie immer wieder, und sie atmete durch den Mund. Fliederfarben rollte es nach unten und blieb am Fuß hängen. Die weißen Schenkel träge, und das Fleisch schwebte im sanften Rund, und die hellen Haare lagen dünn und kurz, wie durcheinandergeweht, eng am flachen Hügel.

In ihren Hüften war ein Schwung, daß ich immer wieder hinsehen mußte. Aus dem Gedächtnis hatte ich einmal versucht, die Linie auf dem Zeichenblock nachzuahmen, aber es gelang nicht, und manchmal hatte ich auch zusammengekritzelt, wie sich ihre Schenkel öffneten, rosa der Mund in der Mitte, aber dann das Papier schnell zerrissen, als könnte mir jemand über die Schultern sehen, und ich faßte ihren Schenkel mit beiden Händen, und sehnte mich danach, daß sie mich damit umarmte, mir Bein und Kniekehle um den Nacken schlang.

Es war, als griffen die Härchen zur Linie nach innen, und ich faßte dran, als wär es ein Mund, und die Lippen, die ich mit dem Daumen hielt, wölbten sich über meinen Zeigefinger, ich hielt sie, und zog sie bis ins Oval und darüber hinaus, daß ich kurz dachte, es könnte ihr weh tun, und die Haut neben den blonden Haaren war wie helle Keramik, im blanken Rosa, und es sah aus, als sei dünnes Eis darüber, und glänzte, drehte sich in der Mitte zur Tiefe, über den dünn gezeichneten Rand und fiel nach innen. Bilder von früher stürzten vor meine Augen, und ich sah einen Berg, die eine Seite abfallen, und blickte man hinunter, kein Tal, als stünde der Berg grundlos, fiel ab in die Nacht. Und über den Bauch nach oben sah ich, daß sie lächelte, und mit dem Zeigefinger rutschte ich vorsichtig in die Mitte zur Nässe, und legte mein Gesicht und die andere Hand auf ihre Hüfte.

Sie bog den Kopf nach hinten, und die Lider machten die Augen schmal. Sie stützte sich mit den Füßen, hob den Rükken.

»Komm!« sagte sie, und sie lächelte wie eine Landschaft. Es war, als lösten sich ihr Kopf und ihr Körper auf in etwas, was neue Abmessungen bereithielt, namenlos, als wär es immer da, wie die Luft, und ich sah ihre Augen ganz nah, und als sie wieder »komm« sagte, streckte sie die Arme, und es sah aus, als reichten sie von weit, und ich erkannte sie, mir war, als hätte ich alle Tage mit der Suche nach ihr verbracht, sie endlich zu finden.

Ihre Fersen lehnten an meinen Hüften, und als sie die Knie etwas anwinkelte, kam sie mit dem Oberkörper hoch, faßte zwischen meine Beine, und hielt mich da, und ich ging mit, als sie sich langsam zurücklehnte, und sie zog mich in sich, als habe sie lange gewartet und sei froh, daß es keinen Zweifel gab, daß wir schon immer so miteinander gewesen waren.

Dröhnendes Pochen im Ohr, die Uhr auf dem Schrank, der Geruch, der aus unserer Umarmung kam, und als tauchte sie aus Wasser, sagte sie: »Paß auf. Du mußt aufpassen«, wie uns zu wecken. Und ihr Gesicht blieb eine Zeit, als sei das Leben uralt.

*

Schneetreiben, und obwohl es sich so durcheinanderwarf, hatte ich das Gefühl, man könne einer Flocke für längere Zeit hinterhersehen.

»Die da«, sagte Anke und wies auf eine große, »hast du die gesehn?«

»Ja.«

»So groß hab ich die nie gesehen. So groß wie unsere Liebe«, setzte sie hinzu, und zog sich halb unter meinen Arm. Sie rutschte mit der Hand zwischen zwei Knöpfen hindurch in meinen Mantel, und wir zogen uns nah, lehnten beim Gehen aneinander, und unsere Schritte wurden stolperig.

»Liebeliebeliebedich!« sagte Anke, und schob die Hand unter meinen Pullover. Der Mantelknopf, auf dem ihr Arm lag, sprang in den Schnee, und als wir uns umdrehten und suchten, fanden wir ihn nicht wieder.

»Ich näh neue dran«, sagte Anke und legte den Kopf zurück. »Große Perlmuttknöpfe, mit goldenem Zwirn«, und ich küßte unter ihr Kinn und auf ihren Brauen und Wimpern hielten sich die Flocken einen Augenblick länger, bevor sie das Gesicht naß machten. Und als sie den Kopf wieder grade hielt, sagte ich, als käm's mit dem Atem: »Du bist so schön.«

»Wirklich?«

»Ja.«

»Versprich mir, daß du immer bei mir bleibst!«

»Immer«, sagte ich.

»Immerimmer?«

»Immer«, sagte ich.

Kein Mensch war auf der Straße, die fliegenden Punkte schienen mir wie ein Muster, selbst das Flüchtige ordnete sich, und wir überquerten die Straße in den Park.

Vom Bahndamm fiel ein wenig Licht, und ich wischte mit dem Ärmel den Schnee von der Bank, und als sie sich hinlegte, öffnete sich ihr Lächeln, daß was mir sonst fröhlich an ihr schien, furchtlos, losgebunden war, und aus diesem Gesicht sah ich wieder die Landschaft steigen, und mit dem Mantel deckte ich ihre Hüften, weil ich dachte, sie könne sich erkälten.

»Mach dich schwer«, sagte sie, und ich hatte das Gefühl wirklich schwerer zu werden, wie als Kind, wenn man angehoben wurde, als gingen in einem Zwischenräume verloren. Ich fühlte wie es sich mit uns bewegte, ohne wo und wohin. Sie atmete: »Haben wir mal Kinder?«

Ich hatte den Mund an ihrem Hals und sagte: »Ich glaube ja«, und das Bild fiel in unsere Bewegungen, ein Raum gemeinsam, und dürfen, was man will. Nur unsere Absprachen, was wir wollten, würden gelten.

»Oh!« sagte sie und hielt erschreckt inne. »Warte!« Ließ meinen Hals los, faßte nach unten, und als sie ihre Hand wieder hochnahm, war sie voll Blut.

»Das kann nicht sein. Meine Regel war vor zehn Tagen«, und sie wischte hastig die Hand im Schnee ab, der sich färbte.

»Die Mäntel! Das Blut!« Sie zeigte mit dem Finger und schlug die Hände vor den Mund.

»Dann sagen wir einfach, ich wär hingefallen«, und ich hob die Schultern.

Als ich mein Taschenmesser aufklappte, ging ihre Lippe nach oben, und ich schnitt mir in die Hand, daß es richtig tropfte, und sie »o nein, nicht« sagte. Sie sah ängstlich auf den Schnitt, dann in mein Gesicht, und ihre Augen beruhigten sich wieder, und sie sagte: »Wie furchtbar.« Sie hielt meine Hand, die sich rot färbte, und plötzlich drückte sie ihren Mund dagegen, daß es weh tat, und als sie den Hals reckte, sah ich das Blut an ihren Lippen, und als wir uns küßten, schmeckte es süß. Als sie die Hand losließ, tropfte es Löcher in den Schnee.

Zu Hause wusch ihre Mutter den Schnitt an meiner Hand und hatte dabei die Augenbrauen so hochgezogen, wie ich es einmal gesehen hatte, als ihr Mann nicht da war, und sie die Schollen selbst ausnehmen mußte. »Jetzt tapfer sein!« Sie drückte ein Mullstück mit Jod auf den Schnitt, daß ich die Luft scharf einsog, und Herr Preußer kam und beugte sich über meine Hand und sagte: »Besser vielleicht, man klammert den Riß.« Er sah genau hin: »Die glatten Ränder sprechen mehr für einen Schnitt.«

»Vielleicht lagen Scherben im Schnee«, sagte ich.

»Das könnte es sein, nach Stacheldraht sieht mir das nicht aus.«

»Ich hab es erst gar nicht bemerkt«, sagte ich, obwohl es gleich weh getan hatte.

»Das ist der Schock«, sagte Herr Preußer, »das ist bekannt.«

Er holte Mull, und Frau Preußer tränkte noch mal mit Jod, legte ihn auf und hielt ihn, und er befestigte ihn stramm mit einem breiten Pflaster und sagte: »Das hält die Wundränder zusammen. Aber morgen gleich zum Arzt. Da muß Tetanus her, das ist sonst zu gefährlich.«

Frau Preußer wischte an meinem Mantel.

»Blut muß man in kaltem Wasser einweichen«, sagte sie, »wie bist du da mit der Hand hingekommen?«

Sie sah die Ärmel an und den Kragen, der etwas dunkel war.

»Der lohnt vielleicht noch, ich geb ihn dir in die Reinigung«, sagte sie mehr wie für sich, und Herr Preußer lieh mir für den Nachhauseweg seinen Winteranorak und half mir beim Anziehen, und Anke brachte mich hinunter.

Im Flur lehnte ich an der Wand, und sie stellte sich auf die Zehenspitzen und küßte mich. Sie schob die Hand in den Reißverschluß meiner Hose, und ich hielt meine Hand unter ihrer Brust, und streichelte sie.

Vor dem Schlafengehen saß ich noch am Tisch und hielt den Arm hoch, und die Hand fing an zu pochen. Und ich sah mich im Raum um, nichts erinnerte mehr an früher. Über der Heizung hatten Hitze und Staub die Rauhfasertapete eingefärbt, und von weitem sah es aus wie gemalt. In mir war etwas, was mich nicht sitzen ließ, und ich sah auf die Staffelei, die ich lange nicht gebraucht hatte.

Als ich den Verband wechseln wollte, fing es wieder an zu bluten, und es tropfte auf den Tisch und in das Buch. Und ich wünschte mir so sehr, nicht mehr von ihr getrennt zu leben, und aus einem Tropfen schrieb ich mit dem Nagel des kleinen Fingers ihren Namen.

*

›Nichts, was bleiben kann‹, schrieb ich in mein Buch, und ich dachte, dies sei es: ›Aufhören zu atmen.‹

Anke mußte ins Internat nach England. »Sie hat alles aus mir rausgepreßt! Ich darf dich nie mehr treffen«, hatte sie gesagt. Und ich sagte: »Wein doch nicht.«

Das Papier auf dem Zeichenbrett war schon staubig, und ich kurbelte die Staffelei etwas höher. Ich schlug mit dem Pinsel die Farbe auf den Grund, und wo ich aufsetzte, zerspritzte der Anfang, und aus der Bewegung kam der Strich. Und unten auf die Rückseite schrieb ich: ›Einmal richtig!‹

Ich saß in der Alsternordbahn und sah den Zäunen nach, den Gräben und Knicks, aber Herr Schmidt war immer noch nicht zu Hause.

»Ich glaube Lungenentzündung«, sagte der Krämer und zuckte mit den Schultern, »aber nächste Woche kommt er wieder, soweit ich weiß. Na, du bist aber ein hartnäckiger Besucher.«

Ich kaufte Milchmädchen von Nestlé, dicke süße Milch, und vor der Tür drückte ich mir die Hälfte der Tube in den Mund, und der Hunger war weg, und ich ging zur Bahn zurück.

Am nächsten Wochenende kam ich wieder. Der Sandweg war breiter geworden und asphaltiert, und ein paar neue Häuser standen an der Straße. Als ich den geschwungenen Weg ging, sah ich das Haus von weitem. Der Giebel war auf einer Seite eingestürzt, und eine Stütze reckte sich nach oben wie ein verdorrter Arm.

Das Faß vor der Tür war leer, und Erde und Moos hatten den Platz innen gedeckt. Eine Katze saß in der halboffenen Tür in der Sonne, und als ich die schiefe schwergängige Tür aufschob, leckte sie mit langem Zungenstrich über die weiße Pfote und dann, nachdem sie einmal über die Augen gestrichen hatte, gleichmäßig weiter, als sähe sie mich nicht.

»Ist da jemand?« rief ich ins Halbdunkle, und überall, wohin das Licht fiel, sah ich die Werkzeuge gestürzt und von einer dicken Staubschicht überdeckt. Die Schwelle war gebrochen, und der Riß lief gerade auf die Katze zu und verschwand unter ihr.

»Ist da jemand?« sagte ich noch einmal, und als ich die Tür weiter aufstieß, war es durch die schiefgestellte Angel, als drücke einer von innen dagegen. Ich ließ sie los, das Türblatt schwang zurück, die Katze machte einen Sprung, setzte sich draußen aber gleich wieder, hob die Pfote und leckte weiter. Dann hörte ich oben Stimmen.

Am Fenster saß eine Frau mit grauem Haar, gescheitelt und zum Knoten gesteckt, unbeweglich wie ein Möbelstück, und als ich »Guten Tag« sagte, nickte sie und winkte ab, und das Gesicht sah im Gegenlicht aus, als sei es geschnitzt.

Herr Schmidt lag im Bett. Er zeigte neben sich auf den Stuhl und ich setzte mich.

Diogenes war tot, und Herrn Schmidt hatte es »schwer erwischt«, alles hing am seidenen Faden. »Der letzte Winter war's«, sagte Herr Schmidt, und er gab mir die Linke und sagte, es käme vom Herzen, und im Alter würde das Blut zu dick. »Nichts mehr im Fluß.«

»Haben Sie denn keinen Arzt?« fragte ich.

Herr Schmidt schüttelte den Kopf und sagte: »Einmal ist die Zeit. Doch, doch, ich hab 'nen Arzt, aber keiner kann entrinnen, irgendwann erkennt man die Uhr, und die Zeiger spielen verrückt!«

Die Frau am Fenster räusperte sich, als er erschöpft innehielt. »Heinrich«, sagte sie, »ich gehe jetzt«, und stand schwer auf, und als sie die Treppe hinunterstieg, folgte ich ihr, und sie sagte, ohne mich anzusehen: »Er hat Rippenfellentzündung, aber schon im Abklingen!«

Bevor sie hinausging, sagte sie: »Bleiben Sie?« Und ich sagte, ohne nachzudenken: »Ich kann bis Sonntag abend«, und hob die Schultern.

»Das ist gut«, sagte sie und sah etwas freundlicher aus. »Lebensmittel sind im Schrank in der Küche. Ich bin Gemeindeschwester Erika. Montag komm ich wieder, und der Arzt auch. Wenn etwas ist, rufen Sie hier an.« Sie öffnete die Handtasche und gab mir einen Zettel. »Das ist das Telefon der Gemeinde. Telefonieren können Sie vom Krämer! Wissen Sie, wo das ist?« Ich sagte ja, verabschiedete mich und ging wieder hinauf.

Als ich etwas von Medikamenten sagte, zeigte Herr Schmidt auf die Kiste an der Seite des Bettes, auf kleine Gläser und Fläschchen und sagte: »Nicht mehr! Nie mehr!«

»Herr Schmidt, Sie müssen das nehmen«, sagte ich, und er öffnete die Augen und schüttelte mit einem schwachen Lächeln den Kopf.

»Tu was«, sagte er. »Mal was, sonst wird's dir langweilig.«

»Ich mach erst mal was zu essen«, sagte ich. »Ne Suppe.«

Seine Augen glänzten, so daß er jung aussah, die Haut ganz glatt, die Falten wie weggebügelt, und er wandte den Kopf ab und schlief ein.

Ich fand Kalbfleisch, ließ es lange kochen, bis es an der Faser zerfiel, und die abgewaschenen Kalbsknochen fischte ich heraus und stieß mit einem Stock das Mark aus den Röhren und dachte an Diogenes, als ich die Knochen zusammenlegte. Ich schnitt das Bund Porree in dünne Scheiben, zwei fielen neben den Topf, und warf nach einiger Zeit die Glasnudeln hinein, vorher hatte ich sie mit dem Seitenschneider zerschnitten, und ich wunderte mich, wieso er Glasnudeln hatte und Morcheln, die ich einmal bei einem Chinesen probiert hatte. Ich gab Curry dazu, weil ich dachte, es sei gut für den Atem, und den Korken der Rotweinflasche drückte ich nach innen, daß der Wein sich am Korken hochquetschte, und goß ein bißchen von dem Wein auf den Boden, bis sich der Korken quer zum Flaschenhals hielt, und wischte mit einem Lappen seinen Krug aus.

Als ich ihm später das Essen hinauftrug – in der Schale, die er so gerne mochte –, hörte er mich und sagte, es rieche sehr nach Knoblauch, und ich sagte: »Man findet nichts mehr davon, der Knoblauch ist ganz verkocht«, und ich stopfte ihm eine Decke in den Rücken, daß er gerade sitzen konnte. Und als die Suppe etwas kälter war, steckte ich ihm den Löffel in den Mund, und die Fasern des Fleisches waren so lang wie die gläsernen Nudeln und verwickelten sich, und ich hielt es mit der Gabel eingedreht auf dem Löffel fest und zog die Gabel erst weg, wenn alles in seinem Mund verschwunden war, und Herr Schmidt lächelte darüber, daß ich ihm das Essen mit beiden Händen reichte, und ich sagte: »Von der Gabel rutscht es ab.«

»Der Jugend rät man zur Geduld«, sagte er, »aber ich bin zu alt, um noch Geduld mit dem Leben zu haben.« Er lächelte. Und den Becher nahm er alleine hoch, nahm einen mächtigen Schluck von dem roten Wein und ließ ihn im Munde kreisen, daß man es hörte, und ich mußte an früher denken. Er bat mich leise, mehr Licht zu machen, und ich holte noch zwei Lampen von unten und das brüchige Verlängerungskabel und richtete die Schirme auf die Decke, als sie uns blendeten, und Herr Schmidt nahm noch von dem Wein und reichte mir den Becher, und ich trank auch. Die Morcheln wollte er nicht zerschnitten, aber kauen tat er sie auch nicht, es war mehr, als schlucke er sie ganz herunter, und ich sagte: »Ich schneide sie gerne!«

Herr Schmidt zeigte auf die Wand gegenüber, und ich erkannte die Pläne seines Späneofens.

»Die Erfindung«, sagte ich. Es waren viel mehr Zeichnungen, als er mir damals gezeigt hatte. Und alle Blätter hatten die gleiche Größe. Die Umrandung war rot und der erklärende Text fast wie im Block am Rand, rechts unten. Und

Herr Schmidt sagte, daß ich sein Erbe sein und alles weiterführen solle und er jetzt auch eine funktionstüchtige Verwirbelungskammer erfunden habe, in der das Luft-Holzstaub-Gemisch zum Brenner hin, gleichsam wie in einem Schneckengehäuse sich immer mehr verdichtete, bis es an die Brennerflamme geriet.

»Nimm alle Pläne mit!« sagte er. Und beschwor mich leise, die Länder der holzverarbeitenden Industrie patentrechtlich nicht auszulassen, und den Namen eines Anwaltes gab er mir, und ich schrieb, weil er es wollte, mit Bleistift auf meinen Block, daß alle Pläne mir gehörten, und daß ich das Prinzip mitentwickelt hätte, aus Holzstaub und Luft Brennwärme zu erzeugen, als sein Assistent, Mitarbeiter, Erbe und Freund, und mir wurde ganz heiß, und daß ich die Entwicklung abzuschließen hätte, und ich wischte ihm mit einem Tuch, das auf der Kiste neben den Arzneien lag, über die Stirn und fühlte mit dem Handrücken, weil es aussah, als habe er hohes Fieber. Die Stirn war kühl, und ich wischte wieder mit dem Tuch.

Und er sagte: »Wir brauchen noch einen Zeugen!« Und zeigte auf den Block.

»Die Gemeindeschwester«, sagte ich, und er verzog das Gesicht, als steche ihn etwas in die Seite, und er legte matt die Hand darauf. Ich sagte: »Sie kommt Montag«, und daß es ja keine Eile habe.

Und er sprach von einer Sommerwiese, und eine Frau hieß Martha Mehrens, und er erzählte von ihrem Nacken und von der Unbeugsamkeit, an ihren feinen Füßen rotes Leder, die Absätze aus Kork, und ihrem freien Lachen in einem Blumenmeer im frühen Jahr, und von den Plänen, die sie beide hatten, und daß sie einen anderen Mann nahm, Referendar damals bei Zürich, und daß die hohe Form in der Kunst denen Ruhe verspricht, die nicht fromm sind, und daß ihm aus der Rede vom Höchsten nur gefiele: »... Höheres nicht kannte!«

Und ich sagte: »Das Feinsinnige als Ausgang!« Es fiel mir ein, weil er es mal gesagt hatte, als er dem Sterben und kurzen Leben der Brathähnchen ein Denkmal setzen wollte, sieben Meter hoch, aus Chrom-Nickel-Stahl gegossen, der Teller groß wie ein Schwimmbecken und Messer und Gabel daneben, baumlang, alles matt Silber, und er hatte gesagt: »Damit der Appetit vergeht« und dabei gelacht.

Er schüttelte den Kopf und sagte leise, daß ich ihn kaum verstand: »Feinsinnigkeit rührt mit den längsten Löffeln in der Scheiße. Alle sitzen im Gehäuse. Feinsinnig bis zur Wand.«

Und das Werkzeug auf der Hobelbank sei für mich. »Vergiß es nicht, das habe ich für dich«, und er hustete, und sein Atem ging schwer, der Mund halb geöffnet und auf der Zunge harte braune Stellen, und als er wieder hustete, warf sich etwas aus seinem Mund, und ich wischte wieder mit dem Tuch. Erst die Stirn und dann den Mund. Und er sah auf die Wand mit seinen Plänen und lächelte.

Ich erzählte ihm vom Land meiner Mutter, von der Mudiastra, dem Zitterrochen, der in die Fischsuppe kam, und dem stacheligen Skorpio, in den zu fassen die Fischer beim Einziehen der Netze fürchten, und wie die Menschen da sind, und von den Steinen, daß Tausende von Händen daran gewesen, und wie Akanthus gewunden war am Kapitell, und die smaragdenen Echsen an den schrundigen Kanneluren in der Sonne, und wie die Scillablüte verweht, und der graue Leib des Delphins taucht und springt, und vom Meister, der malte, Athanasius der Ältere, der Koch, und mir war, als träfe ich etwas, das immer in mir war, als könnte es nicht altern, ohne Namen und Zeit. Und der Raum bog sich, der schwere Atem von Herrn Schmidt, er hustete, als wollte es nicht enden, und ich hielt seine Hand. Die war so dünn geworden, daß ich sie kaum halten konnte, aber ich ließ nicht los, und Herr Schmidt sagte leise: »I tan i epi tas«, und schlief ein.

Als er später aufsah, sagte er: »Es ist kalt. Meine Beine sind kalt«, und ich fühlte seine Füße. Die waren ganz kalt bis über die Knie, und ich beugte mich über ihn und hielt noch seine Hand und sagte: »Herr Schmidt, ich rufe einen Arzt. Das Krankenhaus, wirklich.«

»Bitte nicht«, sagte er. Und wieder: »Es ist schon gut.«

Stille im Haus, und ich hörte es ächzen am Dach, der Wind war gekommen, und als die Tür sich bewegte, kam die Katze, und ich legte ihm den Wintermantel auf die Beine und steckte ihn unter die Füße, und die Katze sprang darauf mit dem Rücken zu uns und drehte sich ein, als knicke sie dabei hundertfach und schnurrte, und Herr Schmidt sagte: »Martha. Du mußt sie mitnehmen. Behalt sie bei dir.« Und schlief wieder.

Das Zerren am Dach nahm zu, als wollte der Wind ins Haus, und das Ächzen der Balken bekam einen gleichmäßigen Ton, auch das Sausen im Kamin hielt sich.

Ich ging ans Fenster. Ein Stück Papier wehte durch die Luft, hielt sich im Dreh und kam in kleiner werdenden Kreiseln nach unten. Ich dachte an den alten Mann und daß ich in seinem Haus war, und ob ich den Arzt holen sollte, auch wenn Herr Schmidt es nicht wollte, oder die Gemeindeschwester.

Hilflosigkeit und Wut fielen mich an, und ich überlegte, einfach zu gehen, schämte mich sofort. Im Hause pochte es, wohl der Wurm in den alten Hölzern, alle Verbände morsch, dachte ich, und käme der Sturm im November, würde er wohl das Dach mitnehmen wie einen losen Hut, wenn nicht gar das Haus mit seinen ausgebröckelten Fugen. Und als ich wieder nach draußen sah, knackte es plötzlich und knisterte, und ein Sprung ging durch das Glas, fuhr in die Ecke bis an den Rahmen.

Ich schlief auf dem Sofa ein, und Licht weckte mich am frühen Morgen. Auf den Dielen lag schlurfiger Sand, und darin waren alte verstaubte Spuren, und ich sah seine Schuhe plötzlich vor mir, hinten runtergetreten, und weil er nie Schnürbänder trug, die Kanten vom Einstieg nach außen gedreht, leere glotzige Ösen und die Zunge über den nackten schmutzigen Spann, und dann rief etwas »wir« oder »hier«, und ich ging die paar ächzenden Stufen, und plötzlich hatte ich das Gefühl, etwas rühre meine Hand wie durch mich hindurch, und alles, was ich dachte, war, als wäre es schon einmal vor mir gedacht, so als sähe ich es nur an, und dann, einen Augenblick später, als müsse ich immer hinter etwas herdenken, es nur wiederholen, und das Zimmer wurde zur Halle, und sein Atem ging, als wär das Haus voll davon, und der Wind nahm es auf, und mir war, als verbänden sich die Geräusche, sein pfeifendes Rasseln und Krächzen und der Wind, der nicht von den Dingen lassen konnte.

Ich zog die Schultern nach hinten, faßte meine Hände und machte die Arme steif. »Herr Schmidt, es ist wieder Morgen«, sagte ich, und er lächelte mich an. »Die Sonne kommt. Bald ist sie da«, und ich zeigte zum Fenster.

»Herr Schmidt, ich mach etwas Suppe, ja?« sagte ich.

*

Als es Abend geworden war, rief er mich wieder, und seine Stimme war matt, und die Finger versuchten unaufhörlich das Bettuch zu zupfen und zu bewegen.

»Wollen Sie was malen?« sagte ich, und es kam mir albern vor. Vielleicht das dicke Kissen in den Rücken, und den Zeichenblock mit der Tusche, vielleicht, daß es ihn ablenkte. Aber statt dessen sagte ich wieder: »Eine frische Suppe. Es ist noch Porree da. Wenn der Sellerie sehr lange kocht, wird er weich. Er wird wie Brei.«

Er sagte nichts, lag mit seinen hohlen Wangen da und starrte zur Decke.

»Vielleicht ein Brot«, sagte ich, »ich schneid die Rinde ab«, und ich dachte an die Gemeindeschwester.

»Die Furcht liegt im Abstand«, sagte er und sah mich eindringlich an, so als spreche er direkt zu mir, und seine Stimme schien kräftiger, eigentlich wie ich sie von früher kannte.

Die Lampe wurde etwas dunkler und flackerte leicht, und als ich hinsah, war sie wieder hell, heller noch, schien mir, vielleicht auch, weil ich ins Licht gesehen hatte. Das Zerren am Haus hatte noch zugenommen.

»Abstand macht auch, daß man alleine ist«, sagte ich plötzlich, auch weil er mich immer noch ansah, als erwarte er, daß ich antwortete. Seltsam wach und erfrischt sah er aus.

»Mir ist kalt«, sagte er. Und ich faßte wieder an seine Füße, die eiskalt waren und steif, ich fühlte die Kälte bis über die Knie.

Ich sah mich um, und mein Blick fiel auf den Geigenkasten. »Nimm sie mit«, sagte Herr Schmidt mit geschlossenen Augen, »und wenn du Geld brauchst, verkauf sie.«

Ich ging zum Ofen, Holz nachzulegen, und wollte die Mauersteine auf die Platte legen, in ein Tuch wickeln für seine Füße. Dicht am Ofen stand eine Figur wie ein Hirte, wohl mal auf einen Ast gestützt, an der Seite fehlte schon ein großes Stück, Späne noch vom gleichen Holz am Boden, und das kurze Beil im Staub. Ich überlegte, ob ich auch ein paar

Scheite losschlagen sollte von der Figur, aber ich konnte es nicht, und so nahm ich den alten dreibeinigen Hocker, legte die Beine mit einer Seite auf einen flachen Stein, und brach sie mit der stumpfen Seite des Beiles, und das Sitzbrett spaltete ich jeweils mit einem Schlag und warf das Holz ins Feuerloch und legte die Mauersteine über das frische Prasseln, das durch die Fugen in der Herdplatte leuchtete und bleckte, und ich dachte an Frieda und die Bomben über Hamburg, die Bombenschächte, das fallende jaulende Pfeifen, und die Flugzeuge schon weiter, den Abstand vergrößert, wenn es einschlug.

Der Wind schaffte im Schornstein, es war ein Ton, der an- und abschwoll, um sich dann als langer Pfiff zu halten und abzureißen, als wäre der Atem zu Ende, und dann neu zu beginnen. Ich stand auf und ging ein paar Schritte, sein Atem schien mir ruhiger. Das rasselnde Hecheln war zurückgegangen, nur zwischendurch immer wieder ein Laut, als bewege es ihn von innen. An einem Nagel hing ein Paar Sandalen, abgetreten, an einigen Stellen dünn wie Papier, daneben das Foto einer Frau mit einem dicken Kind auf dem Schoß, das Glas in dem Rahmen zersprungen und das Foto mit netzigen Rissen und Schründen.

Auf dem Schrank lagen ein paar Hüte, ein blauer Homburg, wie ihn auch mein Vater trug, mit langem Kniff in der Spitze, ein verbeulter grauer Filzhut aus Bayern mit staubig gestauchtem Gamsbart, als hätte ihn Farbe verklebt, und ein anderer Hut mit breiter, steifer brauner Krempe und einem feinen Netz mit flauschigen Sprenkeln, und ich dachte an die Frau auf dem braunen Bild mit dem Kind auf dem Schoß, ging wieder zum Bett, setzte mich, dachte an Suppe und daß nichts mehr zu essen war im Haus und die Läden über das Wochenende geschlossen waren. Ich konnte die Gemeindeschwester fragen, vielleicht war auch beim Krämer noch was zu bekommen. Ich legte noch einmal Holz nach. Der Wind holte die Tür aus meiner Hand, daß die Angel schrie und nachgab, und die Tür, oben ausgerissen, sich erst an der Backsteinwand beruhigte.

Und er sprach von seinem Lieblingsthema: der Elefant und das Glas. Haushoch die leere Form innen, das was schien, als sei es der Elefant, ausgebildet bis ins letzte, in Wirklichkeit aber nur die Vorstellung einer Anwesenheit, und er sprach in langen Sätzen über das Ende der Bildhauerei, wie sie das Abbild vermöge, nie aber ins Innere gelange, wo die Luft den Bronzeguß bläht, und als er versuchte, sich etwas aufzurichten, nahm ich den schweren Mantel von seinen Füßen, legte ihn zusammen, zog das Kissen höher und stopfte es ihm in den Rücken, zog ihn hoch, daß er saß.

»Der Abdruck als Gleichnis und das Polyester drumherum, als Quader den Umraum von Luft bezeichnen und abgrenzen.« Und er sprach von der wesenhaften Nichtexistenz des Elefanten, und daß ihm die Vorstellung des haushohen Elefanten sehr behage, eine feine Gleichung sei in einem riesigen Klotz aus Glas, die Seiten poliert, darin, silbrig als Umriß zu erkennen das Tier, die Nichtanwesenheit gut demonstriert.

Weil so große Pausen zwischen den einzelnen Sätzen waren, nahm ich meinen kleinen Zeichenblock aus der Jacke und schrieb mit, was ich verstehen konnte, wollte ihm später vorlesen, was er im Fieber gesagt hatte. Und dann schien es, als ob er jeden Satz genau überlegte, ein altes Lied vielleicht, das ihm in die Erinnerung drang, und nach jedem Wort machte er eine große Pause, so als hätte er bemerkt, daß ich mitschrieb.

»Ist was, Herr Schmidt?« sagte ich, als er aufstöhnte. Und als seine Linke anfing, haltlos zu zucken, hielt ich sie fest. Er sagte: »Martha Mehrens«, und noch einen anderen Namen und beugte sich ein wenig vor, als sähe er jemanden vor sich oder über sich, und ich blickte auch nach oben und hörte, wie er ausatmete. Als ich wieder hinsah, atmete er nicht mehr, der Blick unverwandt auf die Wand gegenüber, und sein Gesicht war wie erstaunt und schien kleiner geworden.

Alles war ruhig, und ich fühlte mich uralt und müde. Ich legte seine Hand zur anderen, und die Tür bewegte sich, und ich erschrak, aber die Katze kam herein, und als ich sie ansah, gähnte sie, ich nickte ihr zu, und sie schlich wieder aus dem Zimmer.

Seinen Kopf faßte ich an und legte ihn gerade, und weil die Augen so sahen, so weit sahen, drückte ich die Lider nach innen und unten. Da blieben sie geschlossen, und als ich ein Stück rückwärts ging, zuckte ich zusammen, und der Stuhl, an dem meine Jacke hing, fiel um.

Der Wind hatte sich gelegt, und als ich durchs Fenster nach oben sah, war mondlose Nacht und die Sterne wie davor gesetzt, ich versuchte mich zurechtzufinden, kannte aber nur den Polarstern, dicht über dem Baumschatten, und der Mars, glaubte ich, blinkte rötlich. Ich öffnete das Fenster. Der eine lichte Streifen der Milchstraße dehnte sich bis ins Verblassen, daß es hinten noch dunkler schien, und mir wurde einen Augenblick schwindelig bei der Vorstellung von Abstand und wohin. Mondlose Nacht, die Zwischenräume schienen mir plötzlich schwärzer als schwarz durch die Tiefe, die ich zu sehen glaubte, und die Sterne nur, als erinnerte etwas an die riesige Ferne.

Ich wußte nicht, wie spät es war, und zog meine Jacke an, nahm die Decke vom Bett und wickelte sie um meine Schulter und setzte mich wieder. Die Tür bewegte sich am klagenden Scharnier, und die Katze kam und sah an mir hoch, mitten ins Gesicht schien mir, geduckt wie zum Sprung, und als ich sie ansah, sprang sie auf meinen Schoß, leckte an den steifgehaltenen Hinterbeinen, und ich sah plötzlich so etwas wie ein Profil, die kleine gebogene Nase, die geschlossenen Augen, daß ich an einen Menschen denken mußte, und sie rollte sich schnurrend in meinen Schoß.

Als ich aufwachte, ging ich zum Krämer, klopfte ihn heraus und rief die Gemeindeschwester an. Noch vor ihr kam der Arzt, und als er eintrat, zögerte er etwas und sah sich um. An den Bäumen und am Gras war Stille.

Er blieb hinter der Haustür stehen, und als er mich ansah, sagte ich: »Da oben«, und zeigte zur Tür, und er stieß mit dem Fuß gegen den Hobel, der neben der Tür auf dem Boden lag. Er stapfte nach oben, und ich folgte ihm und sah zu, wie er ans Bett trat, die Ledertasche auf den Stuhl stellte, sie öffnete, hineinspähte, wie man in einen dunklen Keller sieht, und ich lehnte mich neben die Tür und sah auf das Bett. Und was so erstaunt ausgesehen hatte, war nicht mehr auf seinem Gesicht, alles hatte sich gespitzt, als wäre es auf einen Punkt zugelaufen, bei Licht sah er anders aus, und ich dachte daran, wie ich damals in sein Haus gekommen war, durch Herrn Barthold, und mir fiel ein, daß wir nie darüber gesprochen hatten.

»Wann ist es passiert?« fragte der Arzt.

»Heute nacht«, sagte ich.

»Wann heute nacht?« fragte der Arzt, und er beugte sich über ihn, daß seine Schulter vor dem Gesicht war, und hob den Arm von Herrn Schmidt etwas und ließ ihn dann fallen.

»Ich weiß nicht genau, ich bin danach eingeschlafen«, sagte ich.

»Das muß schon 'ne ganze Weile her sein«, sagte er, »er ist doch schon steif. Also, wann war es? Also?«

Ich wollte nicht mehr reden, und ich antwortete ihm nicht, auch als er nach meinem Namen fragte.

Nach einer Pause sagte er: »So stell ich den Totenschein nicht aus, so nicht! Dann ist das eben was für die Gerichtsmedizin!« Und er sah wütend auf das, was Herr Schmidt gewesen war, und dann auf mich.

»Er ist gestorben«, sagte ich und wunderte mich, wie es rauskam und daß ich's sagte. Und dann nichts mehr. Er klappte die Tasche zu, aus der er nichts herausgenommen hatte, und nahm sie auf.

»Da mach ich nicht mit«, sagte er, »das ist was für die Kriminalpolizei!«

»Fragen Sie die Gemeindeschwester«, sagte ich. »Sie kommt bestimmt gleich. Ich hab sie angerufen.«

Er blieb im Zimmer stehen und sah sich um. Die Hüte auf dem Schrank. Ging zu dem Foto mit der Frau und dem Kind und sah es eine Zeitlang an. Dann wandte er sich mir wieder zu. »Der ist schon länger weg, und du erzählst mir ein Märchen.«

Während er das sagte, sah er auf das Bett.

»Nicht mit mir«, sagte er dann und als er zur Tür ging, neben der ich stand, machte ich einen Schritt und rammte ihn mit der Schulter, daß er gegen die Füllung stieß. Plötzlich stand Furcht in seinem Gesicht, und er polterte die Treppe hinunter, und ich sah ihm nach, bis er durch die Haustür verschwand.

Ich wanderte wieder durch das Haus, wie in der Nacht. Ging an den Platz, an dem Diogenes immer gelegen hatte, die Figur, die aus der Eisenplatte gebrannt war, stand noch. Nun war sie ganz rot, und als ich mit dem Finger über die Seite fuhr, rieselte der Rost fein und fing sich an einer Schrägen. Ich ging durchs Haus, wußte nicht, was ich tun sollte.

Auf dem Dachboden, wo das Dach eingesunken war, stand gegen den Einschnitt ein Stück des Himmels, und die Dielen darunter waren schwarz und wettermorsch. Daß er im Zimmer unter mir lag, machte mich frösteln. Ich strich weiter durch die Räume, öffnete Schränke, die ich noch nie geöffnet gesehen hatte, sah alles voller Papier – Hefte und Aktenordner. Ich nahm den Leinensack mit dem Werkzeug, sah hinein, den gebogenen Schwanenhals zog ich halb heraus, und sah den Schlegel aus Ebenholz, den ich besonders mochte, und ein paar Stemmeisen mit schwarzem Griff und den hellen weißen Wetzstein aus Arkansas, den er so geschätzt hatte.

Eine Autotür klappte, und drei Männer und der Arzt und die Gemeindeschwester kamen auf das Haus zu. Zwei in Uniform und der jüngere in Zivil.

»Ist er das«, sagte der Jüngere.

»Das ist er«, sagte der Arzt. »Er hat mich angegriffen. Seien Sie vorsichtig. Vielleicht hat er 'ne Waffe!«

Als er »Waffe« sagte, zögerten die beiden Uniformierten.

»Mach keinen Unsinn, Junge«, sagte einer von ihnen, der einen grauen Schnurrbart trug. Und ich drehte mich um, setzte mich in den Schaukelstuhl, stützte den Kopf in die Hände und sah auf den Arzt. Der ging voran, und der in Zivil und der mit dem Schnauzbart folgten ihm die Treppe hinauf.

»Keine Anwendung von Gewalt. Was ich so auf den ersten Blick sehe«, hörte ich und dann lauter: »Aber ich kann die Uhrzeit nicht festlegen.« Ich bewegte den Schaukelstuhl, und die Kufen spreizten sich, wenn man nach vorne rückte.

»Sie erstatten Anzeige?« wurde der Arzt oben gefragt.

»Er hat mich gerammt, mit voller Wucht«, sagte der Arzt. »Ich wär um ein Haar die Treppe runtergefallen, er hat mich provoziert. Eindeutig.«

Ich hörte die Gemeindeschwester sprechen, verstand aber nicht, was sie sagte, und eine Stimme sagte: »Wann?« Und die Gemeindeschwester sprach weiter.

Sie kamen die Treppe wieder herunter, der Arzt zuletzt, und ich hörte, wie ein anderer Wagen vorfuhr. Zwei Männer trugen einen schmalen Metallsarg herein. »Wo ist er?« fragte der erste, und der Polizist sagte: »Oben.«

Der Mann drehte sich um und rief: »Willi, erster Stock«, und ich hörte die Autotür klappen, und ein kleiner dicker Mann schnaubte herein.

»Wir können dann«, sagte der in Zivil und nickte mir zu, und der mit dem Schnauzbart sagte: »Junge, du machst doch keinen Quatsch.«

Ich hörte die schweren Schritte der Gemeindeschwester und stand auf.

»Warum hast du mich nicht früher angerufen?« fragte sie.

»Ich wußte nicht, was ich tun sollte«, sagte ich, »es war mitten in der Nacht.«

Die Polizisten waren gegangen, und der Wagen mit der Leiche fuhr ab, und wir sahen hinter ihm her.

»Armer Heinrich«, sagte Schwester Erika, »dem hat das Leben auch nichts erspart. Gar nichts. Und dann geht er noch wie'n Hund«, und sie sah sich um, als beträte sie den Raum das erste Mal.

Ich hätte gerne noch etwas aus seinem Leben gehört, mochte aber nicht fragen und fühlte den Zeichenblock.

»Sie sollten das eigentlich unterschreiben«, sagte ich und zeigte ihr die Seite, und sie las und sagte: »Ja, das ist seine Schrift.«

Sie sah mich verwundert an. »Die Pläne, der Späneofen. Das war sein ein und alles. Und du sollst das weitermachen?« Sie schüttelte den Kopf.

»Er hat mir das Werkzeug geschenkt«, sagte ich, »und die Geige.«

»Spielst du denn?«

»Nein«, sagte ich und überlegte. »Er hat gesagt, wenn du Geld brauchst, verkauf sie, und die Katze sollte ich auch nehmen. Aber das kann ich nicht.«

Sie räusperte sich. »Die Geige und das Werkzeug nimm ruhig«, sagte sie, »es ist dein gutes Recht, auch wenn es gegen das Gesetz ist.« Sie sah nach draußen. »Die Sachen hier kommen sowieso weg. Er hatte doch niemanden. Und die Gemeinde? Was soll'n die mit dem Plunder.«

Ich stand und wußte nicht. »Ich geh jetzt«, sagte ich, und sie zeigte auf den Geigenkasten und sagte: »Das ist bestimmt 'ne Gute.« Und sie nickte mir zum Abschied zu.

*

Mein Vater kam in die Firma und sah mich kaum an, als er grüßte und gleich durchging zu Onkel Arthur. Nach einer Weile wurde Herr König gerufen und ging, und Frau Osterholz schloß behutsam die beiden Türen mit der schwarzen Lederpolsterung. Sie sprachen bis in die Frühstückspause, dann kam mein Vater zu mir in den Konferenzraum und setzte sich, und die Lehne des Sessels reichte noch zwei Handbreit über seinen Kopf. Er legte Hut und Handschuh auf den Tisch und stützte sich auf die Ellenbogen. Die Unterarme lagen flach auf dem Tisch, und er sah auf das Bild hinter mir. 1906, stand da, ›Der brennende Michel‹, ein kolorierter Stahlstich, noch vor dem Ersten Weltkrieg gemacht. Er räusperte sich: »König sagt, du bist zu dumm für diesen Beruf«, sagte er in ganz gleichmäßigem Ton, als würde man nur so etwas dahin sagen. Er wandte den Kopf und sah mich an.

»Weißt du eigentlich, was es für einen Vater bedeutet, so was zu hören? Weißt du das überhaupt?« und ich hörte, daß er

Mühe hatte, seine Stimme nicht lauter werden zu lassen. Sein Gesicht war blaß, sein Hals etwas rot und fleckig.

»Da sagt mir dieser Knecht von König ins Gesicht, daß mein Sohn zu blöd ist, Kaufmann zu werden. Er sagt, daß du in dem einen Jahr, das du jetzt hier bist, weder wirklich Interesse gezeigt hast, noch, daß man dich für irgendwas Sinnvolles einsetzen konnte. Weder Schreibmaschine gelernt hast, noch ein Formular ausfüllen kannst.« Er sah mir auf die Brust und dann wieder ins Gesicht.

»Was du machen kannst, sind Botengänge, alte Briefe ablegen, und da muß noch einer hinter dir stehen, daß du dabei nicht einschläfst, und Telefonvermittlung. Der Junge ist höflich und sehr zuvorkommend!« Er schüttelte den Kopf. »Ja dann werd doch zum Teufel Kellner oder Friseur. Junge sag, hast du sie nicht alle?«

»Es ist nichts für mich«, sagte ich, sah ihn an, »wirklich nicht.« Und es hörte sich an, als würde ich nichts mehr mögen, gar nichts, auch das Leben nicht, obwohl ich nur die Lehre meinte. »Ich will das nicht mehr.«

»Junge, ich mein es nicht böse, aber du hast so einen verdammten Hang zum Primitiven«, sagte mein Vater, als erinnerte er sich. »Du hast als Kind am liebsten aus blanken Blechdosen gesoffen, oder Wasser aus der Kaffeekanne. Man versucht doch rauszukommen, weiterzukommen ...« Er stand jetzt und stützte sich auf.

»Es ist doch noch was anderes um einen herum. Man ist doch nicht für sich.« Und als er es sagte, sah ich plötzlich den Stapel mit den Polyesterblöcken vor mir, die eingelassenen Figuren und die erstarrte Luft darin, wie Glas, und ich sah das Haus, die Hundehütte, das Faß vor der Tür, und das Gesicht von Herrn Schmidt und fragte mich, warum ich ihn vorher die ganze Zeit nicht besucht hatte.

*

»Du glaubst doch nicht, daß ich das dulde, du wirst gefälligst deine Lehre beenden! Daß aus dir kein Sauerbruch wird, weiß ich schon länger«, sagte mein Vater, »aber daß du jetzt gedenkst ganz abzusteigen in deine Idiotien, das nicht. Ich finanzier doch nicht deine Schweinereien, daß du hier den Lebemann rauskehrst. Nicht nur, daß die Wohnung in einem unerhörten Zustand ist, die Nachbarn sagen auch, daß hier Mädchen ein und ausgehen. Ich hab dir deutlich gesagt, wenn es mit der Wohnung nicht klappt, dann ziehst du unweigerlich zu mir. Ganz einfach, mein Sohn.«

»Ich komm nicht mit zu dir und auch sonst zu keinem«, sagte ich, »und ich geh auch nicht mehr in die Firma.«

Mein Vater schwieg, und als ich aufblickte, sah ich, daß er mich schon länger angesehen hatte, und er sagte mit leiser Stimme: »Erklär dich bitte und mach das schnell. Ich brauch dich nicht daran zu erinnern, daß du noch nicht volljährig bist, und bitte, es gibt andere Institutionen, die solche Leute wie dich aufnehmen, und ich werde dafür auch bezahlen, aber das hier mach ich nicht mehr mit. Was zum Teufel hat dich geritten, die Wohnung so zuzurichten.«

»Ich hab mit deiner Exgattin gesprochen«, sagte ich etwas heiser, »die hat gesagt, mach was du denkst. Ich mach jetzt, was ich denk.«

»Junge, ich bin der letzte, der was gegen deine Mutter sagen würde. Aber die ist weit weg. Ich kenn sie. Die würde einen Schlag kriegen, wenn sie sehen würde, was hier läuft. Ja wenn du die fragst. Die hast du beschwatzt, weil sie immer wunder dachte, was wohl aus dir werden würde.« Er atmete ein, ging ans Fenster und schüttelte den Kopf.

»Ich werde malen«, sagte ich.

»Junge, schlag dir vor den Kopf und geh in dich. Jeder Vollidiot glaubt heute, er hätte Talent. Du denkst wie ein Zehnjähriger, irgendwie wird es schon gehen, und mal sehen, und ich hab da noch einen Freund und dies und das.«

»Und du ...« sagte ich und wußte gleich nicht weiter.

»Ich will nicht mit dir diskutieren«, sagte er, »dafür bin ich nicht da.«

»Sie hat das Sorgerecht«, sagte ich.

»Das kann sie doch gar nicht wahrnehmen, wenn du hier bist und sie da. Und wenn Anzeichen dafür da sind, daß du verwahrlost«, er bewegte den Kopf. »Wenn hier einer vom Jugendamt reinkommt, und er sieht dich so hausen, für den Mann ist alles klar.«

Und ich sagte: »Du sollst mich einfach nur lassen, ich will nichts von dir, überhaupt nichts!«

Er machte zwei schnelle Schritte auf mich zu, und weil ich dachte, er wollte mich schlagen, sagte ich: »Versuch es nur nicht, sag ich dir.«

Er blickte mich an, und keiner wandte die Augen ab, und er sah plötzlich müde aus und sagte: »Junge, du hast was mit den Nerven, weißt du das eigentlich?« Und als er ging, sagte er mir, wohin er den Schlüssel haben wollte, und den Tag, an dem die Maler und die anderen Handwerker kämen.

*

In der Holstenstraße verkaufte ich die Geige, und der Händler hieß Sänger.

»Woher haben Sie das Instrument«, fragte er, und ich sagte: »Sie gehörte Heinrich Schmidt. Ich war sein Freund.«

»Haben Sie einen Ausweis?« fragte der Händler freundlich, und ich gab ihm meinen Personalausweis, und er sagte: »Ich bitte das recht zu verstehen, aber ich dürfte sonst nicht kaufen.« Und er gab von sich aus fünfzehnhundert und die Hand, als ich ging.

Räume fand ich in der Nähe des Bahnhofs, und im Flur standen die Namen der Mieter: Ankmann, Brandes, Schmidt und Wolters, Kühne und Vigoleis, Karge und Krug. Und ich zog das Schild von Krug aus der Klingel und schrieb auf die Rückseite meinen Namen.

Die Wohnung hatte zwei Fenster nach Norden in den Hinterhof, der durch übermannshohe Mauern aus grauem Kalksandstein gegliedert war.

Vor die Fenster hatte ich die Staffelei gestellt, Farbe und Pinsel und das Werkzeug von Herrn Schmidt. Sonst war nichts in dem Raum.

Dem Haus gegenüber stand ein Schuppen, mit roter Tür als runder Bogen, ein angenageltes Hufeisen in Kopfhöhe, und der Ahorn warf sich ungestüm am gespaltenen Schornstein vorbei, ließ einen Ast auf dem Dach, als suchte ein Arm da Stütze. Rechts dahinter, wo die Häuser enger zusammenstanden, sich im spitzen Winkel begegneten, war bis an die Mauerkrone Müll aufgeworfen. Zerbrochener Tisch, Bank, eine zersplitterte Fassung, die Zimmertür noch darin und geknickt, wie von großer Gewalt gerafft, und die Häuser gegenüber hatten mit grünem Holz und Glas verkleidete Balkone, und über den schmalen Walmdächern schwebten hohe, gemauerte Schornsteine.

Ich ging den Stapel mit angefangenen Bildern durch, der an der Wand lehnte. Die ich angesehen hatte, ließ ich in den Stapel zurückfallen, und was ich mochte, stellte ich zur Seite.

»Alles was zu tun ist, schreit aus sich selber«, hatte Herr Schmidt einmal lachend gesagt, als ich beim Malen nicht weiterwußte und anfing mich zu langweilen.

Der Himmel hielt sich als flache blaue Scheibe, in der man den Abend ahnte. Ich saß am Tisch und sah auf meine Hände, und die Gedanken führten ins Gestaltlose, weder Name noch Wort. Und ich fürchtete mich ein bißchen und dachte: Ich muß etwas tun.

Der Kessel mit Wasser erhitzte sich mit leisem Summen, daß es sich wie entfernter Gesang anhörte, und das Pendel machte seinen verharrenden Schritt mit dem beschwerlichen Ticken der Standuhr, und die Dielen, pommersche Föhre, mehr als drei Hände breit. Frieda saß im Nebenzimmer, ich konnte sie im Halbdunkel sehen, den Kopf aufgestützt sah sie zu mir, und ich schlug den Blick vor ihr nieder, sah auf den dunkelgefleckten Boden, hörte, wie das Glockenwerk Anlauf nahm, und den Schlag zur vollen Stunde. Und das Leben schien sich zu dehnen, auch über mich, oder über das, was ich von mir fühlen konnte. Und das Haus war in Altona. Am Felde 99, und ich hoffte, da ein wenig bleiben zu können. Und in mein Tagebuch schrieb ich im Spaß: »Mutter, laß uns Freunde sein.« Und goß noch Tee ein.

Was ich auch vorhatte, alles schien mir fern, wie aus einem Buch, in das die Seiten nur lose geworfen waren.

Ich lehnte auf der Fensterbank und schloß die Augen, und draußen waren Stimmen. Rede und Widerrede, Beschwichtigung, und jemand drängte auf Ruhe. Und in die Stille hörte ich die hohe Stimme einer Frau:

»Greif zu!«